文春文庫

離陸

絲山秋子

JN210828

文藝春秋

目次

離陸

第一部

1

冬の間、道は閉ざされる。標高九〇〇メートルの外気は一番寒いときでマイナス二十度、積雪はどうかすると一晩で一メートルを越え、除雪をしなければ三メートルに達する。

そんな場所でぼくは働いていた。

まだダムに越冬隊がいた頃のことだ。越冬隊と言っても、もちろん南極のように行ったきりではない。四人か五人のメンバーで短ければ二泊三日、どんなに長くても二週間の日程だった。

今はもう越冬隊はいない。計器の精度は上がり、沼田の事務所からの遠隔管理主体でダムの仕事ができるようになった。何かあれば現場に出向くだろうけれどローテーションを組んで常駐することはなくなった。

広大なダム湖は全面結氷し、その上に厚く雪が降り積んでいた。猛烈な吹雪に横殴りにされる日もあれば、真っ青な空が広がって痛いほど眩しい日もあった。日没までほぼずっと外にいて、決められたスケジュール通りに観測や点検をするぼくたちは雪焼けで夏よりも黒い顔をしていた。

この景色を決して忘れることも、慣れることもないだろうとぼくは思っていた。

奥利根湖は、V字型をした巨大な人造湖である。ぼくらは湖の名ではなく、関東の水《みず》甕《がめ》とも言われるダムの名前で「矢木沢」と呼んでいる。事務所を背にして左手の奈良沢方面と右手の利根川源流方面を隔てる山は、ぼくらのいる場所からそう遠くないところまで迫っている。ダムは内側のV字の山を囲み、外の山々からも囲まれながら二手に分かれて広がっている。川と名がつくのは利根川だけだ。奈良沢はむろんのこと、コツナギ沢であろうと悪沢であろうと西千ヶ倉沢であろうとアイノ沢であろうと、丁寧に名をつけられたほかのどんな小さな沢であろうと、たどっていけば大元はたった一本の沢となる。ダムで交わるすべての水の始まりは山のわき水の一滴なのだ。

険しい山々にもまたそれぞれに名前がつけられている。三ッ石山、イラサワ山、幽沢山、小沢岳、カワゴ山……どこまで行ってもブナやミヤマナラに覆われた山は続く。短い夏の間にはカヌーを車に積み、或はモーターボートを牽引して観光客がやって来るが、急勾配が多いのでかれらが上陸できる場所、気軽に歩ける場所はごく僅かしかない。その奥には、高度な登山技術を持った者だけしか入れない山々がある。地図の等高線の詰まり具合を見ただけで崖の高さや、勾配の厳しさに気が遠くなってしまうぼくがもし山に入ったとしても、きっとどこにもたどり着くことができないのだろう。流木の回収や水質管理のために真庭さんと一緒に小型船舶で湖に出ることはあっても、ぼくは利根の源流を登ったことはない。

ダムが竣工したのは昭和四十二年だが、大水上山の水源が発見されたのは昭和二十九年だった。その前にも何度か探検隊が派遣された。明治の頃には妖怪や鬼婆がいると言われたため、ピストルや日本刀で完全武装した上に修験僧まで同行したというエピソードが残っている。それでも大水上山にたどりつくことはできず、尾瀬に下りてしまったという。探検隊のいでたちを想像すると笑いたくなるが、それほど大変なことだったのだ。水源探しは困難を極め何度も失敗した。そういった歴史を経て戦後、大規模な工事が行われ、現在の矢木沢ダムがある。

大昔から人間は山の端に住んで水をもらい、川魚やキノコや山菜をもらっていた。山は厳しく底知れぬもので、川は人間に近しかった、ぼくはそんなイメージを持っている。例外は猟師だけだった。この辺りでは「鉄砲撃《ぶ》ち」と呼ぶことが多いみたいだ。村田銃を担ぎ、生い茂る藪を鉈《なた》ではらいながら明治時代の鉄砲撃ちは沢伝いに山に入って行き、ツキノワグマやカモシカを撃っていた。山奥には今でもかれらが鉈でブナの幹に刻んだ文字が残っている。真庭さんはそういったことにもとても詳しくて、写真まで見せてくれた。

鉄砲撃ちにとって比較的ポピュラーな獲物はタヌキだったかもしれない。このあたりにタヌキは多い。本当は良くないことかもしれないが、須藤くんは暇つぶしにタヌキの餌付けをしていたほどだ。

明治時代に一般のひとが毛皮のコートを着ていたとは考えられないが、軍用では相当な毛皮の需要があっただろう。なにしろ当時の日本はロシアや中国へ出兵して行ったのだから。

矢木沢は自然の湖を利用したダムではなく、どこかの村が沈んでいるわけでもなく、大規模な伐採と土木工事によって作られたダムだ。現在のダム湖しか知らないぼくには、それができる前の風景をうまく想像することができない。単なる森だろうと思っても、その森でさえ想像ができない。

どんな建築物だってそうだ。たとえば久しぶりに東京に行ってかつてぼくが働いていた霞ヶ関や、学生時代に住んでいた三鷹に行ったとしよう。そこには見覚えのない、新しいビルが建っていて、こんなところに、と思うような洒落《しゃれ》た店舗が入っているかもしれない。以前の景色を何百回も見ているはずなのにそこに何があったのか、駐車場だったのか商店だったのかアパートだったのかそれとも古い雑居ビルだったのか、ぼくはそんなことも思い出せないのだ。なんだったんだろう、なぜ思い出せないんだろう、と立ち止まることとしかできない。

そして悲しいことに、ぼくはしばしば自分に近しかったひとの面影すら忘れてしまう。なによりも大切に思い、「好きだ」と何度も言ったひとのことでさえ、きっとどこかで元気に暮らしているんだろうという楽観のもとに忘れ去ってしまうのだ。年月と距離を経て、おぼろげになってしまうのだ。人間には想像力があるといっても、結局のところ思い浮かべることができるのは、現在とその僅かな周辺、森の端の川辺のようなところでしかないのではないだろうか。

ぼくは最近そんなことを思うようになった。

越冬隊のとき、ぼくたちがダムのすぐ上にある管理事務所に向かうためには、まず除雪車で進まなければならなかったし、管理事務所に着いたところで、そのあと観測設備にたどり着くまでやるべきことはとにかく除雪だった。ひたすら除雪だった。自家用車でも気軽に行ける夏とは大違いだった。

そしてもう一つの重要な任務は計測装置に入り込むコウモリを追い出すことだった。ダムが変形していないかを計るための装置であるプラムライン、これは結構ぼくらにとっては重要なものなのだが、コウモリにとっては住み心地の良い洞窟だったのだろう。いくら追い出しても知らぬうちにどこかの隙間から入り込んで天井からぶら下がっていた。コウモリというものは飛ぶわけだから、装置にぶつかったりすると、計測が狂ってしまう可能性がある。今でもそうなのだろうか。相変わらずコウモリとの戦いは続いているのだろうか。天然記念物だから駆除するわけにもいかず追い払うしかない。全く厭な客だった。

雪とコウモリが仕事の段取りと知って霞ヶ関の本庁から来たばかりのぼくは驚き、呆れた。だが、二年目になると仕方が無いと思い、三年目には何も考えなくなった。

不思議と寒さは感じなかった。ぼくが寒いと感じるのは、いつも沼田のアパートに帰って来てからだった。

初めてカンジキを履いて氷上に出たときのあのよるべない感じをぼくは覚えている。

空は快晴で、地上のすべては白く輝いていた。ダム施設以外に人工物は何もなく、もちろんぼくら以外の人の気配もない。どこまでも歩いて行ける平原となった湖の景色に、開放感を覚えるひともいるのかもしれない。だが、ぼくはあまりいい気分がしなかった。

湖が結氷しているときには、腹に響くような異様な音がする。遠くの山で発破《はっぱ》でもかけているのではないかと思うような、或はどこか見えないところで演習でもやっているのかと思うような、ごーん、ずどーん、という音が不規則に響く。足元の湖のなかで氷がたてる音とはとても思えない。もっと遠いところの禍々しい音に聞こえる。

ぼくは不安を隠しきれず、真庭さんに笑われた。

数十センチの厚みがある氷の上にいると頭でわかっていても、氷は湖畔からしか溶けないとわかっていても、氷が割れたら、と思ってしまうのだ。その下の冷たい水に落ちてしまったら最後、四肢はあまりの冷たさにこわばって氷上に這い上がることなどできないだろう。そして僅か数分で死んでしまう、そんなことが頭から離れないのだった。

「この音がしているときはしっかり凍ってんだから世話ねえよ。溶けるときは音なんかしねんだからそっちの方がおっかない」

長年ここで仕事をしている真庭さんはそう言ったが、それでもあの音は、ぼくという人間、というよりも生き物全般にとって気持ちのいいものではない。

冬の矢木沢の景色をぼくが忘れることはないだろうけれど、それでもあのころ、そしてそれ以前の自分がいったい何を考えていたのか、まるで思い出せない。ごく限られたいくつかのエピソードや、見出しに過ぎない言葉しかぼくのなかには残っていない。

大学で土木工学を学んだぼくはなんとか国交省に入り込んだものの、中国やアフリカの治水現場に行くという夢はどうやらかなわないのだな、とあきらめを強くしながら四年間、霞ヶ関で働いた。元々事務屋ではないのに、事務屋の真似事をして過ごした。市民団体からも政治家からもダムの存在価値や生態系への影響が問われ始めた時期だったから、国会答弁の根拠となる資料作成には気を遣ったし、忙しくもあった。でも、それが民間企業と比べてどれほど忙しいのかはわからなかった。

ぼくは極めて凡庸に過ごしていた。

時間に余裕ができれば学生時代の友人たちと飲みに行くこともあった。休みの日には映画やコンサートに行った。誘われれば演劇を見ることもあった。盆と正月には四日市の実家に帰省してだらだらするだけだった。

自分がなにをしていたかは思い出せるけれど、なにを考えていたのかなんて、すぐに忘れてしまう。

時間というのは、そういうものだ。

実生活のなかでの時間とは、あくまでも自分に属するものだから忘却だってパーソナルなものなのだ。誰にも管理できない。あとでどんな気持ちを抱いたとしても。

だが距離は？

距離というものは、自分とどこかにいる人との間の位置関係にすぎないのではないのか。

相手がいなくなれば、二点のうちのひとつが消える。距離も消える。消滅する。遠いとか、近いとかって一体なんなんだ。

須藤くんはダムの仕事をやめてしまって、今はどこにいるのかわからない。外国にいったままかもしれないし地元に戻ったかもしれない。地元は伊勢崎だと言っていたからそこで働いているのかもしれないし都内に出たのかもしれない。会社をやめてしまった人の行方というのはふつう、わからない。これが距離のまっとうな消滅だとぼくは思う。いつかまた須藤くんと会うことがあれば愉快かもしれないが、敢えて探そうとは思わない。その方が健全だからだ。

或はイルベールとぼくの距離。イルベールの故郷とぼくの故郷の距離。意味ではなく、距離。

そしてあの、気の遠くなるような苦しい歴史上の一点となって消えてしまったフェリックス。

もちろん、彼女のこと。

矢木沢を出てから、水切り石のように水面をかすめ、危うく方角を変えながら過ぎていった時期のことをぼくは思う。

イルベールが時折洩らした、あのすすり泣きのような声のほんとうの意味をぼくは今でもわかっていない。

霞ヶ関から現場に来たというだけで、変わり種とぼくは言われた。現場を希望してそれがかなっての出向だったからだ。これまで国交省から出向で来た人たちは所長くらいしかいなかった。技術系の人間、しかも初心者マークをつけたような者はいなかったのだそうだ。

若かったせいだろう、淡々としていると言われた。少なくとも悪い意味ではなかったように思う。自分では臆病さを必死に隠していたとしか思えないのだが、いつも言われることは、若いんだからもっと食べればいい、もっと遊べばいい、ガツガツしてもいい、ということだった。だがぼくは仕事をしているとき以外は自然のなかにいるか、ぼんやりしているのが好きなのだった。けれども河川や水資源の仕事をしている人間には豪雨や台風から住民を守っているということ、そして渇水がないように努めていることに、ささやかな自負がある。台風の後、下流域でなにごとも起こらなかったとき、ぼくは喜びを感じた。

あれから時がたち、むしろ感情を殺して淡々としていなければやっていられないことも数多くあった。今現在、ぼくがあのダムよりはるか南である九州にいてしている仕事も、淡々としてやる類のものかもしれない。

ぼくは、あの水切り石の時代のあと、やはり水辺に帰って来た。

矢木沢時代の同僚は、山奥で仕事をしているのに休みの日にまで山に行ってしまうような連中が多かった。そうでなくても何かスポーツをやったり、とにかく外で体を動かすことが好きだった。ぼくも三月の解禁を楽しみにイワナやヤマメを釣りに行ったし、夏になれば遠征してアユ釣りに出かけた。

だからぼくも、みんなと同じようにいつか結婚して子供ができれば、子供と（なぜかぼくの想像に出て来るのは娘ではなくていつも息子、もしくは息子たちだった）キャッチボールをしたり、運動会や試合があれば応援に行ったりするのだろうと思っていた。たぶんそうやって暮らして行くのだろう、ぼくはずっと、なんとなく過ごしてきたし、これからもそうなのだろうと思っていた。

電気技士である須藤くんはぼくより二歳年下だったが高専出身だったから現場経験は長かった。お互い独身ということもあって仕事が終わってから飲みに行くこともあった。越冬も年上の人ばかりのときよりも須藤くんと一緒の方が気楽だった。

「佐藤さん、キャットウォークは慣れました？」

これは須藤くんに何度も言われた言葉だ。

キャットウォークとは巡視で歩く監査廊のなかで、アーチ型に湾曲した高さ一三一メートルのダムの下流面（つまり凹面）の壁面全体に這うように張り巡らされた狭い歩廊のことだ。プラムラインの観測室やポンプ室はダムの下部にあるから、現場に行くためにはキャットウォークを延々下って行くしかなかった。ぼくたちにとってはれっきとした通路だが、水辺に遊びに来たひとたちから見たら、壁面があまりにも巨大なのでキャットウォークはダムの壁を横切るように並行に描かれた模様の線としか認識されないかもしれない。

七段（つまり七階分）のキャットウォークのそれぞれの間は螺旋《らせん》階段で結ばれている。ぼくはいつも壁にへばりついて一息つきながら振り返り、歩いているときは決してそんなことを考えないのに振り返るといつも、主人公が犯人に追い詰められるサスペンス映画のワンシーンを思い浮かべた。同じ場所を通るときにはいつも同じイメージが浮かぶものだ。

「あれは慣れるもんなのか」

「僕だって、あれはイヤですよ。まあ、佐藤さんほどじゃないかもしれませんけど」

須藤くんはそうやってぼくをからかうのだった。

「だけどぼくは土木屋だよ。電気屋は高所作業が当たり前じゃないか」

「そうなんですよ。高いところか、天井裏か、地下か。いつも恵まれない環境ですよ。僕はそんなこと考えてもなかったんです。電気工事士の試験に高所恐怖症の実技があったら僕は絶対落ちてました」

須藤くんは、二日間続けて休めないときは尾瀬に行っていた。いいところなのはわかるけれどそんなに尾瀬に通って一体何が楽しいのかと聞けば、かれは目を輝かせてこう答えるのだった。

「尾瀬はいつ行ってもいいんですよ。シーズン終わりの寒いときもいいですけど、間違いないのは雨の日です。人がいないですからね。なんというか、自然のなかで一人で、世の中から隔絶された感じでたまらないんです」

「ダムだって十分、世の中から隔絶されてるじゃないか。自然なんて腐るほどある」

変わったやつだなあ、と言えば須藤くんはこう答えるのだった。

「尾瀬に行く途中からは僕たちのダムも見えるんです」

そんなときの須藤くんは、胸をふくらませて歌う春の鳥を思わせた。


記憶がぼんやりするような、あのなんとなしの穏やかな日常を断ち切る出来事が起きたのは、矢木沢に来て三年目の越冬のときだった。


「佐藤さん、個人的なことでアレなんですけど」

焼酎を飲みながら須藤くんが言った。

「なにが?」

「自分の彼女なんですけど。もう、無理みたいです」

「無理って?」

「いや。二年連続クリスマスが越冬じゃないですか。今年は違うわけだったんだけど。仕方ないって言ったんですけどそんなの耐えられないって言われちゃって」

「ああ。女のひとはそういうのはなあ……」

須藤くんの彼女を見たことはないけれど、二年連続は気の毒だった。本来入るはずだった他の電気技士が子供からインフルをもらって高熱を出し、急遽須藤くんが入ることになったのだ。

そうか。あんなに所長が早く結婚しろと言っていたのはそういうことだったのか。

そのとき初めて思った。

こういう仕事だとわかっている奥さんがいれば、クリスマスに家に帰らなくてもなんとかなる。ましてや子供が生まれれば、奥さんも子供のことで忙しい。だが恋人だったらかわいそうだ。現場の携帯の電波は入らないこともないが不安定で、メールならいいけれど通話は途切れることもある。

「佐藤さんは？」

「なにが？」

「いないんですか、彼女とか」

「いない」

「ほんとですか？　ここだけの話で全然かまわないんですけど」

「サツキさんの目が怖くて彼女なんか作れない」

「サツキさんって、あのおばあちゃん？」

須藤くんは笑った。サツキさんというのは、ぼくたちが泊まりでダムに行くときに必ず寄る、水上の阿部酒店のおばあちゃんのことだ。ダムでの作業は、危険なので日没とともに終了することになっている。その後の長い夜、することと言えばテレビを見るか、酒を飲むくらいしかない。

「ある意味、この仕事を一番理解してくれてる女性だろ」

どれほど昔なのかわからないが、サツキさんはダムで賄《まかな》いをやった経験もあるらしい。サツキさん爺さんがまだ生きていた頃なのか、一人になってからなのかはわからない。サツキさんが話してくれたとしても一体いつの時代のことかぼくにはわからない。

「あのおばあちゃん、最近変なこと言うんですよ。こないだは進駐軍がどうとかって。ちょっとアレかなあ、ぼけてきたのかなって」

「進駐軍？」

「ええ。兵士がうろついてるから気をつけろって」

「そんなことサツキさんが言ってたの？」

不安になって聞き返すと、須藤くんは、まだ飲みますよね、お湯沸かしてきます、と言って席を立った。

「佐藤さんっちゃあ、このへんじゃあんまり聞かねんね」

最初の頃、酒屋でそんなことを言われて驚いた。佐藤なんて日本で一番多い苗字だし、どこへ行っても必ず当たり前にいると信じていたからだ。

「ふるさとはどこかい？　新潟かい？」

「関西です」

「関西のどこ」

「三重県なんですけど」

「三重は関西じゃないだろうよ」

サツキさんの豪快な笑い声のなかでぼくは、水上の人には三重県がどこにあるのかわからないだろうと勝手に思って、関西と言ってしまったことを恥じた。ほんとうは、ぼくたちにとって三重県は関西なのだが、確かに全国的な認識は違うし、それをまた説明しても仕方ないと思った。

「このへんって、ほんとうに佐藤はいないんですか？」

「古いひとじゃいないね。娘の学校の同級生でも一人もいなかった」

「じゃあ、ぼく、貴重なんですね」

そう言うとサツキさんはうんうんと真顔で頷いた。

「水上の駅の方ならわからないよ。あと旅館で働いてる人ならいるだろうよ」

「おばあちゃんはこの近所の出なんですか」

「そうさ。死んだ爺さんが阿部で、あたしの旧姓は中島。阿部と中島はうーと多い——りんご持ってってくかい」

返事も聞かずに、酒の入った袋にりんごを三個詰めてくれた。少々乱暴な詰め方だったので袋がぐっと重くなった。

「へえ。中島、何さんですか」

「サツキ。カタカナのサツキ」

そう言ってニカーッと笑った。

「サツキさん？　きれいな名前だな。女優みたいだ」

二度目のニカーッにやられて、ぼくだけがそれ以来阿部酒店のおばあちゃんのことをサツキさんと呼ぶようになった。サツキさんは、ぼくが酒を買いに行くと、ちょっと待ってなと言っていそいそと奥に入っていく。そしてなにやらタッパーを出してくる。それはサツキさんが取り分けておいてくれたふきの煮物だったり、切り干し大根だったりする。濃い目の味つけが酒のつまみにちょうどよかった。タッパーを返すときには飴玉でもなんでもいいから小さなものを入れて返すのだということも、ぼくはサツキさんに教わり、言われた通りにしていただけでサツキさんはいつも上機嫌だった。

だけど進駐軍とは穏やかでない。ぼくが見る限りサツキさんはしっかりしているひとなんだが、今度行ったときに少し様子を聞いてみようと思った。

「明日もずっと氷点下なんですかねえ」

グラスにお湯を注ぎながら須藤くんが言った。

「昔はもっと寒かったんだって所長が言ってたよ」

「これより寒いって、どんだけだったんですか」

ぼくは窓の外を見た。雪明かりで真っ暗ではないが、もちろん何も見えやしない。なにもないのだ。

「ディーゼルが動かなくなったりしたらしいよ」

「それ一番困るじゃないですか。どうしたんですか」

「みんなで投光器の熱でエンジンをあっためたんだって」

「へえ。それで動いたんだ」

「まあ聞いた話だけどな」


その夜ぼくは星を見るために事務所から出たのだった。ダムがあるところの星はどこだって凄い。ましてや冬の晴れた日の矢木沢は、ギラギラ輝く星が天を覆い尽くす。ちょっと酔い覚まし、というのもあったし、外の空気を吸いたくもあった。


下の方で黒い影が動いたのを見て、熊だと思った。ぼくはまだツキノワグマと出くわしたことはなかったが、この辺りではキノコ採りの人やキャンパーが襲われることもある。真冬なのに、ということは頭になかった。

黒い影がこちらを向いたのが見えた。ゆっくりと近寄って来る。

やられる、と思った。

事務所との距離より、熊との距離の方が近かった。

ぼくは、その場にすくんで動けなかった。

すると「熊、もしくは熊のようなもの」はしわがれた声で、

「サトーサトー」

と言った。

ぎょっとして見守ると、再び、

「サトーサトー」

と言いながら近づいて来た。語尾がかすかに笑いを含んでいるように感じられた。

ぼくらのほかに、人間がここにいる筈がない。

じゃあ、オバケなのか。

逃げようとは思わなかった。逃げられないという気が強くしていた。それどころかぼくは、気がつけばかれの方に足を踏み出していた。

熊のような、オバケのような人物もゆっくりと体を揺すりながら歩いて来た。ぼくらの距離がほとんどなくなった。

かれはレスラー並の体格をした黒人だった。雪明かりのなかでシルエットはくっきりとしていたが顔の表情はよく見えなかった。年齢もよくわからなかった。ただ、広い額に汗が光っていた。


「ここは立ち入り禁止だ」

冷静を装って言ったが、ぼくの声は震えていたかもしれない。

かれは大きな体を遠慮がちに屈めるようにしながら、

「英語で話してもいいか」

と言った。ネイティブではなかった。その英語にはかすかな訛りがあった。どこから来たんだ。

ぼくは英語で、同じことを繰り返した。

「ここは立ち入り禁止だ」

「サトーサトー、私は遊びに来たわけではない」

人なつこくかれは握手の手を差し出すのだった。ぼくがためらうと、一度その手をひっこめたが、また再び、

「ずっと君を探していた」

と言って握手を求めた。仕方なく、ぼくも手袋から手を抜き取って差し出した。ひんやりした分厚い掌がぼくの手を包んだ。力強いのに妙にすべすべしていた。

「どこから入って来たんだ。ゲート番がいたはずだろう」

「山を越えてきたのだ。もう一つの湖の方から。だが君に会えて嬉しい」

ぼくはかれを見つめた。冬山登山者としての装備は完璧なように思われた。だが、そんなことを考えている場合ではない。

「確かにぼくは佐藤だが、人違いだと思う」

「しかしながらそれはまさしく君なのだサトーサトー」

「なぜ二度言う」

ちょっと笑いたくなった。そういう毅然とできないところがぼくの弱さなのかもしれなかった。

「重要な話があって来たのだ」

「ここは本当に、冬の間は立ち入り禁止なんだ。雪崩《なだれ》の危険もある。この下の道は除雪してある。帰ってくれ」

「冬山には慣れている。それは君の心配するべきところではない。だが君は親切だサト

ーサトー」

「ぼくはあなたのことを知らない。あなたがぼくを訪ねて来る理由はなにもない」

「説明させてくれ。五分でいい」

「じゃあ五分だけ聞く。そしたら帰ってくれ」

「ＯＫそうする。そしてまた連絡する。そのときは返事をくれると、そう約束してくれ」

かれは言うのだった。そしてウェアの内ポケットをがさがさやって名刺を出した。湿って柔らかくなった名刺には、

HILBERT JAVEL

という名前とメールアドレスが入っているだけだった。住所も、肩書きもなかった。

「ヒルベルト？」

ヒルベルト空間ってやつがあったな、と思う。ベクトル計算を三次元、つまりユークリッド空間よりも高次の空間に拡張したものだ。内積から導かれるノルムに距離を入れて距離空間として完備であるならばベクトル空間Hは——

しかし、相手はゆったりとした身振りを交えて否定していた。

「イルベール。フランス人の名前ではイルベールと読むんだね」

「失礼。イルベール。イルベールだ」

「そうだ」

頭のなかのホワイトボードに書き始めた数式を拭き消しながら、一体自分は何をしているのか、と思った。ぼくはゲート番でも警備員でもない、突然現れたこの外国人をどうやって追い返したらいいのか、わからなくなってきた。

「日本で仕事を？」

「いいや、サトーサトー。君に会いに来たのだよ」

「だからそれはぼくではない」

押し問答をしているうちに体が冷えきってしまっていることに気づいた。

「目的を言う。女優を、探してほしい」

かれは言った。

「女優？」

「行方不明なんだ。それで探している」

「なにを言ってるんだかさっぱりわからないよ」

「君の助けが欲しいんだ」

「ぼくは公務員だ。女優なんか知るはずがない」

決して英語が堪能なわけじゃない。まして、自分が理解できないことを話すのは疲れる。誰かが会計と言い出して解散するのを待っている飲み会の席にいるような気分だった。

「五分の約束だ。帰ってくれないか」

「サトーサトー、私は君のことをよく知っている。君はオバケが怖くてオフィスで有名だったよ」

「どこでそんな話を聞いたか知らないが、そんなの昔の話だ。意味のないことを言うのはやめてくれないか」

イルベールが白い歯を見せて笑った。

「それでは〈カッパ〉の話をしよう」

もう本当に、帰さないといけない。それに真庭さんに見つかったら面倒なことになる。あのひとは怒ると怖いのだ。しかしいつの間にかかれのペースに取り込まれ、興味を惹かれていることも事実だった。

「人違いでないことをそれによって証明する」

「なんだって?」

「〈カッパ〉の伝説を知っているだろう」

カッパというのは着る方じゃなくてあの河童か? 何を言いだすんだ。

「河童の伝説なんて日本ならどこにでもある。だけどぼくが知っているのは遠い場所の話だ。スタンダードな話ではない」

「そうだ遠い場所だ。続けたまえ」

どうするつもりなんだと思ったが、早口で言った。

「大昔、宣教師のことを河童と偽ったという伝説がある。聞いた話だよ」

「まさにその話だ」

「え?」

「続けてくれたまえ」

本当のことかどうかはわからない。確かめようもない。日本が鎖国に向かい、キリシタンが禁令となった時代、追われた宣教師たちが河原に潜んでいて、それが河童の伝説になったと聞いたことがある。頭の皿は確かにザビエル像に似ていないこともない。河童の嘴《くちばし》は日本人から見たら大きく見える西洋人の鼻だった。かれらは子供たちを可愛がった。子供たち、そして隠れキリシタンたちは宣教師のために食物を運んだ。もしかしたら河原でミサが行われたのかもしれない。宣教師を守るために使われたのが、河童という妖怪だった。川には河童がいる、大人は川に引きずり込まれるから近寄ってはいけない、という噂が流れるようになった。

「そうだその話だ。同じ伝説を私も聞いたのだよ」

「それが何だっていうんだよ。なにが証明できるんだ」

「サトーサトー、大切なことだよ。それは日本の、どこの地方の伝説か」

「長崎県に五島列島というところがある。そこの人から聞いたんだ」

ぼくはそんな話はしたくなかった。この不気味な外国人に、そんなことを話すのは悔しい気持ちがした。

「そうだ。遠い昔、長い長い間、クリスチャンたちが信仰を守っていた島々だ。サトーサトー、君にそれを教えてくれたのは一体誰だか言えるかね？」

「ぼくが昔、つき合っていた……」

「それが私の探している女優その人だ」

なぜだ。

わからない。なぜそんなことを言う。

強い気持ちがこみあげたが相手は逆に、なにかの熱が醒めたかのように、強引に話を打ち切った。

「これ以上の話は長くなる。自分一人ではできないことだから頼みにきた。また連絡させてもらう」

重い靴が雪を踏みしめる音がだんだん遠のくのを、その真っ黒な後ろ姿をぼくは茫然として見守った。名刺をもらっただけで、ぼくの方はなにも渡さなかった。そもそも越冬のときに名刺など持ってこない。かれは一体どうやって連絡してくるというのか。

宿泊棟に入り、冷えきったからだをストーブで暖めながらダウンジャケットを脱いだ。曇ったメガネをタオルで拭いているとき、ぼくは落ち着かなかったが、風呂に入っていつものように焼酎を飲んで寝る頃には、少なくとも恐怖は残っていなかった。

翌朝外に出たぼくは、自分の足跡もイルベールの足跡も夜間の積雪で消えているのを確認してほっとした。

湖は静まり返っていた。もう氷の音はしなかった。

春が近いのだ。

「佐藤さん、ちょっと聞きたいんですけど」

昼食の後、須藤くんが言った。

「昨夜、変な人が来てましたよね」

「ああ、外国人だよ」

「なんだったんですか」

「サツキさんが言ってた兵士っていうのは、多分あいつのことだったんだな。まだサツキさんはボケちゃいない」

「いや、そうじゃなくて」

須藤くんは苛立ちを見せて言った。

「なんなんですか。佐藤さん、親しげに話してたじゃないですか」

見られていたのか、と思ったが、ぼくの長靴の足跡は、普段は絶対に行かないし、事務所からも見えないような一般駐車場に向かっていた。不審だったのだろう。実際、ぼくだってわからないし、イルベールの存在自体が不審なのだから須藤くんに説明のしようがないのだ。

あの時間、須藤くんはタヌキの餌付けをしようと外に出たのかもしれない。積雪で消えたのはぼくらの足跡だけではなかった。須藤くんの足跡もまた消えたのだった。

ぼくはでまかせを言った。

「留学したときの知り合いだったんだ。だけどここに入っちゃいけないからって、帰したよ」

「おかしいですよ。なんでここまで来られたんです？　屋倉橋のゲート番に止められなかったんですか?」

「あれはアルピニストだよ。平気で山を越えるんだ。ならまた湖をまわって来たって言ってたよ」

これほどぺらぺらと嘘を重ねたのはぼくにとって、少なくとも同僚相手には、初めてのことだった。なぜ自分自身が怪しいと思っているかれのために、こんな嘘をつかなければならないのか、まるでわからなかった。それと同時に、自分が納得できるまではたとえ須藤くんであろうとも何も言えないという気持ちもしていた。

「なんのために」

「谷川に冬山登山に来たんだとさ。それでぼくのことを思い出したって」

「ちょっと佐藤さん、にわかに信じがたいですよ。おかしくないですか」

須藤くんはいい加減なことが嫌いな性質だった。かれは仕事中の冗談を嫌った。誰かに「スドウくん」と言われて間髪を入れず「ストウです」と正すときには、ぴしゃりと相手を否定するような感じもあった。それはイルベールがヒルベルトを否定するのとはちょっと感じが違っていた。事務所で、備品が切れていると腹を立てた。たしかに備品がないと仕事にならないのだから須藤くんは正しいのだが、ぼくのように、まあいいや、ということが須藤くんにはなかった。ぼくが須藤くんのことで最初に思い出すのは顔立ちよりもむしろ、報告書に並んだ小さくて筆圧の弱いきちんとした文字だ。

「変な奴なんだ。何考えてるんだかぼくにもさっぱりわからない」

「怪しすぎますよ」

「湯ノ小屋から、ならまた湖をまわって来たら来られないことはないだろ。それに、あ
あいった連中はいつだって閉鎖されてる時期に入りたがるじゃないか」

「そりゃ、そうですけど」

須藤くんは納得していなかったが、

「あ、ウサギが」

と言って、湖面に目をやった。

奈良沢の方から出て来たのか、降り積もった雪の上を野うさぎが矢のように走って行く、そのウサギをイタチが追いかけて走っていた。両者の間は五メートルくらいだっただろうか。

あれほど厚い雪の上を、ウサギは走ることができるんだな、と思った。

どっちが勝つのか……ぼくたちは言葉もなくその光景に見入っていた。逃げ切るというって、ウサギはどこに逃げ込むのか、それともイタチがペースダウンしてしまうのか。時間にしたら十数秒といったところだったかもしれない。だがそれはとても長く感じられた。

レースの終わりはあっけなかった。

「えっ」

と須藤くんが声をあげた。

ウサギは空から突然舞い降りたタカにさらわれていった。追いかけていたイタチだけが出番を間違えてステージに出て来てしまった間抜けな役者のように湖面にとり残され

た。

2

三月になって渓流釣りが解禁になっても、矢木沢ダムは雪景色のままだった。桜の話題がテレビや新聞を賑わしても、ぼくらの心配は雪崩のことだった。路面の積雪が減っても日陰にはしぶとくアイスバーンが残っていた。

沢の水が溶けて流入量は動き出しているのに、熊だって目覚めているだろうに、終わらぬ冬にぼくはうんざりしていた。そして、考え続けた。

イルベールとは一体何者なのか。


「あれは兵隊だね」

サツキさんは断定した。

「サツキさんが進駐軍なんて言うから、須藤くんが心配してましたよ。どうかしたんじゃないかって」

「そうに言ったかしれないけど、要は兵隊さんってことだよ」

イルベールはブランデーとソフトドリンクを買いに、阿部酒店に立ち寄ったのだそうだ。

「なんでそう思いました？」

「体見りゃわかる」

「はあ」

確かにかれはレスラーのような体格をしていたけれど、サツキさんの見立てはどうなんだろう。

「なんでダムに来たんだろ」

「演習だか訓練だかなんだか、あたしは言葉知らないけど、なんかそういうふうな顔つきだったよ」

そしてもう一度見りゃわかる、と繰り返した。

「サツキさん、喋ったんですか？」

「身振り手振り。でもああゆうんは余計なことは一切言わないさ」


かれの来訪は、ひび割れのようなものをぼくのなかに作った。仕事に熱中しているときはいつも通りだったが、ちょっとした時間の隙間にぼくはイルベールの正体を考えていた。もちろん何も思い当たるところはなかった。それから彼女のことを思い出してみるのだが、これもまたうまくいかなかった。

ぼくのひび割れを現象にたとえるならば、その原因はなんだろう。外的な部分で言えば見知らぬ男がいきなり訪ねてきた驚きと不審だろう。内的な可能性では「彼女が行方不明である」ということが、鉄筋の腐食のように反応を起こしたことだろうか。

そもそもぼくは、自分の心の動きについて考えることが苦手だった。だからこそ抜け出せなかった。それにとらわれてしまった。

第一に彼女とイルベールの関係がわからない。第二に、彼女が行方不明であるという情報が正しいのかどうかわからない。第三に、ぼくが必要とされる理由がわからない。

ぼくと彼女がつきあっていたのは、もうずいぶん昔のことなのだ。


「御神水《ごしんすい》、汲んでいきましょうよ」

帰り道で、車を停めて須藤くんが言った。

「御神水」というのは、ぼくが地元で知っているような、岩肌からしみ出ているとか、泉からわき出ているといった類の湧水ではない。コンクリで固めた法面《のりめん》下部に突き出た塩ビ管からちょろちょろ流れる水が側溝に注いでいる。赤いスプレーで矢印がつけてあるものの、ふつうの人から見たら雨水《うすい》かと思うようなものなのだ。

ここはもともと山で、切り開いて道をつけたわけだから、昔から知られていたような湧き水とは違う。よくこの場所に配管をつけたもんだな、とぼくは感心した。

しかも、この水が抜群に旨い。

ただの冷たい水ではない。なにか味がするかと言われると説明に困るが、喉の奥で納得するような旨みを感じる。そればかり飲んでいてもちっとも飽きない。

「神の水なんてよく言ったもんだと思いますよ。誰が言いだしたんだか知りませんけどね」

須藤くんが空のペットボトルを傾けて水を汲みながら言った。

「須藤くんは好きだよな、湧き水とか」

「ここの水、腐らないって知ってました？」

「腐らないってことはないだろう」

「いや、ほんとなんですって。ずーっとそのまま置いといても大丈夫なんです」

「だったら風呂に張りっぱなしでもいいってことか？」

「そりゃ違いますよ。僕らみたいな不潔な野郎が入っちゃいけません」

「神の水だもんな」

「そうです」

須藤くんの明るい表情を久しぶりに見たような気がして、飲みに誘うと、いいですね、と笑った。

沼田で事務所に寄って車を置いてから、アパートの近所の焼き鳥屋に行った。お疲れ、と乾杯したあと、やや沈黙があった。ぼくはタバコに火をつけた。

「佐藤さん、異動じゃなかったんですね」

須藤くんが言った。

「そんな話全然ないよ」

「僕はてっきりそうかと思ってました」

ぼくの矢木沢勤務は四年目に入っていたが、そんなことは考えもしなかった。

「上のひとに僕からは訊けませんけど、いつ東京に帰ってもおかしくないですよね」

「言われてみればそうだなあ」

「それに、佐藤さんときどきため息なんかついてるし」

「ため息？　ぼくが？」

ぼくは驚いて笑った。須藤くんは焼き鳥を頬張りながら、ええ、と目で返事をした。

確かにぼくはいつ異動になってもおかしくない。そもそも本庁が何を考えているのかわからなかったたし、治水行政は以前にもまして厳しくなっていた。ここにとどまれないと言われたら新設のダム現場に行きたかったけれど、希望が通るわけじゃない。もっとほかの、計画段階で難しくなっている自治体に行く可能性もあったし、東京に戻れと言われれば辞めない限り拒否はできないのだった。

自分の意志を通してなにかをするためには、辞めないとだめなんだろうな、とぼくはそのころからうすうす思っていた。しかしそれでは食べていけない。一度辞めてしまったらどうにもならない。

「とりあえず今年は大丈夫」

ぼくはそう言った。

「それより、彼女とはどうなったんだよ」

須藤くんこそ何かに神経質になっているように見えた。かれは串をきちんと皿に揃えて、おしぼりで手を拭いてから言った。

「前の彼女は年末にだめになって。そのあと、最近また別の」

「新しい彼女ってこと？」

「ええ。あの、趣味が合うんで前から顔とかは知ってて」

「すごいな。趣味って山歩き?」

「尾瀬です」

「あれ、もう尾瀬開きってしたのか?」

「もうすぐです。一緒に行ってきます」

「ほんとかよ。どこで知り合うんだよ」

「県のひとなんですけどね」

県庁職員という意味だ。須藤くんは「県のひと」と言うときに声を潜めた。どこに知り合いがいるかわからないからだろう。

「そんな人いたっけ」

「小林さん」

そのひとなら、ぼくも知っていた。

「前に河川課にいたひとか。あのひとって年上?」

「年は僕と一緒です。あっちは大学出なんですけど」

「大人っぽいかんじのひとだよな」

「実際は見た目とは違うんですけどね」

ああ、うまくいってるんだな、と思った。

「結婚するのか」

「一応考えてるんですけど、でも結局は同じ悩みなんですよ」

「同じ悩みって?」

「どこに住むかですよ。僕の組織だって全国転勤あるじゃないですか。あっちは県職だし、ずっと勤めるつもりだし」

「なるほどなあ。でもそれじゃ話もすすまないよな」

考えてみれば不思議なものだ。自分がいつ、どこに住むかが決められない。それでもかまいませんと言わないと働いていけない。パートナーの事情で仕事が続けられない。だから家なんか怖くて建てられない。

「佐藤さんはいずれ、地元に帰るんですか」

「なんで？」

「だって妹さんのこと」

「親が元気なうちは考えてないけど。まあ、どうなんだろうな」

「年離れてるんですよね」

「二人いるんだよ。上の妹は二つ下で、下のは十五もちがうんだ」

「下の妹さんの方ですか」

「うん。おじさんみたいなもんだよ」

そっか、と区切るように頷いてから、須藤くんは言った。

「僕はずっと女きょうだい欲しかったなあ」

「その結果がこれだよ。須藤くんみたいにもてるやつと、ぼくみたいに女に幻想もたないやつ」

彼女のことを思い出すとき、人間の記憶は時系列じゃないんだな、と思う。最初に彼女のことをどう思って、どうやってつき合い始めたかではなく、どうしても別れのところから記憶がはじまってしまう。今でもまだ懐かしさより苦しさを感じる。肌にくっついたガーゼが傷を破らないか気にしながらじわじわと剝がすように、言うなれば男らしさの微塵《みじん》もない態度でしか自分の記憶にアプローチできないのだ。

好きなひとができた、

と言われた。たったそれだけだ。しかも電話だった。

どういうこと、と情けない声を出した。

「佐藤くんって、すぐ泣くオトコだったっけ」

なにか反応を楽しむような声だった。

恥ずかしさと怒りで、ちょっと鳥肌が立つような気がした。

何が悪かったのかもわからないし、電話で突然なんてちょっとひどいんじゃないか、せめて一度会って、というような意味のことをぼくはぐじゃぐじゃ言ったと思う。

「意味ないと思う。会っても」

彼女は嗤《わら》った。

電話の向こうにいるのがほんとうに、ぼくの知っている彼女なのか疑いたかった。疑うための時間が欲しくて何か言おうとしたが、言葉にならなかった。

「だけど……」

「私たち、もともと合わなかったんだよ」

そして電話が切れた。

あまりに性急すぎて、ぼくに理解することも、受け止めることもできなかった。きっかけはなんだったのか。ぼくにどんな落ち度があったのか。どんな落ち度があったのか。我慢できない欠点があったのか。なぜ会って話してくれなかったのか。

かけ直しても、次の日も、何日かたっても、彼女はもう電話に出てはくれなかった。ぼくは自分のことしか思い出せない。彼女の電話番号を消そうとして何ヶ月も悩んだこと。そのあとも、知らない電話番号からかかってくるたびに彼女の新しい番号なのではないかと一瞬、強く期待してしまったこと。彼女が気に入っていたカフェにも書店にもまったく行けなくなってしまったこと。急に居場所がなくなったように感じて、役所と自分の部屋を往復するだけの生活になってしまったこと。

間違いなく言えるのは、彼女はぼくにとってはもったいないような女性だったということだ。

ぼくみたいな男では、きっと、退屈だったのだ。

それはずっとわかっていたことだけど、諦めが勝つまで半年くらいかかった気がする。彼女が一体どこの誰を好きになったのか知らないし、知りたくもなかった。そうでなければ自分が男として劣っていると思い込みそうだった。

きれいなひとだった。大きくて真っ黒な目をしていた。眉もきりっとしていた。自分で美人だとよくわかっていたんだと思う。でも、決して派手ではなかった。むしろどこかひっそりした印象もあった。服装も化粧も質素にしていた。よくつけているネックレスでぼくが好きなのがあって、何かって聞いたらターコイズだと言った。個性的でさわやかな色で、彼女によく似合っていた。

ぼくは彼女が果物を食べる姿を見るのが好きだった。官能的な眺めだったから、というのもあるけれど、彼女自身、果物が好きだったからでもある。ミカンでもリンゴでもメロンでも洋なしでも、それはもうなんでも彼女はよく食べた。東京に出てきたときに一番感動したのは果物の種類と味だったと彼女は言っていた。

彼女のことを堀内さんに訊いてみようか、と思った。堀内さんは、大学時代のゆるい繋がりの友達のうちの一人だった。今は結婚して都内で働いているが、年賀状程度のやりとりはある。大学時代、女性で気軽に話せる相手は堀内さんだけだった。

彼女を紹介してくれたのは堀内さんだった。卒業前の飲み会に「バイト終わってから行くけど、後輩連れてってもいい？」と言って彼女を連れてきたのが最初だった。共通の知り合いで、今も連絡を取れそうなのはあのひとしかいない。

久しぶりに会ったら楽しいだろうとも思った。だが、何年も前に別れた相手のことを質問する、というのはどうにも、はばかられる。そんなことで友達とはいえ結婚している堀内さんを呼び出そうとしたら、「何言ってんの」と笑われそうだ。ぼくは別に彼女に未練があって――

いや、まだ未練はあった。

その年、ぼくは五月に長めの休暇をもらうことにした。

ダムの仕事が忙しいのは、雨が多いときだ。周辺の山間部の降雨からダムへの流入量を積算し、下流域が洪水にならないように水位を調整して適切に保つことが重要だ。特に梅雨の終わりの激しい雨や、夏の夜の豪雨や、台風の時期にはその場に応じた対応が求められる。前の年にふつうに盆休みをとっていて別の担当者に負担をかけてしまったぼくは、その年の夏場はずっと沼田にいて、いつ連絡が来ても現場に行けるようにしようと決めていた。

休暇を取ると言っても実家に帰るだけだ。墓参りに行ったり、両親と下の妹を連れて一泊で温泉に行ったり、上の妹が旦那と一緒に来てみんなでごはんを食べる、あとは家でだらだらするだけだ。

それでも、休暇の前は浮き立つような気分になる。一般の休日と違う時期ならなおさらだ。ぼくはサツキさんに、四日市の時雨煮《しぐれに》をまた買ってくるよと約束した。時雨煮はサツキさんの好物だった。


東京へ向かう上越新幹線の窓際の席は朝日が当たってまぶしかった。シェードを下げて本を読もうと思ったが、集中できそうになかったので途中でやめた。ぼくは目を閉じて彼女の記憶をもう一度整理しようと思った。

堀内さんが彼女を飲み会に連れてきたと言っても、当然ぼくなんかより器用で話の上手いやつらがあれこれと話しかけていて、ぼくは挨拶程度しか言葉を交わしていない。男女比が極端な理系学部の男の集団のなかには、なにかそういった猿山みたいな序列がある。ぼくは猿山の下の方で、気にもしていなかったから友達とずっと話していて、たまに堀内さんがそこに混じってくる、というような感じだったと思う。

帰りの電車のなかで堀内さんからメールが来て、あの子に佐藤くんのアドレス教えてもいい、と聞かれたので、かまわない、と答えた。その日は帰ってすぐに寝てしまったが、次の日にほんとうに彼女からメールが来たので面食らった。

昨日はお疲れ様でした。今度また会ってもらえますか。

そんな文面だったと思う。

ぼくは大丈夫ですけど、とかそんな返事をした。からかわれてるんだろうとも思ったけれど、興味がないわけではなかった。

それで何日かあとの夕方に下北沢で待ち合わせをして、彼女が好きだというカフェに行った。クラシックな内装で、ぼくにだけ値段が書かれたメニューが来るようなカフェだったが、バタ臭いわりに落ち着いていて、ずいぶん長いこと話していた。

彼女が五島出身だという話はそのとき聞いて、行ったことのない離島に興味を惹かれたのだった。五島に島の数は百四十もあって、なかには無人島や人口が数人しかいない島もあること、魚だけではなく牛肉もうどんも美味しいこと、海水浴場は砂が白くてきれいだけれど強烈な離岸流が来ることもあること、有名な大瀬埼灯台で日没を見るとそのあと真っ暗な藪のなかの道を延々歩いて帰って来なければならないこと、悪天候のときは船も飛行機も欠航すること……

「こんな話おもしろい？」

彼女はこころもち眉根を寄せながら言った。ぼくはその表情に夢中になった。

「すごく面白い。行ってみたい」

帰り道、彼女はぼくのコートのポケットに自分の手を滑り込ませてきた。もちろん握り返したけれど、全く冷静ではいられなかった。ぼくという人間のすべてが彼女の熱い掌に握られてしまったような気がした。

でもその日は、それ以上誘うことができなくて、また会う約束をして帰ったんだと思う。ぼくは彼女の表情を何度も思い出した。半日も経つと、それが思い出せなくなって苦しんだ。

暫くして、彼女が出演する演劇を見に来ないかと誘われた。

あの時代の彼女はほんの端役《はやく》で舞台に出ていた。主人公に敵対するような悪役をもらうこともあった。舞台での彼女は実に表情豊かで、もっと出番が多ければと思った。誰にも冷やかされることなく、公然と見とれていられるのが嬉しかった。

東京駅で東海道新幹線に乗り換えてから、実家の母に十三時には四日市に着くとメールを送った。バスで帰るつもりだったが、買い物ついでに迎えに来てくれると返信があった。

実家に帰ったら、数日はあれこれ考えなくて済むと思ってほっとした。おそらく自分に都合の悪いことをたくさん割愛した記憶だが、とりあえず一度最後までさらってみようと思って、ぼくはまた目を閉じた。

お互い若くて、きっかけをつかんだばかりだったから、たくさん将来の話をした。彼女は、もしも映画出演の機会があればそれは出てみたい気持ちもあるけれど、基本的には舞台女優でやっていきたいと言っていた。そのための投資もしていた。イベントコンパニオンのアルバイトをして（堀内さんとはそこで会った）、稼いだお金はダンスやバレエのレッスンにつぎ込んでいた。

ぼくは就職したばかりで、できれば海外のダム新設工事の現場へ、でも無理ならば国内のダムへ、とにかく現場へ行きたいという気持ちを強くしていた。もちろんそれ以外の仕事に携わる可能性も高かったが、ぼくの希望はダムか橋梁《きょうりょう》だった。

「五年後とか、十年後とか、佐藤くんは東京にいないのね」

「希望で言ったら、そうだと思う」

「じゃあ私、訪ねていく」

「うん」

五年後も、十年後も、ばらばらなのだということを認識して、とてつもなくさびしい気持ちになった。

ぼくは彼女の夢に憧れた。そしていつまでも憧れの域から出ることができなかった。

彼女と比べてぼくはあまりにも幼かった。それでとうとう堀内さんから電話があって、うまくいってるのかと訊かれた。女同士がどこまで話しているかわからなかったけれど、ときどき会ってる、と答えた。

「してないの、まだ？」

「そんな急には」

「ばかだな。せっかくチャンスなのに」

「どうやって誘っていいかわからない」

「家に呼べばいいじゃない。何言ってんの」

「その理由がみつからない」

堀内さんは呆れて、そのあとしばらく説教されたんだと思う。あのひとはいつもぼくに対して姉みたいな態度をとった。でもおかげで漸《ようや》く決心がついて、珍しいワインをもらったので今度家で飲みませんかとかなんとか、下心丸出しの恥ずかしいメールを送ることができたのだった。もちろん珍しいワインは自分で買った。

天気がいいせいもあるだろうけれど、新幹線の車内はぼくには暑く感じた。反対側の窓からは富士山がよく見えたが、なるほどと思うだけで特別な感動はない。静岡県のダムは富士山麓より西の大井川水系、天竜川水系に集中している。車内販売のコーヒーを買ってゆっくり飲みながら、この辺りのひとは矢木沢なんて言われてもどこにあるのか知らないんだろうな、とぼくは思った。

一旦親密になってしまえば、彼女は穏やかで、楽しいひとだった。そして、なにか話し合うときには、強くぼくの味方をしてくれるひとでもあった。

彼女もぼくもお金がなかった。会うのが夜遅くになることも多かったから、そのうちお互いの家を行き来するようになった。こういう段階を経て同棲するようになるんだろうか、とぼくは思った。だけど全く先は見えなかった。

ぼくはひとより睡眠時間が長い。受験の頃だって徹夜はできなかった。恋人としても多分、一番大切な時間帯に、眠くなってしまう。

「ごめん、寝るかもしれない」

「いいよ。明け方帰るね」

「もし起きなかったら起こして」

「いいのよ」

彼女は明け方に帰って行った。

そして必ず、何かしら小さないたずらを残していった。

ものを隠したりなんてことはなかったけれど、朝起きると、玄関に出ていた全部のスニーカーの紐が結んであったり、冷蔵庫の卵にマジックで顔がずらりと描いてあったり、缶詰とレトルトの箱で奇妙な工作がしてあったりした。バスルームの鏡に歯磨き粉で書かれた横文字が並んでいたこともある。意味を尋ねたら、「エメ・セゼール」と、言った。

「エメ・セゼール」ってなんだよ、と言ったけれど彼女は答えなかった。ぼくはてっきり演劇のタイトルだとばかり思っていた。

楽しかったし、彼女のことが大好きだったけれど、間違えて乗ってしまったバスのように、気がつくとぼくは見知らぬ場所を、とんでもない行き先に向かって走っているような気がしていた。

ふられてから、ぼくは覚えたての仕事に逃避して、なるべくものを考えないようにした。堀内さんに報告したのはずいぶん後になってからのことだ。

「佐藤くんが悪いわけじゃない」

堀内さんは言ったが、具体的にどうということはなにも言わなかった。

やはり休暇が終わったら連絡してみるべきなのか。

堀内さんは、ぼくより彼女のことをよく知っていると思う。

名古屋で新幹線から関西本線の快速に乗り換えて、三十分で四日市に着いた。駅前で母の軽自動車を見つけると、下の妹も一緒に来ていた。二人から近況を聞きながらショッピングモールへ行き、買い物の荷物を持った。

家に帰るとこの二人に輪をかけて陽気な父が「ビール冷えとるぞ」と言い出したので、ぼくは早速宴会モードに切り替えた。最近料理に凝っている下の妹がなにか作ると言っっていた。もちろん母の監督の下なのだが、味見の回数が多いから美味しいのだと張り切っていた。四日市の家は暑くて、ぼくはTシャツに着換えてビールを飲み、父に「弘《ひろむ》はいつも気候に慣れるのに三日かかる」と笑われた。

ぼくに来たダイレクトメールだの同窓会報だのがとってある菓子箱を見たのは夜中になってからだった。珍しい封筒が入っていた。ごく薄い紙の封筒に青と赤の縞の縁取りが入っている。これがエアメールというやつか。

「なんでこんなものが」と言いながら差出人を見ると、イルベール・ジャヴェルだった。一体、どうやってぼくの実家の住所を知ったのか。

「親愛なるサトーサトー」

英文の手紙だった。

封筒の宛名の佐藤は、Satoとなっているのに、本文の綴りはSateaux-Sateauxになっていた。いかにもフランス人のやりそうなことだ。

「女優について情報はあったか？　日本でわかることがあるならば、教えてほしい。メールでもなんでもかまわない。私は彼女を探し続けている。

＊

私たちはニース大学で出会った。彼女は留学生だった。多くの日本人と違って彼女はいつも一人でいた。正確に言えば誰かといてもたったひとりでいるように私たちには見えた。観光客には危険と言われる下町ですれ違ったこともあるし、浜辺に一人でいるのも見かけた。

学食でのたわいないお喋りから、私たちも彼女も同じように離島出身であることがわかって仲良くなった。彼女は五島で（これもまたGoteauxと綴ってある）私たち――つまり私とフェリックス――は、マルティニーク出身だった。君は知っているだろうか。マルティニークはカリブ海にある島で、フランスの海外県だ。

私たちは奨学金をもらって離島からフランス本土に進学したのだ。寄宿舎に住んでいたが、マルティニークは当然とても遠いから、学年末の夏も帰れなかった。

私の友達に芝居をやる男がいたので、彼女は短い間に大学の演劇に参加したりもした。私が彼女のことを女優と呼ぶのはそこからなんだ。『女優』というのが彼女のニックネームだった。

＊

驚いたことに彼女はエメ・セゼールを知っていた。

君はエメ・セゼールを知っているか。かれは、マルティニークの偉大な詩人で、フランツ・ファノンの師でもあった。政治家としての評価は難しいが、かれがいなかったらマルティニークはもっとひどいことになっていた、それだけは断言できる……」

（ぼくだって驚いた。風呂場の落書きが詩であって、しかもイルベールの故郷に繫がっていたなんて考えもしなかった）

「サトーサトー、ほんとうに短い間にいろいろなことがあったのだ。まだ若かった私たちは、――本当にファノンが言った通りで恥ずかしいんだが――正しいフランス語を彼女に発音してほしかった。アフリカ人だったら彼女にそんなことは言わなかっただろう。私たちがフランス語にこだわりすぎていたのだ。

（コンプレックス、と書いて消してある）

それでこんなことがあった。海辺でバカ騒ぎをした後、彼女が『私はとても幸せだ』と言った。フェリックスはすぐに『君の幸せ（heureuse《ウルーズ》）という発音はとても悪いよ』と言った。『幸せというのはこういう発音なんだ』すると彼女は『不幸（malheureuse《マルルーズ》）はこの発音でいいのか』と聞いた。そこで、私とフェリックスと彼女は、海を背にして三人で歩いて行った。heureuse, malheureuse, heureuse, malheureuse って繰り返しながらね。幸福、不幸、幸福、不幸と繰り返しながら、大学へと続く長い坂を上って行ったんだ。サトーサトー、なんと罪深いおまじないだろう。あの頃私たちは幸福も不幸も何も、全く何も知らなかったというのにね。

＊

彼女は日本に帰ってからも何年かに一度はフランスでバカンスを過ごし、ついには日本に帰らなくなった。

そして彼女は行方不明になった。ある日突然、文字通り消え失せたのだ。

＊

実を言うと私が知るところの君のエピソードの殆どは、彼女から聞いたものではない。君の住所を調べるのも、それほど私にとって難しいことではない。それでも彼女の行方がわからないのだ。

これは我々にとって共通の、極めて深刻な問題だ。

サトーサトー、君からの情報を待っている。

君の友人　イルベール」

どういうことなんだ。

こんな思い出話を聞かされてどうしろっていうんだ。

しかも、その後の彼女とイルベールの関係なんて説明されていない。なぜ彼女が行方不明になって、なぜイルベールが探しているのか、なぜあんな真冬に職場に訪ねてきたのか、まるで説明になっていない。

ぼくが彼女がフランスに行った話を聞いたこともあったかもしれない。自分にわからない話だと思って聞き流していたのだろう。

だけど数年に一度バカンスでなんて話は寝耳に水だ。

彼女がぼくを捨てて、好きになった男というのはイルベールだったのか。

いや、そこにはなにか違和感がある。

かれが言っていないことを読み取ることなどぼくにはできない。

居間の隅で点訳本を読んでいた下の妹が顔を上げ、「なんかあったん」と聞いた。

下の妹の茜は生まれつきの視覚障害でぼくの表情を見ることはできないのだが、勘が鋭いというのか、ちょっとした感情の変化がすぐにばれてしまう。晴眼者である上の妹の沙織にわからないことでも茜はすぐに気がついた。

「なんかあったってわけじゃないんだ。昔の友達の話ってだけ」

とぼくは言った。

「手紙、どこから来たの」

「フランス」

「ふーん。コーヒー飲む？」

「うん」

マグカップを二つ持って来た妹が「お兄ちゃん」と言った。

「なに」

「もしかして霞ヶ関のオバケってその人？」

「おまえなんでそんなこと、思いつくの」

霞ヶ関のオバケの話なら面白おかしく話して聞かせたことがある。ぼくが夜、非常階段でタバコを吸っているとオバケの足音がする。オバケは非常階段をコンコンコンと上がってくる、だがどこかでぴたっと止まってしまう。ぼくはオバケを見たことはない、という話。

しかし今回、ぼくは一言も、茜にイルベールが矢木沢に来たなんて言ってない。

「そのときと反応一緒やから」

茜は言うのだった。

そんなことより、茜の進路を考えなければならないのだった。再来年、センター試験を受けたがっている。鍼灸師《しんきゅうし》になるのは嫌だと言って、家庭教師について勉強を続けてきた。そこそこ成績もいいらしい。三重大学なら盲学校と同じ津にあるから実家から通えるし、安心していられるのだが、茜は東京に出たがっているのだ。

両親も沙織も、そんな危険なことには反対だった。そこで生まれ育ったならともかく、茜が自転車や通行人の多い歩道を歩いていると想像するだけで怖いと思った。地下鉄の混んだホームの乗り換えなどさせたくなかった。そもそも下宿だってどうする、一人暮らしなんて、という話になり、茜は、どんな都会だって障害者はおるやん、ここよりずっとおるやん、一人暮らしのひとだって、と言い返し、そうするうちに泣いてしまう。その繰り返しをそろそろ、なんとかしなければならないのだった。

茜に甘すぎる、とぼくはいつも言われるのだが、こう言われるとなんとも言い返すことができなかった。

「いろんなひとに会うてみたいんやわ。ここおったら、あかんやん」

3

実家という場所は、大なり小なりもてあますものだ。新幹線で帰省したとき、ぼくは鈴鹿川に釣りに行けばよかったと思う。かといってその気になって自分の車に釣り具だのウェーディングシューズだのを積んで帰ってきたときには、面倒くさくなって行かない。

同級生の西島拓がやっているバイク屋の店先でコーヒーを飲みながらぼくはそんな話をしていた。同窓会で会って以来で、ゆっくり喋るのは久しぶりのことだった。

「弘は変わらんな」

西島は笑った。中学のとき釣りを始めたのも、高校のとき学園祭でバンドまがいのことをやったのも、いつも西島が言い出したからだが、はじめてみれば案外ぼくの方が真剣になってしまうのだった。

「相変わらず空気みたいなやつや」

「空気言うな。あ、沼田の場所わかったか?」

矢木沢赴任になって電話したときのことを思い出して言った。やっと希望が通ってダム勤務になったと言うと西島は、

「どこや。関西か」

と言った。かれは何事も関西を基準として話を始める。

「矢木沢ってでかいダム。住むのは沼田市やけど」

「沼田ってどこ？」

「群馬の、北の方」

「その、群馬がわからん」

「草津温泉のあるとこや」

「草津って群馬県か。近いんか」

「いや、近くはない」

「ますますわからんわ」

ぼくはそのやりとりを再現して笑ったが、西島は「未だに関東のあのへんはごちゃごちゃしてよう覚えられへん」と言った。

「海斗《かいと》くん、いくつになった？」

「三つになったとこ。来年から幼稚園」

「大きいなったなあ」

「元気なのはええけど落ち着きがなくて大変やわ」

子供が生まれたときは、あいつが父親なんて、と思ったけれど今では子供の話をしない西島の方が不思議なくらいだ。

「三つならもうどこでも行けるやん。どっか家族旅行とかした？」

「こないだグアム行った。けっこうよかったよ。来年はオーストラリア行きたいって嫁が言っとるわ」

「ええなあ」

「おまえんとこは？　名前なんやったっけ下の妹さん……いくつんなった？」

「茜な。もう十七なった。東京の大学に行きたい言うて聞かへん」

「目え悪いひとが大学行くってすごいやんか。えらいなあ」

「地元ならええけど、東京なんて」

「人生一回きりやで。好きなことさせてやれや」

「人生なんておまえが言うのおかしいわ。どんだけおっさんになったん」

「いや、茜ちゃんの気持ちもちょっとはわかる。俺、ずっと地元におるやろ。なんや広い世界に出たくてワーッてなるときあるよ。これはおまえにはわからん気持ちやで」

「ぼくが茜の友達やったら言うかもしれんけど、そんなん家族としては心配やに」

「そやなあ」

西島は、まじめな顔で言った。

「いっそ、海外に出したらどうや。あっちの方が障害者に優しいし、ブワーて世界広がる思うよ」

またでかいことを言うなあ、と思った。ぼくもアメリカに行ったことはあるが、砂漠のなかの小さな町で学生寮に入って朝から晩まで勉強していただけで、西島の言うような意味での海外というものはまるで知らない。

帰ってくると、母はまだパートで、父は「そのへん（おそらく四日市けいりん）」に出かけたとのことだった。家には茜しかいなかった。

「なあなあ、昨日の手紙のこと教えて」

茜はえらくイルベールに興味を惹かれた様子だった。

「その外国人のひと、なんて名前なん」

「イルベールって言うんだ」

「どんなひと」

「黒人のフランス人。背はそれほど高くないけどレスラーみたいに全身筋肉の塊みたいなひとや。力こぶやったらぼくの三倍くらい太いと思うな」

ぼくに答えられるのはかれの外見と僅かな会話の雰囲気だけで、なぜぼくを訪ねて冬の矢木沢まで来たのか、なぜ実家の住所を知っているのか、本国で何をしているひとなのか、どれをとってもわからないことだらけなのだった。

日常生活で外国人と出会うことが殆どない茜には、黒人と言ってもわかりにくいかと思ったが、学校で世界にはいろいろな人種がいることや、アメリカの奴隷解放史などは学習しているようだった。

「フランスで黒人って多いん？　それか移民のひと？」

「マルティニークっていうカリブ海にある海外県の出身らしい」

「海外県って植民地なん？」

改めてそう聞かれると、ぼくには海外県と植民地の違いがわかったような気がしていたのに説明できない。

「カリブ海ってどのへんやろ」

「自分で調べてごらんよ」

茜は自分の部屋から地球儀を持って来た。

「見てみるわ」

茜は物事を感じて把握したり、その場でひとに説明してもらってイメージを頭に描くときに「見る」という言葉を使う。それはもう頻繁に言うので、事情をわかっていないひとにはさぞかしわかりにくいだろうと思う。いっぱい見てきた、などと言うのだから。

茜は地球儀の日本の場所を指で確かめ、中国から東欧へと地球儀を回しながら移動していった。ここがフランスだよね、それから？　大西洋もずっと西なん？　もっと南？　ぼくも一緒になってカリブ海を探した。ジャマイカとかハイチとかのそば。

「ここだ」

「アメリカの方がずっと近いね」

「ほんとやに」

「でもフランスやんな」

「アメリカ大陸発見の頃の動きって歴史の教科書に出てくるやろ」

「スペインとか、あとイギリス？」

「そうそう。でもさすがにマルティニークのことは出てないかもなあ」

何しろぼくが知らない。

「ちょっと調べてくる」

茜は自分のパソコンで検索をかけて、点字ピンディスプレイでそれを読んですっと暗記してしまったらしい結果をやや棒読みで報告した。

「……もともと住んでいたカリブ人を一六五八年にフランス軍が虐殺、島民は全滅した。その後アフリカから黒人奴隷が連行され、サトウキビなどのプランテーション農業が行われたって……ひどい話やね」

日本がそうならなかったのが不思議なくらいだとぼくは思う。

「いなくなった友達ってどんなひと？」

「演劇やってたな」

「へえ？　初めて聞いたかも」

「そうかな」

「お兄ちゃんも見にいったん？」

「つきあいで、何度かね」

「面白いひと？」

「普段はおとなしいやつやったけど、悪役やらせると上手い」

それは本当のことだった。

「ふうん。でもそのひと、フランスでイルベールと知り合ったんやね。ええなあ、外国行って友達できるなんてうらやましいわ」

「まあ、ちょっと変わったやつやから」

「なんでいなくなったん」

「わからん。ぼくだって長いこと会ってないし、なんでイルベールがぼくに聞くのかもわからん。もちろん、ほかのひとにも聞いてると思うけど」

地球儀を片付けてきた茜は、嬉しそうに言った。

「霞ヶ関のオバケの話なあ」

「まだ言うか」

「私やったら足音覚えて、誰かわかるのに」

なるほどなと思った。

非常階段の足音と雪の中のそれでは違うとも思うが、確かに茜は、ぼくらが顔を見て誰だかわかるのと同じくらい正確に、足音でそれが誰だかわかるのだった。


そのうちに沙織と旦那の英之くんがやって来た。そして沙織は早速茜と進路問題を論じ始めた。

下手に参加したらとばっちりを受けかねないので、リビングで小さくなっている義弟の英之くんに、

「ビールでもはじめませんか」

と声をかけた。英之くんはほっとしたように頷いたが、もともと口数の多くないぼくらはパソコンの新機種の話を少ししてみたものの、外野がうるさくてあまり盛り上がらなかった。

「そもそも大学行って何勉強するん」

「文学部、か、教育学部」

「なんのためにその学部行くの」

「あんまり決めてへん」

「勉強は二の次やんな？　やっぱりや。東京行きたいて駄々こねてるだけやと思ってたわ」

「だってここにおったらなんもできやんやん。一度くらい東京行って何が悪いん？　お兄ちゃんだってお姉ちゃんだってみんな外の大学行ったやん。それに今はサポートとかいろんなやり方あるって言うよ？　それ受けるようにするし、がんばればなんとかなると思う」

「あんた簡単に言うけれど、障害者が知らない土地で一人で暮らす言うたら大変なことやんか。ふつうのひとの二倍も三倍も毎日がんばってそれでやっと当たり前って、そんなことできるん？　どうしたって晴眼者にかなわないとこもあるんやで」

「わかってるて」

「茜はイメージだけでわかってるから誰も納得しやん。何かあったらお兄ちゃん頼ったらいいて思ってるんやろ。甘いわ」

「放課の居残り、見てるみたいですね」

英之くんはそう言った。沙織とは職場結婚で二人とも中学の教師だ。

「沙織が担任だったらぼくはいやだなあ」

沙織が向こうからすごい目で睨んだが、そのまま茜と話し続けた。

くすくす笑っている英之くんを見て、ふと思った。

もしも沙織が行方不明になったとしたら、かれは沙織の昔の彼氏に連絡なんか取るだろうか。そんなやつに声はかけないと思う。昔の彼氏のところに自分の妻が行っていたら、非常に困る。ふつうは女友達を頼るのではないか。

だが、英之くんではなく父であれば、なりふりかまわず高校や大学時代の彼氏にも幼なじみにも、片っ端から電話するんではないだろうか。

そしてイルベールがやっていることは、どちらかと言えば父の対応に似ているのではないか。

ほどなく母がパートから戻ってきた。

父も戻ってきて「宴会や宴会」と言った。どうやらけいりんは負けずに済んだようだった。

「お父さんはギャンブルやめへんし、お兄ちゃんはこの時代にまだタバコ吸ってるし」

と、沙織が言った。ぼくは、

「悪徳の家なんだ、ここは」

と答えて、言われると吸いたくなるタバコに手を伸ばした。

「沙織がおるからみんなの悪徳が相殺《そうさい》されて美味しい酒が飲める。ありがたいなあ」

と父が手を合わせたので、茜がげらげら笑った。

いつものように茜が「写真撮ろうよ」と言った。茜が自分で写真を見ることはないが、自分が写っている写真を家族に見てほしいと言って、なにかにつけて写真を撮りたがる。写真撮ろうと言い出してからが長くて、この服で大丈夫？ シャツの色合ってる？ と聞いてまわるので時間がかかる。沙織がヘアワックスを持って来て、こうするとかわいいよ、と髪を直してやっていた。

それから家族揃って近所の鶴寿司へ行った。店の造作は古くてお世辞にもきれいな店とは言えないが、安くて旨い。ぼくは父から「海なし県民」とからかわれながら酒を飲み、英之くんと茜はもりもり食べた。母と沙織は食べるより喋る方が多かった。

翌朝、帰り際に茜が言った。

「お兄ちゃんってやっぱりわかりやすい」

「そうか」

「昨日も嘘ついとったのすぐわかったに」

「嘘なんてついてない。ぼくが何言った？」

「今度言うね」

茜は笑った。

何を嘘だと思われているかよりも、「今度ね」とか、そういう女のひと特有の言い方を妹がするようになったことが頭に残った。

上毛高原駅を下りると、空気はひんやりと感じられた。バスに乗り換えて沼田市内のアパートに帰ってくるとほっとするけれど、少しさびしい気分になる。今朝まであれほどみんながワーワー言っていた実家から離れて、自分がなぜ沼田にひとりでいるんだろ、と不思議になる。それは帰ってきた最初の晩だけのことで、翌日にはけろっとして、ただのダム屋に戻る。

沼田の街は朝晩こそ気温が下がるものの、昼間は汗ばむほどの陽気になっていた。だが、矢木沢には春が来たばかりだった。須藤くんは奈良沢で子ウサギをみつけたと言って喜んでいた。緑は日ましに色濃くなり、ダムに向かう道でもサルやカモシカの親子を見かける。駆け込んできた春が、短い夏を経て秋を走り抜けていくまではあっという間だ。山には一日として同じ日がなかった。

ダム本体と貯水量の管理だけでなく、梅雨前のこの時期にやっておくべき仕事はたくさんあった。たとえば上流から流れてきた流木を一ヶ所に集めて散らばらないようにする流木管理というのがある。市場で冷凍マグロを引き寄せるのに使うカギ棒みたいなものを使って、船から流木をひっかける。のどかに見えるかもしれないが水を含んだ流木はかなり重いので結構な汗をかく。船舶の点検もあるし、当番で草刈りもやる。事務所と一般駐車場の周辺だけでも相当な面積になる。

天気のいい週末になると、水辺の遊びを楽しむひとびとが集まってきてダム湖周辺は賑やかになった。

須藤くんは県庁の彼女とうまくいっているみたいだった。梅雨が明けたら福島側の檜枝岐《ひのえまた》から尾瀬に入ると言っていた。須藤くんのたわいないのろけ話を聞くのは、なんだかくすぐったいようだった。ぼくも家に帰って彼女のことを考えてみようとするのだが、うまくいかない。そんな日は、エメ・セゼールとフランツ・ファノンの本も取り寄せてはみたけれど、読まずに本棚に突っ込んだままだった。

ある日、ぼくは思った。

ぼくは過去ではなく現在の彼女から逃げ続けているのではないか。逃げながらとらわれているのではないか。

五島に行ってみたって彼女はいないだろう。劇団で、ぼくが連絡をとれそうなひともいない。唯一、彼女のことを知ってそうなのは堀内さんだった。イルベールは堀内さんに連絡したのだろうか。

梅雨に入るとだんだん仕事の予定が読めなくなってきて、堀内さんへのメール一本がなかなか打てなかった。彼女がどこにいるのか知っていたら教えてほしい、という用件はあまりにも唐突すぎて、会って話した方がいいことはわかっていても東京出張の機会も作れなかった。タイミングを失ってどうしたものかと思っていたら、ある日向こうから電話がかかってきたので驚いた。

堀内さんは、彼女のことを探しているのではなかった。大学時代に趣味でやっていたボサノバのユニットを再結成したと言う。堀内さんはギターも少し弾けるし、透き通ったきれいな声をしていた。

「スタジオかなんかで練習してるの？」

「知り合いの小さいバーで演奏できるとこがあって、そこでたまにやってるんだけど」

「そんなとこあるんだ」

「小岩なんだけどね」

「ああ小岩」

見に行こうかな、という気になったが、堀内さんが電話をかけてきた目的は違っていた。

「それで、再来週なんだけど、ドラムやってくれない？」

「え」

「いつも一緒にやってる子が法事で、どうしても都合つかないって」

ドラムは西島なんかと一緒に高校時代ちょっとだけバンドをやった程度で、上手くもなんともない。大学時代、同じような事情のときに何度かピンチヒッターで堀内さんのユニットを手伝ったことはあった。

「無理だよ。もうずっとやってないし」

「仲間内でやるだけだし、ライブハウスとかじゃなくてほんとに個人でやってる小さい店だからさ。佐藤くんはブラシで刻んでるだけでいいから。大丈夫」

「うーん」

曲はなにやるの、と聞くと、よく知っている昔の曲が三つで、知らない曲は一つしかなかった。

　それならできるかな、という気もした。

「出てこれる?」

「まあ、行けないこともないけど」

　じゃあ店の場所メールで送るね、と言われてあっさり東京に行くことになった。電話を切ってから、スティックもブラシも持っていないことに気がついたが、行けばなんとかなるだろう。


　久しぶりに楽器をやるのは、少し照れくさいけれど気持ちのいいことだった。ピアノは前から知っているひとだった。堀内さんよりは上手なアコギと、ウッドベースを担当するメンバーも感じのいい連中だった。開店前の店でリハをやっていると、だんだん昔の感じを思い出してきた。ぼくは言われた通り「刻んでるだけ」で、たまにごく控えめなおかずを入れるくらいだったが、夜になって本番のライブが始まったときには気分が高揚した。なんだこんな楽しいことがあったのか、と思った。

　照明があたると、ステージの外はなにも見えない。まばらな客の気配は曲の間の、ざわめきや食器の音でしかわからない。堀内さんが気の利いたMCをしているとき、ぼくは彼女が一度だけライブを見に来てくれたことを思い出した。暗闇のなか、非常口のランプのすぐ下あたりに、あの大きな瞳の彼女がたたずんでいることを想像した。

　短いステージを終えたぼくらは軽い打ち上げをやった。堀内さんは、「ボッサなのにスティック回したりしてたんだよ」とぼくの恥ずかしい過去を披露した。そんなことをしたのは高校時代までだったと反論したが、多分堀内さんの記憶の方が確かだ。帰り際、ぼくは堀内さんに相談したいことがあるから、このあともう一軒だけつきあってくれないかと頼んだ。どのみちその日は都内に泊まる予定だった。

神田まで戻って、堀内さんの行きつけの和風の店に行った。カウンターに並んで座ると、

「焼酎のボトル入れてるんだけど、それでいい？」

と、堀内さんは言った。もちろん異存はなかった。堀内さんは手早く、鳥貝のぬたと肉じゃがを頼んだ。

「話ってなに？」

実は彼女のことなんだ、今どうしてるか知りたい、と言いながら、この言い方は絶対誤解されるなと思った。

「なにを今頃そんなこと言ってるの？　どうかしたの？」

「いやちょっと、いろいろ知りたいことがあって」

「ちょっといろいろじゃ、わかりません」

堀内さんはまじめな顔をして焼酎の水割りのグラスをぼくの前に置いた。ロックにしてくれと言えばよかったなと思いつつ、ぼくは質問に取りかかった。

「最近、彼女とメールとかしてる？」

「してないけど」

「年賀状とかって、来る?」

「来ない。もう三年くらいかな」

「そうか」

「一体なんなの」

だめだ、と思った。さりげない質問で話を引き出すような技量をぼくは持ち合わせていない。

「ほんとかどうかわからないんだけど、彼女が行方不明だって噂を聞いたんだ。それでちょっと気になった」

「誰からそんなこと聞いたの」

「誰というのも、難しいんだけど……」

何事もすぱすぱと判断して先へとすすんでいく堀内さんに曖昧な言い方を続けていたらそのうち本気で怒られる。

「つまりね、彼女を探しているって外国人に会ったんだ。わざわざダムまで来たんで、ちょっとただごとじゃないと思って」

「なんであんたのとこに来るのよ」

「そんなのぼくが知りたいよ。とにかく失踪したって、その外国人は言うんだよ」

「なんでそのひとがあの子のこと探してるの?」

「さあ……」

「じゃあ、なんで佐藤くんは気になって仕方ないの?」

「わからない」

「話になんない」

堀内さんは呆れたように言って、時計を見た。

「ちょっと待って堀内さん、彼女が昔からしょっちゅうフランスに行ってたってほんとなの」

「うん、それはほんと。だからコンパニオンのバイトもかなり無理して入れてたんだよ」

「やっぱりそうか」

「それで何かわかった？」

「いや、まったく」

「つまり佐藤くんは、その外国人がきた理由もわからなければ、自分のこともわからないと、そういうことね」

「まあ、そうです」

堀内さんはため息をついた。

「そのひとはちゃんとしたひとなの？」

「うーん」

ここでかれのことを得体がしれないと言うわけにはいかなかった。

「頭はすごくいい。それにぼくが見る限り、まじめだと思う」

「そのひと、あの子の旦那さんなんじゃないの？」

「どうなんだろう。多分違うと思うけど」

「だって、血眼《ちまなこ》になって探すって言ったら家族しかいないでしょ。たとえばもし、私が理由も言わずに家出して実家にも会社にもいなかったら、うちの旦那は必死で探すと思うよ。でも佐藤くんだったら、わざわざ探す?」

「行方不明ってもし言われたらそれは大変なことだと……」

「佐藤くんは心配するだけで『きっと事情がある』とか言ってほったらかすよ」

「さすがにそんなことは」

言われればその通りかもしれないが、それじゃまるでぼくが愚図みたいだ。

「ねえ」

堀内さんはぼくのグラスをとって、二杯目の水割りをつくってくれながら言った。

「もしその外国人があの子の旦那か恋人だったとして、悔しいとか思わないの?」

「いや、本当にそういう感じじゃないんだ」

「悪いけど、私あの子のこと、あんまり信用してないんだよね。だから疎遠になってもしょうがないかって思う。佐藤くんと別れたのだってすごい自分勝手だったし」

「その話はいいよ。でもぼくと会わなくなってから彼女は何してたの? ずっと演劇続けてたんだったら何かわかると思うんだけど」

「お母さんが倒れて、一回五島に帰ったんだよ」

「そうなの? 知らなかった」

「だって別れた後だもん。言うわけないよ」

「そうだな」

「結局亡くなって、私は弔電だけ打ったんだけど、お葬式には行けなかった」

「そうだったんだ」

彼女の両親は離婚していて、彼女は父親が好きじゃないと言っていた。きょうだいもいない。ということは、もう五島に家はないのかもしれない。もちろん親戚とかそういうのはあるかもしれないが。

「だけどあの子は、前から悪いひととつき合ってたんだよ。結果的にそれで都内に居場所なくなっちゃったから。海外にいるかもって、私が思うのはそういうこと」

「悪いひとって」

「文字通り悪いひとよ、お金はあるけど女を利用するような」

「いや、ちょっとよくわからないな」

「あんまり、佐藤くんが知らない方がいいこと」

「きっと、どうしようもない事情があったんだよ」

「佐藤くんはあの子のこと疑わないだろうけどいろいろあるんだよ」

「その悪いひとは東京にいるの？」

「さあ。別の世界だからわかんない。塀の中かもしれないし」

そこまで言われてやっと、ああ、これは自分の手には負えないことだとぼくは理解した。

「佐藤くんってさ、自分のこと好いてくれるひとのことは相手にしないで、わざわざ無理なとこばっかりいくんだよね」

「無理なとこって」

「佐藤くんが十個質問したら、それに対して二とか三しか答えてくれないひと」

「それじゃまるで残りの七をぼくが妄想してるみたいだ」

「ちがうの？」

確かに、堀内さんに十の質問をしたら（そもそも十質問するまで堀内さんが黙っていられるかどうかは別として）十五とか二十になって返ってくるに違いない。

「佐藤くんって、自分のことちゃんと言わないひとを勝手に理想化するよね、謎めいてるとかそういうの？」

「そんなことないと思うよ」

「そんなこと、あるよ」

堀内さんがそう言うのならそうかもしれなかった。堀内さんにしても妹たちにしても、ぼくは女のひとたちにやいのやいの言われることに慣れていた。やいのやいの言うひとたちは、ときに近視眼的なところがあっても、大体のところ正しかった。

彼女や、イルベールのようなひとが正しいのかどうか、ぼくは考えたこともないし見当もつかない。確かにそういうひとに惹かれる、ということは否定できなかった。

そうだ、彼女とイルベールは似ているのだ。

「気になるかもしれないけど、でもあの子はやめた方がいいよ。最初に紹介したのは私だからこんなこと言うのはあれだけど。見た感じみたいに、いい子じゃないよ」

「でも、悪い子じゃないよ」

「やだやだ、まだそんなこと言ってる」

「ぼくに出る幕はないってこと？」

堀内さんはちょっとぼくの目を見て言った。

「でも佐藤くんに言っても無駄かもね。開けちゃいけないって言われたら開けるでしょ、玉手箱」

三十過ぎてるんだから当たり前なんだけど、なんだかすごく大人っぽく見えた。

「開けるかどうかはわからない。でも気にはすると思う」

「もう結婚でもなんでもして早く落ち着きなよ。気がついたら玉手箱開けても誰も気がつかないくらいのおじいさんになってるんだよ、あんただって」

「それとこれとは話が違うだろ」

ただ、なんとなくどこかの美しい水辺で玉手箱を開ける自分の姿だけは浮かんだ。そしてからっぽの玉手箱なんか開けたって何の変化も起こらないのだ。

そんなことを口にしたら余計馬鹿にされるとは思ったが。

ようやく、ぼくはイルベールに英文でメールを書いた。
「ムッシュ　イルベール
なぜ君がぼくの前に現れたのか、ぼくにはまだわからない。四日市の実家の住所まで調べてしまう君のことだから、もっと彼女の情報を持っていそうなひとを探すことだってできるはずだろう。これについてはぜひ返事を欲しい。なぜ、ぼくなのか。そしてなぜ、君が彼女を探しているのか。

＊

先月、共通の友人と会ったときに彼女のことを聞いてみた。彼女はぼくと別れたあと五島の実家に戻って、そこで母親を看取ったとのことだった。彼女からの手紙も（年賀状と書きたかったが、訳しても意味がないと思った）三年前から途絶えたと聞いた。ぼくが思うに、彼女が五島にいる可能性は低いのではないか。

ぼくの友人は、彼女は日本にはいないのではないかと推測した。さらに、君が彼女のパートナーだから探しているのだろう、とも言った。

だが、ぼくの印象では君はまるで家出をした娘を探す父親のようだった。なぜ君がそれほど彼女を探すのか、なにか利害関係があるのか、ぼくに連絡をしてくる以上、話してくれるのがフェアだと思った。

残念なことに、ぼくにはこれ以上のつてもないし、五島に知り合いがいるわけでもないから役に立てないと思う。

かつて彼女に関わった人間のひとりとして、彼女が健康でしあわせであることを祈るだけだ。

佐藤弘」

その週のうちに返信が来た。

「親愛なるサトーサトー

君の推理はかなり鋭い。なぜならば、私は彼女の子供の父親役をしているからだ。血の繋がった父親ではない。子供のほんとうの父親は私の同郷の友人だが、今は連絡がとれない。

彼女にとって私は親しい友人だ。恋人であったことも夫婦であったこともない。

私が彼女を探しているのは、子供が母親を必要としているからだ。シンプルにそれだけだ。フランスとマルティニークで、私は心当たりを全て探した。痕跡ひとつみつからなかった。彼女がフランスの長期滞在ビザを持っているにもかかわらず、だ。

君の友人　イルベール」

「子供？　なんで子供？」

パソコンの前でぼくは驚いて声をあげた。

彼女が赤ん坊を抱いている姿、というのはちょっと思い浮かばなかった。

そしてイルベールが赤ん坊を抱いている姿はもっと奇妙に思われた。何か子供向けのイベントの後のファンの集い、みたいなものしか思い浮かばない。あのイルベールが自分の子供でなく友人の子供を育てるなんてますます想像がつかない。

友人というのはこの前の手紙に書いてあった、フェリックスというひとだろうか。

「幸せ／不幸せ」と繰り返していたフェリックスと彼女が結婚して、それでいなくなってしまったのか。夫と同じように妻もまた子供を残していなくなるというのはどういうことなのか。夫を探しに行ったのか。

イルベールから情報がひとつひとつ出てくるたびに、ぼくはますます混乱する。わからなくなる。

強い雨が何日も降って漸く梅雨が明けた。少し天気が安定するかと思っていたら、早い台風が珍しく内陸まで来て、ぼくらは対応に追われた。その夏は雨が多かった。下流域に発生するゲリラ豪雨という言葉を、一般のひとが口にするより少しだけ早くぼくらが聞いたのはこのころだった。予測が難しい夜中の激しい雨に対処するために、真っ暗な道を飛ばして矢木沢に向かうこともしばしばあった。

ダムに行くときは、雨量の変化とこれからどうやって手を打つかに夢中で、ほかのことはなにも考えなかったが、明け方近くになって疲れ果てて沼田に帰るときに、彼女に会ってみたいと思うことがあった。どこからどこまでかはわからないが、彼女は今、移動中なのではないだろうか、とも思った。その考えは、玉手箱を開ける自分の姿と同じくらい根拠がなかったが、それでも自分のなかにしっかりと刻み込まれたイメージだった。

4

矢木沢の越冬隊が廃止され、その年から冬期のダム管理は沼田の事務所から遠隔操作で行われるようになった。もちろん試験運用期間を設けてテストと評価を重ねてはいたが、厳冬期の本格運用にあたって事務所内には張りつめた空気が漂っていた。観測された数値に見慣れないパターンが検出されれば、それが異常という範疇《はんちゅう》のものでなくても現場に飛んでいって状況確認と機器のメンテナンスを行った。

遠隔操作によって自分たちが楽になるという発想はなかった。ぼくは、さらに厳しい条件下や遠隔地の現場への応用をイメージしていたし、真庭さんや所長にはあとから来る後輩たちに越冬はさせたくないという思いもあったようだ。三階建ての事務所の屋上には真っ白なパラボラアンテナが何基も設置され、須藤くんは屋上にいるか現場に走っているかで、越冬のときみたいにゆっくり言葉を交わすこともなかった。とにかく秋から冬にかけて、ぼくは仕事以外のすべてを忘れていた。

三月中旬になって、ぼくは半期の定例報告のために霞ヶ関の本庁へ出張した。地下鉄の階段を上がると春の風が吹いていた。女性たちはパステルカラーの服の上にスプリングコートを羽織り、とてもじゃないが雪道なんか歩けないようなパンプスを履いていた。沼田とは別世界だった。ぼくは重たいコートを着た自分を野暮ったく感じた。

会議のあと、小宮課長に小会議室に呼ばれた。かれは入省当時の上司だったが今は河川計画課の課長をしている。

「矢木沢はどうなんだ、ずいぶん日に焼けたな」

しばらく雑談したあと、小宮課長が言った。

「佐藤君、パリに行ってみるか」

一瞬なにを言われたのかわからなかった。ぼんやりしていたら当てられて慌てて黒板と教師の顔と教科書を見比べる中学生のような顔をしていたと思う（実際、ぼくはぼんやりした生徒だった）。

「パリ、ですか」

「そう。ユネスコ」

まるで六本木の行きつけの店で二次会をするよ、というような口調だった。

パリにユネスコ本部があること、国交省からユネスコ科学局に河川技官が派遣されていることは知っている。だが、昨日まで毎日作業着で働いていて、ついさっきだってコートの重さくらいで気後れしていた自分とユネスコ本部が結びつくわけがなかった。

「藤田君が八月で二年だ」

「まだ早すぎるんじゃ」

ユネスコ本部に行くような人は早くても入省十二年目くらい、藤田さんはぼくより六年も先輩だ。

「君は英語ができるんだったね」

「そんなに得意ではないです。論文書くときには苦労します」

「語学ができるやつがいないんだよ。君の上の年次には」

「フランス語は全くできません」

「それは今からがんばってもらえばいい。とりあえず英語が出来れば仕事にはなる」

「はあ」

「現場を知ることも大切だがな。もっと視野を広げないと将来ってもんは開けてこない」

「近視眼的に、なってはいけない、ということですか」

「まあそういうことだ。大変だけどいい機会だと思ってがんばって欲しい」

人事異動というものはいつも不意打ちだ。あるかなと思っている時期に呼ばれたことはなく、いざ異動のときには上司に呼ばれても何の用事だか見当もつかない。四月の異動がないとわかったときには人事から忘れられてるのかな、と思ったけれど、ぼくはまだしばらく矢木沢にいるつもりだったのだ。

「矢木沢ダムの引き継ぎは」

「水資源機構の方からひとり土木系を出してもらうことになる。現地の指示でスケジュールを組んでくれ」

自分からは言いにくいなと思った。本庁に戻るとか、どこか他県に行くとかならわかりやすい。風邪をひいたから休みます、骨折で入院します、というようなものだ。だが行き先がユネスコというのは、誰も名前を聞いたことのない病気にかかってしまったようだと、ぼく自身が思う。

ユネスコでの仕事は、国際的な河川開発や災害に関する研究が主体になるのだろうと思った。あるいは会議の運営だったり、治水教育に関わることだったりするかもしれない。どこまでが自分の仕事になるのか、新しくどんな任務があるのか、行ってみなければわからない。

ユネスコ本部はパリの7区というところにあった。地図を拡大したり縮小したりしているうちに、少し離れたところにイルベールの苗字と同じＪＡＶＥＬというメトロの駅名があるのを見つけ、かれに連絡しようと思い立った。「子供のために彼女を探している」というメール以来だったがパリに行くのなら一言挨拶というか、予告しておいた方がいいかと思って、帰宅してからメールを送った。既にぼくがイルベールという人間になんらかの親しみを感じ始めていることは事実だった。なぜそうなのかはわからない。一緒に食事をしたことも笑ったこともない人間なのに。

イルベールからは、君の赴任を楽しみにしているという返事とともに、一度スカイプで話さないかという提案があった。ぼくは指定された土曜日の朝、スカイプのアカウントを開いた。

男と、しかもフランス人と英語でチャットしていることには少し違和感があった。昔、友達と遊びでビデオ通話で話したことならある。画面の動きのぎこちなさがぼくは苦手だった。

ぼくはイルベールに、なんの仕事をしているのか、と聞いた。即座に、教員だと返ってきた。ラグビーのコーチでもしてるのか、と打ち込むと、リセで歴史学を教えているのだ、という返事だった。なにか仮の答えであるような気がしてならなかったが反論の余地はない。なんと言われたってぼくはかれに反論できないだろう。考古学者、アイスクリーム屋、発明家、救急救命士、不動産屋、かれはなんとでも言えるのだ。そしてぼくはそれを検証できない。たとえパリに行っても同じだという気がした。

ぼくはすこし思い切って、

［軍人だったことは？」と聞いた。

イルベールの返事はこうだった。

［もちろん、私の頃には徴兵制があった」

彼女について、なにか進展があったかと聞かれた。なにもない、とぼくは答えた。

［ただ、子供が気にかかる。何歳なんだ？　男なのか女なのか」

［男だ。四歳になったばかりだ」

子供がいるとさえ聞かなければ、ぼくのなかで彼女は、きっとどこか知らない土地に行ってがんばっているのだろうという楽観的で無責任な妄想に変わっていたかもしれない。

［なぜイルベールが預かることになったのか」

［前からよくそういうことはあった」

イルベールは一人住まいで、家政婦（かれは「ボンヌ」とフランス語で書き込んでからしばらくして、英語でハウスキーパーと直した）が通ってきている。その家政婦がイルベールがいないときには子供の面倒もみてくれるとのことだった。

［彼女はなんて言って出て行ったんだ?］
［五島のお母さんが手術をするのに立ち会うと言ったのが最後だった。命にかかわるような手術ではないがほかの身内が立ち会うことができないので一週間預かってほしいと。だから私は当然彼女が日本に行ったと思った］
［ちょっと待って。それはおかしいよ。彼女のお母さんは、彼女がフランスに行く前に亡くなっている］
［いつのことだ］
彼女の母親が亡くなったのは、ぼくが彼女と別れた年か、その翌年のことだ。
［二〇〇四年か、五年だったか……］
［そうだったのか］
画面のむこうが静まり返った。
［イルベール、ぼくだって彼女がそんな嘘をつくひとだとは思いたくないんだが］
［何を言ってるんだサトーサトー、彼女は女優だぞ。そういう役割をもって生まれてきたんだ。嘘をつくかどうかなんて重要じゃない］
そう言われても、なぜ彼女が嘘をつくのか納得がいかなかった。
話せば話すほど難しくなるのだった。情報が加わるたびに彼女はもはや直接の関係はなにもないぼくを裏切るのだった。知れば知るほど、彼女は知らない女になっていくのだった。
［ぼくには理解できない］

何度も繰り返した言葉を書こうとしたとき、イルベールが文章を画面に打ち込んできた。
［ちょっと待ってくれブツゾウが騒いでいる］
ブツゾウ？
ぼくはしばらく画面の前で待った。それからタバコを一本吸ったが戻ってくる気配がなかったので、紅茶をいれて飲んだ。
［まだいるか？　待たせて悪かった。本物のサトーサトーとスカイプしてると言ったら興奮してしまった］
［状況がよくわからない］
［寝かしつけるのに手間取った］
［もしかして、ブツゾウっていうのが子供の名前なのか］
［そうだ。日本の名前だ］
［日本にそんな名前はない］
まさか仏像なんて書くんじゃないだろうな、と思ったがイルベールに説明できなくて困っていると、かれは言った。
［ブッダを造るという意味らしいな。日本人は子供を守るシンボルを名前に入れると女優が言っていた。とてもいい名前だと私も思う］
［ひどい名前だ！］
仏造とでも書くのか？　そんな名前で日本に来たら笑われるじゃないか。なんでそん

な変な名前を自分が生んだ子につけるのか。適当としか思えない。愛情とかそういうものはないのだろうか。

普段馴染みのない怒りが、困惑の混じった憤懣《ふんまん》がこみあげてきてぼくはたじろいだ。

「かれは母親からサトーサトーの物語を聞いて育ったんだ」

「なんだそれは」

「ファンタジーだ。きれいな森から森へと旅をする水の番人、サトーサトーのお話だ。ブッゾウにとってサトーサトーは愛すべき仲間でもありヒーローでもある。だからスカイプの相手だと知って興奮した」

「一体ぼくのどこがファンタジーなんだ」

「そのほとんどが作り話だとは思う。ごくふつうの母親が子供にして聞かせるお話だ」

いい加減にしろよと思った。

なんで彼女がぼくのことを外国で生んだ息子に話さなければならないのか。なぜぼくが知らないところでそんなふうに利用されるのか。なぜこれほど無理だと言い続けているのに「女優を探すこと」から逃れられないのか。

それなのにぼくはまた余計なことを言ってしまうのだった。

「確かな話ではないが、友人から聞いたことで気になったことが一つだけある。フランスに行く前の彼女は、危ない人と関係があった。だからもう日本には帰って来られないのではないか、と友人が言った」

「そのことなら問題ない」

イルベールは短く答えた。
［ぼくは具体的なことは何も知らないから、問題ないというならそれでいい］
［なぜならその人間はもうこの世にいない］
［死んだのか］
［獄死した。それを調べるために日本に行った］

パソコンの電源を落としたあともぼくはそのあと何時間も煩悶した。風呂に入っても、寝ようとしても頭から離れなかった。

彼女は嘘をついて子供を棄てるような女で、その子供がイルベールに育てられている。そしてイルベールはなにもかも調べあげるのに彼女の行方だけがわからないと言う。ぼくはそんな連中とは縁を切ってしまわなければならないのに、また自分から接触してしまったのだ。そしてこれからパリに二年間も行かなくてはならないのだ。なぜ関わってしまうのか。なぜ断ち切れないのか。


自分から言わなくても異動の話はすぐに皆に知れた。

事務所を出ようとして須藤くんとすれ違った。お疲れさん、と声をかけようとするとかれは言った。

「佐藤さん、やっぱりちょっと浮き足立ってるんじゃないですか」

ぼくは驚いて足を止めた。

須藤くんは笑っていなかった。

「佐藤さんの年じゃ大抜擢らしいですよね。東京に戻るのは嫌だって言ってたけど、外国なら嬉しいんですね」

「ぼくが？　そんなふうに見える？」

「見えますよ、十分」

「嬉しくなんかない。驚いてはいるけれど」

なにがかれの気に障ったのかぼくにはさっぱりわからなかった。

「佐藤さんは矢木沢のことなんかすぐに忘れるんだろうな」

須藤くんは言った。

「それはないよ。はじめての現場だし、こんな印象の強い場所はないよ」

なにかもっと言おうとした。ぼくは矢木沢もこの仕事も好きで満足していると言いたかった。だが、うまい言葉がみつからなかった。

言葉の問題ではなかったのだろう。

ぼくはそれを言うタイミングをずっと前に逃してしまっていたのだ。

「なにか誤解してるのか。だったら言えよ」

「誤解なんかしてません。僕らは国から大切なキャリアをお預かりして、きちんとお返しするだけなんですから」

矢木沢に来られたのは幸運だと思っていた。ユネスコに行くのはイレギュラーだ。ぼくは国交省というソロバンに属するひとつの玉に過ぎない。そこには何の含みもない。

だが、須藤くんと一緒に語る言葉がなにも見つからないのだ。

七月から東京に行くことになった。研修を受けたり書類を頭に叩き込んだり短期間ではあるがフランス語を習いに行ったりもする。八月下旬に渡航の予定が決まった。当たり前と言えば当たり前だが役所というところはこういうことに関して何もかもスムーズにことが運ぶ。

都内で堀内夫妻と会う約束もあった。なぜか堀内さんの旦那がぼくに会いたがっているという。

阿部酒店に行くと、サツキさんがお裾分けと言ってカステラを包んでくれた。

「ぼく、調子にのってるみたいに見えますかね」

「そんなふうには見えないよ。あんたは偉くなるひとだって最初からわかってたからね」

「偉くはならないと思うけど」

「いつまでもこんなとこにいちゃいけないよ。嫁さんだって見つけなきゃ」

サツキさんの笑顔はいつもと変わらなかった。

「どうやって見つけたらいいのかな」

「そうだねえ」

サツキさんは少し考えて言った。

「回り道するような相手はだめだね。上手くいくときは何も考えないでもサッサッといくんだから、そういうんがいい。最初に苦労すれば後からもやっぱり苦労する。なにも考えてなさげなひとの方がしあわせなふうだよ」

少し霧が立ちそうな初夏の夕暮れだった。鳥たちはもう囀《さえず》るのをやめていて、湖面に静けさが際だった。

この時間にダムを見るのが好きだったな――

そう思ってははっとした。東京行きまではまだ数週間あるのにぼくは、現在の、目の前の風景を懐かしいものとして処理しようとしていた。うつくしかったひとつの画像として過去のファイルに保存しようとしていた。

須藤くんの言葉にぼくはまごつき、動揺したが、かれの言ったことは正しかった。ぼくは独立行政法人で皆に気を遣ってもらい、甘やかされて日々を過ごし、そのことに気づきもしなかった。

そのことと奥利根の自然の間には何の関係もない。だがぼくという人間はそれを切り離すことができない。景色を景色として味わうことができないのだ。

また戻ってくることはあるだろうか。自分の職場だった場所に遊びに来る気持ちになるだろうか。

間違いなく言えるのは、ぼくが同じ気持ちでこの場所に立つことは二度とないということだった。

季節外れの服や、実家に一時保管してもらう荷物を整理しようとして段ボール箱を持ち込んだその瞬間から、部屋はぼくに対してよそよそしくなった。昨日まで自分の一部だった空気が急に殺伐としたものに感じられた。どうせ出ていくんだろ、と部屋までがぼくを責めているようだった。

それほどたくさんの物はないのに、部屋のなかが一気に散らかった。ぼくは急ぎ足で坂道を上るようにして荷物を詰めていった。

エメ・セゼールの本を実家行きの荷物に入れるかどうか少し迷って、冬服の段ボールに押し込んだ。そして実家行きの荷物とパリ行きの荷物を見比べて、どちらがまわり道になるのだろう、と思った。

第二部

1

heureuse, malheureuse, heureuse, malheureuse

幸福、不幸、幸福、不幸と繰り返す乃緒《のお》の声が耳元で聞こえたような気がした。この言葉は綴りだけでなく発音も難しい。ぼくが言ってもやはりかつての彼女と同じように、イルベールやほかの連中に発音が悪い、やり直せと言われるだろう。

heureuse, malheureuse, heureuse

英語で話すとすべての文脈を壊してしまうNOという名前の彼女は、わけのわからない画像を送りつけてくる宇宙探査機だった。だが彼女は意図的にぼくを選んで送っているわけではなかったし、ぼく自身直接は受信していないのだった。彼女についての新しい情報を得るたびに、イメージは別の星のように変わる。ぼくはほんとうにあの子とつき合っていたことがあるのだろうかと思う。言葉少なにパスタを食べていた乃緒、コンパニオンのバイトをしていた乃緒、舞台で悪役を演じるのがうまかった乃緒、結婚して自分の息子にブツゾウなんてふざけた名前をつけた乃緒を思い浮かべる。最近ぼくは彼女についての新しい手がかりを得ていた。だがそれについてどう扱っていいのかわからなかった。

ぼくはいつまでもスタート地点でぐるぐるまわっている。なぜぼくが彼女に関わらなければならないのか、その理由もわからないし、今でも彼女を好きかと聞かれても、わからないとしか答えようがない。それが「どの彼女」のことなのか、どうやったら彼女の全体像をつかむことができるのか判断できないのだから。

ぼくはもう一度彼女に会いたいのだろうか。

出かける時間だった。バスルームと部屋のなかに忘れ物がないかを見て、飲み終えた缶コーヒーをゴミ箱に捨てた。スーツケースを部屋の外に引きずり出して、公務員宿舎を引き払ってから二日間お世話になったビジネスホテルの部屋のドアが閉まる音を後ろに聞いた。

有休をとっても良かったが、結局最終日までぼくは役所に来てしまった。大きなスーツケースを二つ引きずって登庁したぼくを見て、先輩の八重樫さんが、

「今日発つの?」と言った。

「ええ、深夜の羽田便です」

「荷物、空港送りにすればよかったのに」

ああそんな手もあったのかと思ったが、そんなことをこのぼくが思いつく筈もなかったし、今となってはどうしようもなかった。

同僚は皆忙しそうで、ぼくは暇だった。挨拶とメールチェック以外にやることと言えばせいぜい、いくつかのことを復習することくらいだった。すぐに使うことになりそうなフランス語、入国時の書類の書き方、ドゴール空港から市内へのアクセス。ぼくの席は仮のもので、数時間後には誰の席でもなくなるのだった。それ以前に、ずいぶん前か

らぼくには居場所がなかった。

来週からユネスコ本部に行くことよりも、二年後に帰国したときのことの方が不安だった。矢木沢へ行き、帰ってきたらすぐにパリへ赴任するぼくのブランクは、そのとき六年になっている。六年間もその場にいない人間の言うことを誰が信用するというのか。日本に帰ってきてからぼくは何年かけて国交省のリアリティを取り戻していかなければならないのか。

そろそろ失礼します、行ってきます、と言って立ち上がると、何人かが「がんばってな」「元気で」と声をかけてくれたが、ぼくにとって彼らが誰であってもいいのと同じように彼らにとってもぼくはどうでもいい存在だった。決して冷遇されたわけではないが、ぼくは距離を感じていた。

地下鉄から山手線、モノレールと乗り換えて、混雑する都内を二個のスーツケースをひきずって歩くというのはなかなか厄介なことだった。この荷物では、浜松町かどこかで一人で飲むわけにもいかなかったし、そもそも店も知らなかった。

夜七時にぼくは羽田に着いた。ぼくが乗るのは日付が変わって午前一時の便だったから、そんなに気の早い客はほとんどいなくて、国際線ターミナルのなかは明るく照らされているのにがらんとしていた。閉店後のデパートのショウウィンドウのなかのようだった。とても東京とは思えなかった。でも役所よりはぼくがいるのにふさわしい場所だと思った。

スーツケースに人格があるわけでもないのに、カウンターで預けてしまうと、やっとひとりになれたと思った。他人から預ったペットの世話から解放されたような気がした。

空港の飲食街のなかで、ぼくは白っぽいインテリアで統一された居酒屋の隅の席に陣取った。出国手続きは十二時頃に来ればいいと言われている。まだ五時間もある。一人で飲むにしては人生最長の飲み会になるかもしれないなと思いながらビールを頼んだ。さびしいとは思わなかったが、自分の持つ中途半端な感じは限界に近づいていた。ぼくは長い間退屈していたが、ここが最後の退屈を紛らわす場所で、あとは飛行機に乗って寝てしまえばいい。パリに着いたら少なくとも緊張感だけは取り戻せると思った。仕事のことも新しく覚えることばかりだろうし、ほかにもたとえば日常生活のこまごまとしたこと、どこで夕飯を食べるか、どうやって休日を過ごすか、覚えるべきことがたくさんある。空港にいるからそんなことを思うのかもしれないが、ぼくは乗り換え便を待つために本庁にいて、一度も入国はできなかった。仕事も生活も、すべて仮のものだったと感じた。

このところのぼくはちっともぼくらしくないのだった。時間を大切にしていない気がした。パリに行ってそれが変わるかと言えば、そんなふうにも思えない。外国に赴任するというのはそんなに大したことじゃないだろうと自問を繰り返し、どこまでが本心なのかわからないが、うらやましいと言うひとたちとの距離を感じながら、集中できない伝票のマス目に数字を埋めているような寂寞《せきばく》とした二ヶ月間だった。

矢木沢の風景は遠くかすんでしまっていた。須藤くんの言ったとおりだった。山の色を忘れてしまった森の水の番人サトーサトーはいったいどうなってしまうのか、ブツゾウという名の少年に物語の続きを聞いてみたくなった。

ぼくはゆっくりと酒を飲んでいた。まぐろのブツも焼き茄子もなんだか味がうすいように感じた。日本食にこだわるたちではないが、できれば今はこういうものを食べておきたかった。トイレに行くときに、閑散としていたロビーに少し人の流れができているのを見た。時計をみたがまだ十時だった。今更誰かと話したいとも思わず、携帯から無意味な情報を仕入れたいとも思わなかった。ぼくはもう長い間、移動中だったが、同時に日本での最後の時間を過ごす自分を、離人症のように別のぼくが白いビルの吹き抜けのどこかから見ていた。

別にここから二年間まったく日本に帰らないというわけではない。多分夏休みとかそういうときには実家に顔を出すだろうし、それに、茜が春休みにパリに来ると言っていた。しかしこれは先の話であり、ぼくもあちらでの生活のペースができてみないとなんとも考えようがない。

茜も策士になったもんだ、とぼくは思う。自分の進路を決めるにあたって、頼りない兄も反対ばかりする親のことも説得できる西島のところに相談に行ったのだ。茜が生まれたころぼくは中学生だったから、茜が西島を知っていると言っても夏休みに東京から帰省したところに遊びに来たとかその程度の記憶しかないだろう。

出発前に四日市に戻ったとき、父が言いだしてみんなで伊勢神宮に行った。その途中で、茜と西島がどんなことを話したのか、一部始終を聞いた。

まず西島は、茜の得意科目を聞いて、それならどこの大学でも変わらんと言ったらしい。東大の医学部にどうしても行かなならんとか、どこそこの芸大で誰先生に習うとかがないと親は納得しやん、と言ったそうだ。これは茜自身もよくわかっていることで、ただ都会に行ってみたい、行ってみないと何ができるかわからない、行動したい、という思いを伝えた。他人だから泣かずに話ができたそうだ。すると西島は、知らん街と自活と二ついっぺんにやろうとするからみんな反対するやんな、たとえば三重大に行って一年生からでも二年生からでも津でアパート借りて一人暮らしするっていうのはどう？と言った。

茜は、実は海外に行ってみたいのだ、と切り出した。ぼくがぽろっと「いっそ海外に出した方がええって西島が言うた」と母に漏らしたことを聞きつけたらしい。西島は率直に、何度か見かけた障害者への航空会社の対応の良さを話した。旅行の保険もあるし、案内者のいるツアーもあるし、海外旅行は国内よりも安全だ、一度行ってみたらいいとすすめた。

そこで茜はぼく抜きの家族会議を招集し、東京行きは断念して三重大学を受験することと、大学に慣れてから一人暮らしも経験したいことを提案した。もちろん親は喜んだ。

「入学祝い、今からおねだりしてもええ？」

策士はこう切り出した。

「ええよ、なんでも言うてみ」

父が必ずそう言うことを茜は知っていたのだ。

「春休み、お兄ちゃんとこ行きたいんや」

　こうしてぼくが何も知らない間にすべては決まっていて、しかしパリに来ると言われてもそれがどんな環境なのかぼくはまだ知らない。


　考えても仕方のないことばかりが頭のなかを巡った。矢木沢のなっちゃんのことを思い出して、ぼくはため息をついた。フルネームは新井奈津美だが、みんなになっちゃんと呼ばれていた。

　東京行きが近づいてきた頃、ぼくが書類のまとめで残業していると、なっちゃんがコーヒーを淹《い》れてくれた。

「遅いね。忙しいの？」

「ん、でももう終わります」

　ほかの連中はとっくに帰ってしまっていて、事務所にはぼくとなっちゃんしかいなかった。以前からそういうことは何度かあった。

「佐藤さん、これ持って行ってください」

　なっちゃんがぼくにきれいな紙袋を差し出した。なかには白い箱が入っている。

「薬のセットです。外国の薬は日本人に強すぎることもあるって聞いたから。あと、佐藤さんはちゃんとこういうもの、揃えてないだろうって思ったから」

　なっちゃんは言った。ぼくはありがとうと言った。なっちゃんが気がついてくれなかったら考えもしなかったと思う、と言った。

「もし、私がフランスに行ったら、会ってくれますか」

と、なっちゃんは言った。

なんと答えていいか思いつかなくて黙った。

ぼくにはあっちでの自分の姿が思い浮かばなかったし、そうでなくても、わざわざぼくなんか訪ねて来る意味がないと思ったのだ。もっと、友達と南の島へ行くとか、楽しい休暇の過ごし方があるだろう。

ぼくが作った間抜けな空白を遮ったのは、なっちゃんの嗚咽《おえつ》だった。

決してなっちゃんが嫌いだったわけではない。感じがよくて、親切で、みんなにかわいがられる子だと思っていた。きわどい時間に現場から帰って来るときに、なっちゃんがまだ事務所にいるかなと思いながら車を走らせたことだって何度もあった。

なっちゃんの気持ちに気がつかなかったわけでもない。何度も上手なパスをもらったのにぼくが見逃したのだ。祭に誘ってもらったこともあった。それはぼくが独身で彼女もいないからだと思ったりもした。半分くらいは気がついていた。でもフォローしなかった。

本当のことを言えば出向先の組織のなかで抜け駆けするのがこわかった。

なっちゃんは長いこと泣いていた。ここは強気に出たっていいのではないか、という考えが頭をかすめた。今なら手をとって抱き寄せたって抵抗されないはずだった。だけどぼくはそうしなかった。どんな女のひとでも、いつか泣き止むことをぼくは知っていた。お互いに、ごめんねと言い合って、それからまた少しだけ空白があって、なっちゃんは帰った。

なっちゃんがくれた白い薬箱は、さっき預けたスーツケースに入っている。具合が悪くなってそれに手をのばせばやっぱりなっちゃんのことを思い出してしまうのだろう。

空港独特のチャイムの音で我に返り、会計をした。カウンター前には結構な人が集まってきていた。クセの強い英語のアナウンスを聞きながらぼくは出国の列に並んだ。出国審査を終えてラウンジに入り、ぼくはまた飲み始めた。日本酒を飲んだあとこういうものを飲んではいけないなと思いながら、チンザノをロックで舐めていた。あまりにも長い時間羽田にいて、ぼくはもうすっかり飽きていた。フランスに行くと決まってからの時間も長すぎて、それについての自分の気持ちなどはどうでもよくなっていた。乃緒のことをイルベールに連絡しなければならないのかと考えようとしたが、ひどく面倒だった。あとでまた考え直さなければと思った。

ぼくは飛行機の離陸というものを覚えていたためしがない。大体が乗り込んで席を見つけてブリーフケースを前席の下に突っ込んだらすぐに眠ってしまうからだ。新幹線なんかと違って飛行機は動き出すまでが長いし、滑走路で停まってはすすみ、管制塔からの指示を待っているとかなんとかアナウンスを聞いても仕方がないのでさっさと寝てしまう。目が覚めると付箋紙が貼ってあって機内食なりドリンクなり頼むようにと書いてある。

その上今回はだいぶ酒も飲んでいた。

目が覚めれば飛行機は水平飛行をしていた。窓の外はもちろん真っ暗で、どこかの上空を飛んでいるんだろうけれど下には街の灯も見えない。今何時なのか。時計はフランス時間に合わせてしまった。到着時間から逆算するしかない。いったいどこを飛んでいるのだろうと思ってモニタを見る。ＣＡがペットボトルの水を持って来てくれて、ぼくは相当に酒臭かったのだろうかと少し恥ずかしくなった。

水を飲んで少しすっきりして、ぼくは堀内さんのところで見た映画のことを考えた。堀内さんは結婚しているので当然姓は変わっているのだが、ぼくにとってはずっと堀内さんのままだ。旦那は樋口という男で、すごく親しいというほどではないが、ぼくも学生時代から知っている。背が高くて彫りの深い顔立ちをしていて、酒は一滴も飲めない。その樋口がぼくに会いたがっているというのが不思議だった。

横浜郊外のマンションに招かれて行った。出前の寿司をつまみながら軽く近況などを話しているうちに、樋口がどうしても見せたい映画があると言い出した。かれは昔から映画が好きだった。かなりの凝り性で、日本でなかなか公開されないような国の映画までよく知っていた。

「どこの映画?」

「イスラエル」

DVDを再生しながら樋口が答えた。

「へえ」

英語の字幕がついた映画だった。

「どこがポイントなんだよ」

「まあ、見てみようよ」

ぼくはあまり気がのらないまま画面を眺めていた。どうやら、ユダヤ人らしい女性とパレスチナ人らしい男性の恋愛映画なのだとわかった。

「もうすぐだ」

映画が始まって二十分くらい過ぎた頃、樋口が言った。

「なにが？」

「乃緒ちゃんが出てくるんだ、この映画」

ぼくはびっくりして大きな声を出した。堀内さんが笑った。

「大丈夫だよ、過ぎたら巻き戻すから」

「なんで出てくるんだよ？　それだし、なんで見つけたの？」

すると樋口が言った。

「ここからだよ」

場面が変わった。

舞台は大学のような場所だった。講演会、そしてパーティーが行われる。主人公カップルのほかに各国の人間がたくさん出てくる場面だった。学生という設定なのか、年齢は若くみえる人が多かったが、人種や着ているものは実にさまざまだった。そこに、確かにほかの誰でもない、乃緒がいた。彼女は生真面目な顔をしてノートをとり、拍手をしていた。パーティーの場面でもちらっと映った。

どういう設定なのか聞くと、樋口は、

「意味はよくわからないけど、やけに人がぞろぞろ出てくるものなんだ」

と言った。

二度、三度戻して同じ場面を見た。

間違いなく乃緒だった。きれいな色のカットソーの上にジャケットを羽織っていて、胸元には彼女が気に入っていたあのターコイズのネックレスをしているのを、ぼくは見た。

「これ、いつの？」

「二〇〇七年。だから撮ったのは二〇〇六年とかってことだけど」

「ほかには？　出てこないの？」

「うん、ここだけしか出ないんだ」

そのあとはぼくも熱心に見なかったが、主人公カップルは別れることになり、男の方が自爆攻撃に向かうという終わり方だった。

クレジットを見ても彼女の名はなかった。東洋系の名前らしきものも発見できなかった。エキストラなのかもしれない。

「これ、あげるよ。うちはもういいから」

と樋口が言った。

「ウィスキーか何か飲む？」

堀内さんが言った。

「じゃ、ちょっとだけ」

ぼくはタバコを吸うためにベランダに出た。動悸がなかなか収まらなかった。二〇〇六年の彼女はぼくの覚えている彼女とまったく変わっていなかった。だが二〇〇六年というのはいつだ。ぼくはもう矢木沢にいたのか。乃緒が失踪してからのことか。子供を産んで、その子供を置いてからイスラエルに行ったということなのか。

部屋に戻って樋口と堀内さんに、

「どう考えたらいいんだろう」

と、聞いた。

「イスラエルにいるってことだよ」

樋口は断言するように言った。

「たまたま、二〇〇六年にいたっていうことじゃなくて？」

「たまたま行った国で映画に出るなんて、ちょっと考えられないよ。佐藤さ、ユネスコだったらそういう関係とかで、映画監督とか探せるんじゃないか？」

「いや全くわからないけど」

「俺は佐藤が探しに行くような気がするなあ」

「イスラエルに？」

ちょっとそれは、考えにくいと思っていると堀内さんが言った。

「私は反対だな」

堀内さんは、旦那の茶碗にお茶のお代わりを注いでから言った。

「女が子供捨てて蒸発するって言ったらもうそれは、男が出来たってことだよ」

「え？　そういうこと？」

だから日本に帰るなんて嘘をついたのか。

「そういうことです。だから、ふつうに考えてあの子はイスラエルかパレスチナかわからないけど、そこに住んでる男のところに行ったってことじゃないの？　だからそんな探しに行くとか変なこと考えないでよね」

「樋口が言っただけだろ。ぼくはそんなこと考えない。だけどこれはどういう映画なんだよ？」

「知ってるとは思うけど、イスラエル人がみんなシオニストなわけじゃない。パレスチナと共存しようという立場の人もいるわけで、これはそっち系統だよね」

「それはわかる」

「まあ俺もあんまり確かな知識があるわけじゃなくて、話題になってたから買ったんだけど、乃緒ちゃんが出てきてびっくりした」

「でも彼女はどこでそんな映画の関係者と知り合ったんだろう」

「パリだろうね、おそらく。あっちの人にとっても、やっぱり文化の中心のひとつはパリだって考え方はあるし、エリートで留学するひとはパレスチナ人でも多いからね」

「パレスチナ人もそうなんだ」

「しっかりしてよユネスコ」

「だけど、わからないな。子供を置いていっちゃったっていうのが」

「悲しいし、腹が立つけど、そういうことは日本にだってあるよ。なんというのか……ひどい話かもしれないけれど、一応これでわかったっていうことにしない？　佐藤くんがいつまでも気にしてたって仕方ないんだよ。あの子はイスラエルの誰かと再婚するために子供を置いて逃げた。子供はかわいそうだけど、生まれた国にいた方がと思ったかもしれないし、父親代わりの人もいる。そしてこの件に関して佐藤くんはまったく、なにひとつ関係ないんだよ。ただ事実として映画に出てるのを知っただけ」

「うん」

「そうでしょ？　これ以上なにも考える必要ないよ。私は映画見せることも反対したんだけど、どうしてもこの人が見せたいって言うから」

堀内さんが正しかった。いつものように正しかった。


ぼくは一言イルベールに、「彼女がイスラエルの映画にでていた」とメールを打てばよかったのかもしれなかった。あとはそちらで独自に探してもらえばいい、と。だが、かれと連絡を取ること自体断ちたいという気持ちも否定できなかった。

だからぼくは何もしなかった。出発前で忙しいなんていうことは言い訳に過ぎなかった。むしろぼくはヒマだったのだから。

羽田発の深夜便は、ずっと夜間飛行なのだった。これでは空を飛んでいるのか宇宙に飛び出してしまったのかわからない。パリに着かないと日は昇らない。到着までまだ四時間もあった。ぼくはもう少し眠ることにした。

heureuse, malheureuse

眠りに落ちる寸前、ふたたび彼女の声を聞いたような気がした。

パリの最初の印象は、同じ建物だらけ、ということだった。同じ高さのクリーム色の壁、青い屋根、細長い窓。実際はそんなものはごく一部なんだろうと思っていたら街全体がそうだった。建物だけ見ていたらすぐに道に迷ってしまう。テーマパークみたいだ。ぼくは二年間しかいないけれど、ここに一生住む人々が多くいることを不思議に思った。信号のある交差点ではなく、ロータリー式の広場が多かった。凱旋門のあるエトワール広場のロータリーではすごいスピードで車が回っていた。こんなのは無理だ、と思って車を持つことは諦めた。

ぼくの住まいはパッシーの近所だった。職場はセーヌ河を挟んで反対側になる。ずいぶんいいところだった。藤田さんが奥さんと娘さんと一緒に住んでいた部屋を引き継いだので、ぼくにはちょっと広すぎた。ベッドルームのほかに広いリビングダイニングがあって、そこには螺旋階段で上れるロフトがついている。ぼくの寝床はロフトで十分だったのでベッドルームは長い間段ボールの倉庫となってしまった。

通勤に使うメトロ6号線は、白と緑に塗りわけられた車両で、ゴムタイヤをつけているところにちょっと興味を惹かれる。ドアは金属のハンドルを回転させて開ける。メトロと言っても6号線は高架部分が多い。セーヌ河も橋で渡る。高架橋のかわいいアーチが連なっていく様子は見ていても嬉しくなるようなものだが、ギリシャ式のデザインの高架柱は耐震施工になれた日本人から見たら細くて心もとない。

ユネスコ本部は、弧を描いてひらいた形の建物で、7区の士官学校を過ぎたところにある。加盟国の旗がたくさん立っているから誰が見てもわかる。アヴェニュー・ド・シュフランという静かな通り沿いで、ぼくはその環境を気に入った。

ぼくはなるべく「共通語」であるフランス語を使うようにしたが、付け焼き刃の勉強だからどうしても単語が出てこなくて最初は苦労した。特に、書類は文法や綴りの間違いだらけで上司であるティルダに笑われた。苗字ではなく名前で呼び合うという習慣も学生ではないので恥ずかしい気がした。けれども日本のオフィスと違ってずいぶんカジュアルなところもあったし、周りのひとの雰囲気を読むなどということはなく、それぞれが自分の仕事をすればいい、というのはぼくには合っていると思った。ぼくはしばらくの間ティルダについて、国際会議の運営を手伝い、その一方でアジアの治水教育のための調査をまとめる仕事をすることになった。もちろん各国から来た外国人の集まりなのだから、認識の違いもあり、アグレッシブな議論もあった。けれど日本の職場と違ってユーモアのある人が多かった。かれらを若々しく感じるのはそういうところなのだろう。

ぼくの生活は日本にいたときよりもずっとシンプルになった。なにしろ食べるものも飲むものも限られている。昼食はハムかパテのサンドウィッチだったし、夕飯は肉か魚のグリルにちょっとした野菜の付け合わせがのっているワンプレートの盛り合わせ料理とワイン。日本酒か焼酎か、焼肉屋か居酒屋か、などと迷う必要がなかった。もちろんパリには日本料理屋もあるし中華も旨いとのことだったが、一人で行くことは考えにくかった。迷う必要がないということはぼくにとってすごく楽だった。アヴェニュー・ド・シュフランには、パン屋や肉屋、果物屋なんかがあって便利だった。肉屋にはハムとかパテのほかにサラダなんかも売っていた。

ぼくは橋梁が好きだったから、とりあえずセーヌ河にかかるさまざまな橋を見て回るだけで休日は過ぎていった。河沿いのベンチでひなたぼっこをしながら、茜がここに遊びに来ることにはなんの違和感もないなと思った。観光するなら日帰りのツアーがいくらでもあったし、フランス人のように信号を守らずに大通りでも渡ることは無理だけれど、それ以外はぼくがいれば何の問題もない。

茜が来ることは簡単に思い浮かぶのに、乃緒が夫と子供と一緒に、ここに住んでいたということはうまく飲み込めなかった。どのあたりに住んでいたのかさえぼくは知らない。イルベールもこの街のどこかにいる。かれの手紙は段ボールのどれかにしまわれたままでぼくは住所を確認することはしなかった。

セーヌ河の橋の上からも、高架を走る地下鉄からも山が見えないことが、ぼくには少し物足りなかった。どこかフランス国内でも、あるいは周辺国でもいいから短期休暇に田舎に行ってみたいと思った。茜が訪ねてきたときでもいいのかもしれない。

秋の終わり頃だった。ぼくはフナックに本を買いに行くことを覚え、プラムがとても美味しいことを覚え、自転車を買って通勤するようになっていた。

仕事の後、いつものカフェにぼくはいた。奥のカウンターでタバコを買って出ていこうとすると、目の前に男が立ちふさがった。

イルベールだった。

かれは大げさにぼくの肩を抱くようにして挨拶すると、自分の席に連れて行った。

「なぜ君がここに?」

「なぜかだって! サトーサトーがここにいるからに決まっているじゃないか」

大げさにため息をついてみせてから、イルベールは急に目をあげて、

「フランス語、上手いじゃないか」

と言った。

実際に会うのは、冬の矢木沢以来、二度目なのだった。赤のストライプのシャツに黒いコットンのパンツという、まるで学生みたいな格好のかれはニコニコ笑っている。

情報はあるのだとぼくは言った。それを遮るようにイルベールは言った。

「今度の日曜、きみを昼食に呼びたい。ブツゾウも楽しみにしている」

「きみの家に?」

「もちろん」

少し驚いたけれど、行くよと答えた。

「いろいろ見せたいものがある。とても重要なものだ」

「ぼくも見せたいものがある」

東駅《ギャール・ド・レスト》のそばに住んでいるんだとイルベールは言った。それから手帳に手早く、しかし下手くそな地図を描き、住所を添えてそのページを破るとぼくに渡した。

2

サン・ラザール、リヨン、オーステルリッツ、モンパルナス……パリの鉄道のターミナル駅は国内外の行き先によっていくつにも分かれているが、東駅は北駅《ギャール・デュ・ノール》の近くにある。メトロで一駅だから歩いたってすぐの距離だ。北駅を東京駅にたとえるとしたら、東駅は上野駅だとぼくは思う。国際列車が多く出る北駅には、海外出張に出かけるビジネスマンや出発の高ぶりを隠さない学生たちがいて、まわりはカフェひとつ取っても品がよくて少し高い。それに対してアルザスやロレーヌへの列車が出る東駅は人々の服装や表情も北駅とは違う。付近には庶民的なカフェや中華料理屋や商店街がある。もちろんアメ横みたいに賑やかではないが、区画も整然としていないし、なんとなくぼくはそう思うのだ。

日曜の昼、イルベールの家に呼ばれた。東駅のそばだと言われて、深く考えずに来たのだが大通りから一本裏に入ると短い路地が入り組んでいて、彼のアパルトマンを見つけるのに少しばかり手間取った。どうやらここらしいという番地を見つけたとき、ぼくはまだ自分が少しイルベールを怖がっていることに気がついた。

玄関の扉の脇の黒いブザーを押すと、なかから「アントレ《どうぞ》」というイルベールの低い声がした。開いたドアの隙間から顔を出したのは、くりっとした目をしてはにかんだように笑う褐色の肌をした少年だった。

「こんにちは」

かれは言った。

「こんにちは、君がブツゾウ？」

「うん」

言いながらかれは、ドアノブを持って大きく半回転しながらドアを開けた。持てあますような長い手足が、以前矢木沢で見た子鹿を思わせた。きっとすぐに身長が伸びるのだろう。

エプロンをしたイルベールが奥から出てきて、ようこそと言いながらぼくの手を握った。

「ブツゾウ、サトーサトーだよ、ちゃんと挨拶したか」

イルベールは言った。

ぼくはイルベールにお土産のチョコレートを渡し、ダイニングに案内された。

ブツゾウは、小さな声でぼくに言った。

「ほんもののサトーサトー？」

「うん。ほんものだよ」

ぼくは答えた。するとかれは目を輝かせて、

「森から来たの？」

と言った。

「そうだよ。森で水の番人をしてたんだ」

ブツゾウとぼくが喋っているうちにイルベールが次々と料理を運んできた。ホーローの鍋から湯気をたてているのはパプリカ色をした香りのいい魚のスープだった。それに柔らかそうな鴨のローストと、サラダがテーブルの中央に並べられた。ロゼのワインで乾杯して、一口スープを飲むと濃厚でとてもいい味だった。パンをちぎりながら大した腕前だとぼくが言うとイルベールは、スープはボンヌに作ってもらった、鴨も下ごしらえしてもらったから自分は焼いただけだ、と照れくさそうに言った。

「サトーサトーはどこから来たの？」

ブツゾウが聞いた。

「そうだな」

ぼくは、ブツゾウが聞いていた物語はどんな筋書きだったのか、思いを巡らせながら答えた。

「水が生まれる場所を知ってるかい？」

「知らない。どこ？」

「山を越えて、そのまた山を越えて、小さな谷をさかのぼっていくんだ。想像できる？」

「うん」

ブツゾウは身を乗り出してきて、テーブルに肘をつくのはやめなさいとイルベールに叱られた。

「山に登るととても涼しい。夏でも長袖を着るくらい涼しいんだよ。冬は雪が降る。たくさん降る。小さな流れは凍ってしまう」

「去年パリも雪が降ったよ」

ぼくは矢木沢の風景を思い出していた。夏の緑の山々に囲まれたあの大きなダム湖の一番奥まで船で行ってそこから上陸し、沢伝いに厳しい山をいくつも越えて、長い時間をかけて歩いて利根の源流にたどりつくという、その話を思い出した。矢木沢の涼しい風と、みどりの匂いと、鳥の声を思い出した。

「春になって雪や氷が溶けると、冷たい水になる。それが地面にしみこんでいくんだ」

「泥の水？」

「最初は泥とか木の葉っぱとかもついてるかもね。でも地面や堅い岩にゆっくりしみていくと、コーヒーのフィルターみたいにゴミは岩にひっかかってきれいな水になるんだよ」

「ほんとに」

「本当さ。それで、長い時間をかけて水は岩からしみ出してくる。最初はひとつのしずくだけれど、だんだん仲間のしずくが集まって、小さな流れができる。そこが、とってもおいしい水が生まれるところ」

「水のこどもだね」

「そう。水のこども。そういうとこでぼくは生まれたんだよ」

ぼくは奥利根で生まれたわけじゃないから厳密には違うけれど、四日市からだって紀伊半島の山は近い。滋賀県境にも山はあるからこの説明でいいと思った。

イルベールは込み入った説明でぼくが言い澱《よど》んだり、言葉を間違えてブツゾウに直されたりするのを見てくすくす笑っていた。

「僕も行けるかな」

ブツゾウが言った。

日本の山なのか、それともフランスの水源地なのか、どう答えたものかと迷っていると、イルベールがひきとって言った。

「行けるさ。たくさん食べて体力をつけたらね」

「なんでも食べなきゃいけない？」

「サラダを食べない子は山登りはできないぞ」

イルベールはほんとうの父親のように答えた。

フランスではメインの食事が終わるとチーズの時間になる。カッティングボードに何種類ものチーズが並び、山羊のチーズはどうかとか、このロックフォールは特別旨いとか、ブリア・サヴァランは食べたことがあるかとか、蘊蓄《うんちく》とともにすすめられる。調子にのって食べていると、ぼくはデザートが厳しくなる。

「サトーサトーはいつもなにしてるの？」

パンはちょっとにしてくれ、とイルベールに頼んでから答えた。

「春はね、川のそばで一斉に野生の、えーと、ハーブが芽を出すんだ。それを取りに行って、食べる」

ぼくとしては山菜のことを言ったつもりだ。

「サラダで食べるの？」

「ジャガイモみたいにフリットで食べるんだ」

サラダが嫌いなブツゾウはほっとした様子だ。

「夏になったら、魚釣りだな。魚を釣りながら川の中を歩くんだ。滑らないように気をつけながら岩の上を歩いて、釣りながら上流に上っていく」

「大きな魚？」

「これくらいかな」

ぼくは見栄を張って今まで釣ったなかで一番大きかったイワナの大きさを手で作ってみせる。三〇センチにちょっと満たないくらいだ。

「魚食べるの？」

「うん、食べる。グリルで食べる」

「ブツゾウ、夏の次の季節はなんだか知ってるか？」

イルベールが言う。

「秋！」

「秋はきのこがたくさん出てくる。仲間にきのこのプロフェッサーがいるんだ。そのひと一緒にきのこを取りに行く」

「食べるの？」

「うん、食べる。ブルギニヨンにする」

鍋にすると言いたかったがうまく言えないのでブルギニヨンでごまかした。

「冬は？」

「冬は、そうだなあ。凍った湖にまるい穴をあけてグジョンを釣る。これはフリッターで食べる。マリネでも美味しい」

ワカサギという単語がわからなかったのでぼくはフランス人がよく食べるグジョンで代用した。ワカサギ釣りの説明を詳しく求められたら難しいと思ったが、ブツゾウはぼくの拙《つたな》い四季の説明に満足したようだった。

「サトーサトーは食べてばっかりだね」

「うん。そうなんだ」

食べる話は好きだが、現実のぼくは満腹だった。とてもイルベールのようには食べられない。

そしてフランス人というのは、ユネスコの同僚でも誰でも、途中で満腹になってしまった日本人がデザートを遠慮すると、とてつもなく悲しそうな顔をするのだった。

「ブツゾウにはマルティニークの血が流れてるんだな」

食事のあと、ブツゾウがテレビを見ると言ってこども部屋に戻ってからぼくは言った。

「マルティニークの血だって？」

イルベールが聞き返した。なんてことを言うんだ、という顔をしている。

「ほんとのマルティニーク人なんてヨーロッパ人が来たときに虐殺されて絶滅したんだぜ？　我々はアフリカから連れてこられた奴隷の子孫だよ。奴隷とフランス人の混血なんだ。しかも混血の色合いで階級まで分けられてた、考えられないだろ？」

イルベールがこんなにも厳しい言葉を話すのを初めて聞いた。ぼくはマルティニークのことを、イルベールが話し続けてくれる限り聞きたいと思った。

「そうか」

「そう、アフリカから来たことは間違いない、船にぎっしり積まれてね。反抗する者は海に突き落とされて殺された。奴隷船のなかでも多くのひとが死んだ。だけどその子孫である我々はアフリカのどこから来たのか、今では何という国なのか、どんな部族で何語を話していたのか、習慣や宗教はどうだったのか、まるっきり知らないんだ。寄せ集めということはわかっている。全部同じ地域から来たわけでもない。誰も語り継がなかった。今となってはみんなが家で話すのはクレオール語だ。小学校に入ればキリスト教とフランスの言語と歴史と愛国心をたたき込まれる、だから……」

熱のこもった強い口調が続いた。

「私は日本人がうらやましいよ。なぜなら日本人は古い時代まで自分たちの歴史を遡ることができる」

「宗教って言えば彼女の故郷も……」

ぼくは五島の隠れキリシタンのことを思い出して口を挟んだ。

「弾圧されたクリスチャンの話か」

「そうなんだ。秘密で何百年も信仰を守ったんだ。後にキリスト教が解禁されたときには、本来のキリスト教とはずいぶん違う宗教になっていた」

「そうらしいな」

「五島は美しいところだよ」

ぼくは言った。実際、ぼくは行ったことがなかったのだけれど、乃緒が写真を見せてくれたり、テレビで見たりしたことはある。

「海がとてもきれいだ。浜辺は砂が白い。それであちこちに小さな教会があるんだ」

「福江には行こうと思っていた」

「乃緒を探しに？」

「そうだ。だけど手立てがなかったし十分な時間もとれなかった」

ぼくは頷いた。イルベールが五島にいる姿はちょっと想像しにくかった。かれは、かれなりの調査をしたのだろう。

「マルティニークも、きれいな島なんだろ？」

「きれいなところ、か」

イルベールは水差しから水をグラスに注ぎ、一気に飲んだ。

「火山の噴火で首都が壊滅したり、海外県なんて変な扱いで中途半端なコンプレックスを持ったり、ワールドツアーをやるようなミュージシャンが公務員で働かないと食っていけないほど貧しかったりするんだぜ。マラヴォアって知ってるか？」

バンドの名前らしかった。

「いや、知らない」

「奨学金を取ってフランス本土の大学に来た連中は、やれ正しいフランス語だの、やれヨーロッパ風の生活だの、そんなことにこだわって、ただの俗物になっていく。まさに私もそのなかの一人だ」

「君が俗物だとは思ってないけれど」

ぼくだって大学に合格して、田舎から東京に出たときはかなりの俗物だった。ぼくの高校から東京大学に行くということは地元ではちょっとした騒ぎで、ぼくは自惚《うぬぼ》れた。だが、それとこれとでは話の深刻さが違うのだろう。

「エメ・セゼールもそうだ。パリでサンゴールと一緒だったんだ」

「エメ・セゼールは詩人だよな？」

そう、エメ・セゼールはマルティニークのひとだった。家のどこかにある詩集を一度読まなくてはと思った。乃緒がぼくの部屋に詩を書いたのが、おそろしく昔のことに思えた。

「詩人だが、政治家でもあった。だが彼の主義は揺れたし、政治は迷走した。サンゴールは独立を果たしたけれどセゼールは海外県を選んだ。つまりフランスと同化する政策をとった。どのみちフランスにとってアンティーユ諸島の問題なんて小さなことだよ。フランスはいつの時代もヨーロッパで一番になることで忙しいからな」

イルベールの声は少しかすれていた。かれは汗を拭いた。

「サンゴールっていうのは？」

ぼくはサンゴールの名を知らなかった。

「サンゴールはセネガルが植民地から独立したときの初代大統領だ。自分の国があるのとフランスに依存を続けるのとは大きな違いだよ」

「ごめん、ぼくには知識が不足している。教養がない」

イルベールは大きく首を振って言った。

「私だって日本のこと……たとえばミシマ事件の詳しいことやかれの思想のことをよく知ってるわけじゃないんだ。教養なんて流行に過ぎない。そこに住んでいる同世代の人間しか理解できない、ほとんどの場合そうだ」

「イルベール、君は故郷が嫌いなのか」

「そうじゃない。好きだから苦しい。マルティニークの人間が抱えている問題は常にアイデンティティのことなんだよ。多分君たち日本人には理解できない。理解できない君たちがうらやましい。そして君がマルティニークの血と言うのなら、ブツゾウにはたしかに君たちの国の血も流れているんだ」

「うん、そうだね」

「……こんな話をするつもりじゃなかった。もっと重要な話がある」

だが、明らかにかれは疲れている様子だった。ぼくは深く立ち入りすぎたのかもしれなかった。

「少し休んだら？」

「そうだな」

イルベールはソファに身を預けてぼくを見て、苦しそうにまばたきを繰り返した。

「ぼくはブツゾウと散歩に行ってくるよ」

「ああ、頼む。帰ってきたら話そう」


ブツゾウの部屋をノックして、街を案内してよ、と言うと喜んで出てきた。通りに出ると、ブツゾウは放っておいたら飛び跳ねるんじゃないかというような足取りになる。ぼくはちょっとひやひやしながらかれを見た。

「サトーサトーはカッパに襲われたことある？」

「カッパって、川に住んでるカッパ？」

「カッパは川に住んでるに決まってるよ」

乃緒はイルベールだけでなく自分の子にも五島の河童の話をしていたのだ。どんなふうに語ったのだろう。幼いブツゾウを膝の上にのせて話したのか、それとも寝る前におはなしをせがまれたのだろうか。

「襲われたことはないな」

「でももし、カッパが襲ってきたらサトーサトーはどうするの？」

「そうだな」

ぼくにとってはカッパに襲われるよりイルベールが突然冬の夜にやってくる方が恐ろしいのだが、急いでカッパ対策を考えた。

「まずキュウリをたくさん投げてカッパの気をひく」

「僕はキュウリがきらいだ」

「でもカッパはキュウリが大好きなんだ。だからカッパがキュウリに夢中になったら、その隙にぼくはすばやく滝の裏側に隠れるんだ」

「滝の裏側って？」

ブツゾウは滝を見たことがなかった。ぼくは通りで立ち止まり、ポケットから手帳を出して滝の絵を描いて、身振り手振りを交えて説明した。滝壺の淵には大抵岩がえぐれた場所がある。そこに隠れていたらカッパには見えないとぼくは言った。

「なるほど」

ブツゾウは感心したように言った。

ぼくらは、ショッピングセンターや、パン屋や、ブツゾウが通う予定の小学校を見に行った。学校に上がったらカラテを習うんだ、とブツゾウは言った。

「もう少しで噴水があるよ」

かれは滝の話を正しく理解して、噴水に案内してくれた。

広場で一緒にオランジーナを飲んだ。

太陽が眩しいらしく、ブツゾウは眉のところに手をやって目を細めた。その仕草は、教えられたわけでもないだろうに乃緒と寸分違わぬもので、ぼくは息をのんだ。

「君はママンによく似ているね」

ぼくが言うと、ブツゾウは嬉しそうに頷いた。

「サトーサトーはママンの友達なの？」

「うん、でも君が生まれる前のことだよ」

「ママンはカッパ退治に出かけたんだ」

「へえ、すごいな」

あのほっそりした乃緒が河童と取っ組み合っているところを想像してぼくは笑った。

「でも悪いカッパがいてすぐに退治できないんだ」

「戦ってるんだ？」

「ジハードだよ」

「聖戦《ジハード》……」

四歳の子供の口からこんな言葉が飛び出すとは思わなかった。乃緒は、あるいはイルベールは一体どういう教育をしてるのかと思った。

「それで僕が、ママンの最大のピンチのとき助けにいくんだ」

「イルベールを連れて行くといいよ、あいつは強いだろ」

「もちろん！　イルベールが小さいカッパをたくさん倒してるうちに僕が一番大きくて一番悪いカッパと戦うんだ。それでみんなでうちに帰る」

「うちってどこ？　イルベールのところ？」

「ううん、プラスディタリーのうち。前にいたとこ」

乃緒と一緒に住んでいたのは、イタリー広場界隈だったことをぼくは知った。

ブツゾウがショートパンツのポケットから大事そうに金属のアクセサリーを取り出した。

「ねえこれ見て」

それはペンダントトップで、銀色のハーケンクロイツを模したものだった。ジハードの次はハーケンクロイツか、剣呑《けんのん》なものが次々と出てくる。

「これ、どうしたの？」

「ママンにもらった、でもイルベールは怒るんだ。よくないって」

「ブツゾウはこのマークの意味を知ってるの？」

「パパの場所」

パパは生きているのか？　ベルリンなのか？　それともどこかドイツのほかの都市の元収容所の博物館とかそういうところにいるのか。

聞いてもわからないだろうと思った。わかっているなら、イルベールがなんとかしているこことだろう。だが乃緒は何かのサインを残したのだ。

「イルベールには秘密だよ」

ブツゾウは言った。

ぼくたちが戻ると、イルベールは少し元気になっていた。かれはコーヒーを淹れながらブツゾウに、仕事の話があるから自分の部屋に行くように、と言った。ブツゾウはぐずることもなく、またあとでね、とぼくに言った。フランスの子だと思った。小さい頃から親は親、子供は子供として育てられる。ごく幼いときから寝る部屋も違う。

テーブルの上には書類と本が用意されていた。

「マダム・アレゴリという言葉に聞き覚えはないか」

アレゴリというのは、比喩だったか、あとは寓意とかそんな意味だったか。まるでぼくの得意分野ではないし、聞き覚えもない。

「ここに書いてあるんだ」

茶色く変色した、わら半紙と言っていいような粗悪な紙束の表紙をイルベールは指さした。

確かにそこには「マダム・アレゴリ」とタイプされている。表紙はそれだけだ。

「さっぱり心当たりがない」

ぼくは言った。

イルベールは書類をこちらに向けてページをめくった。数字と数式がびっしりと並んでいた。一見して、それがまともな――数学的な意味で――数式ではないことはわかる。

「暗号か」

「多分そうだ。このところ、ずっと解読しようとしてきた。文字の規則性まではわかったんだが、意味がわからない」

かれはちょっと見てくれと言った。

「一枚目が数式と文字の対応表で、二枚目からが本文だ。ここからまた加工しなければならないのかもしれない。今悩んでるところだ」

ぼくは大文字だけの文字列をじっと見た。母音が多いように思えたが、それも暗号の法則性なのか。だがぼくは興味を持てなかった。

「くだらないよ」

ぼくは言った。

「くだらないって？」

「いつの時代のものか知らないけど、ちゃんとしたものじゃない」

「これを見てほしいんだ」

数字の羅列だけの書類の最後のページをぼくに見せた。そこには、コーナーを三角の小さな紙で留められた写真があった。モノクロームの写真で、やはり変色していた。

写真に写っていたのは白いノースリーブのワンピースを着た東洋人の女性だった。

乃緒だった。乃緒にしか見えなかった。

「どういういんちきなんだ」

ぼくはずけずけと言った。

「嘘なんだろ、彼女の失踪なんて。ほんとはどっかにいるんだろ。こんな手の込んだいたずらをして、子供まで巻き込んでどうしろって言うんだ。なんで騙したり試したりしてまでぼくに関わる必要があるんだ？」

「理由がない」

　イルベールは深いため息をついて言った。

「サトーサトーに嘘をついたり、騙したりする理由がない」

　ぼくはコーヒーの苦みを味わいながら、言い過ぎたと謝るべきかどうか考えあぐねていた。

「この書類は近所の顔見知りの古物商から勧められて入手した。つい最近のことだよ。もともと私はそういう暗号とか謎解きみたいな暇つぶしが好きだからね。写真のことは家に帰って実際に見てみるまで、全く知らなかった」

「とても信じられる話じゃない」

「ああ、信じられない。まさに不気味というほかない」

　イルベールの声には力がなかった。

「もし、それが本当に古いものだとしたら、その女性は別人だと言うしかないだろ？　それが結論じゃないのか」

「もう一つあるんだ」

　テーブルの上の大判の写真集のタイトルは「Une Autre Allégorie《もうひとつのアレゴリ》」だった。イヤなタイトルだと思った。イルベールに「二十六ページだ」と言われてページを捲った。

　二十六ページの写真はカフェのなかを撮影したものだった。カメラは三人横並びに座る白人の男女を写しているのだが、背後の壁が鏡貼りになっている。

　その鏡に映りこんでいるのが、白いワンピースを着た、さっきと全く同じ東洋人の女性だった。撮影された日も同じなのではないかと思われた。

どこからどう見ても、乃緒だった。

こういう、上目遣いの強い目を彼女はよくしていた。

「これは女優なのか、それとも他人のそら似か。別人だと言ってもらえれば嬉しいんだが、私は自信がなくなってきた」

「こんな古い本でなければ、間違いなく彼女だ、と言える。だけどこんなこと——」

おかしな夢を見ているとしか思えなかった。

「トリックじゃないんだ。残念ながらこれは本物だ。一九三〇年代の半ばに撮影されたとされている。国立図書館でも調べた」

「三〇年代!」

「だから私も困っている」

「この写真家は?」

「アンリ・ベルニエ。ブラッサイなんかと親しかったらしい。生まれたのは一九〇八年、死んだのが四四年。戦死だ」

戦死という言葉に非情なリアリティがあった。

イルベールは落ち着いた口調に戻り、諭すように言った。

「あまりなにもかも疑わないで欲しい。サトーサトーを騙して私に何の得がある? ないだろう?」

「逆にぼくに相談する理由だってないじゃないか。何度も言ってるけれど、ぼくは何も知らないんだ」

「君は女優を知っている」

「過去のことだ」

「でも、今でも気持ちはあるんだろう」

ぼくは少し黙った。心のなかを隅から隅まで照らし出してみたくもあり、そうしたくないという気持ちも同じくらい強くあった。

「それはない。過去のことだ。君こそどうなんだ」

「わからない」

イルベールは簡単に言った。

「自分の気持ちなど考えたこともない。なによりも女優はブッゾウの母なんだ。これだけは事実だ」


帰るときに見に行くとブッゾウはベッドでぐっすり眠っていた。その整った顔立ちを見ていてぼくは不思議な感情を持った。ぼくはかれの父親を知らない。かれはもちろんイルベールとは似ていない。当たり前のことだがぼくとも似ていない。だがどこかに、パラレルワールドのようなものがあったとしたら、完全にかれではないけれどかれのような子がぼくの息子だった可能性だってあったかもしれないのだ。もちろんぼくには彼女にプロポーズする覚悟なんてなかったから、今こうなっているのだが。そして、イルベールがかれのような子の父親だった可能性はあるのだろうか。

ぼくは自分の部屋に戻るとソファに寝転がって、イルベールが持たせてくれた怪しい文書のコピーを眺めた。

最初の文字列はこうだ。

UKORIKONIROGERAUMADAMURUSUOYSIJOTATIKAR
AKIARIM

さっぱりわからない。ぼくにわかるわけがないのだ。

シャワーを浴びてさっさと寝ようと思った。明日は仕事だ。

だが、シャワーから出てきて冷たい水を飲みながら横目で書類を見たとき、意味のある言葉が読めてしまった。

そうしようと思ったわけではない、ぼくの目が偶然、後ろから文字を追ったのだ。

MIRAIKARAKITATOJISYOUSURUMADAMUAREGORIN
OKIROKU

「未来から来たと自称するマダム・アレゴリの記録」

ローマ字だった。ただの逆さ読みだった。

そして日本語だった。

ぼくは頭を抱えた。

これを書いたのは日本人、もしくは日本語のわかる人間だ。そして暗号の専門家なんかじゃない。一般の人間だ。数字や数式を使ってわかりにくくはしたが、単純な細工しかできなかった。

だとしたらやはりこの文書は、日本人であるぼくが読まなければならないのだろうか。もしイルベールの言うようにこれが書かれたのがほんとうに三〇年代だとしたら、当時海外に渡航できた日本人なんて限られている。ほとんど特定されてしまう。

それとも。

マダム・アレゴリというのはひとの名前なのか。本名かそれとも偽名なのか。それは誰なのか。どこの国の人間なのか。

寒気がした。

それ以上考えるのが恐ろしかった。

3

生活に少しの変化が欲しくて通い始めたモンパルナスのスポーツジムで、ぼくは顔見知りの電気屋さんと再会することができた。何か始めるとほかのことは目に入らなくなる方だから友達ができるなんて期待していなかったが、先方がぼくに気がついてムッシュ・サトーと声をかけてくれたのだった。もちろん身体を動かしに来ていたのだったが、ぼくが「今日はジャグジーの修理か」と聞くと楽しそうに笑ってぼくの腕を叩いた。

彼女はリュシーという名で、前任者から貰った冷蔵庫が故障したとき修理に来てくれたひとだった。女性が来たことに驚くのは失礼だと思いながら見ていると、彼女は実に手際よく基板を点検し、車のなかから部品を持って来て修理を終えると、「これでもう大丈夫」と言って胸を張った。背はぼくより少し高くて、栗色の髪をきれいにまとめていて（なんというスタイルなのかぼくにはわからない）、目はグレーに近いブルーだった。血統書つきの猫みたいにしなやかな見た目なのに、とても気さくなひとだった。ぼくは不思議なくらい自然に彼女を誘うことができた。そして、何度か一緒にビールを飲みに行った。

十一月には海外出張が二件あった。バングラデシュでの治水対策事業の活動視察とカナダでの国際ミーティングだった。戻ってきたパリはすっかり冬になっていた。季節をひとつ飛び越してしまったような気がした。飛び越して、着地し損ねた感じだった。朝晩冷え込むようになったので、自転車通勤のぼくはあわててダウンを引っ張り出した。

出張で気が張っていたせいもあるのだろうけれど、ぼくは少し体調を崩していた。認めたくはないが、五月病的なものかもしれなかった。赴任してそんなふうになる職員もいるようで、上司のティルダは自宅勤務の仕事を多めてぼくに与え、休養とフルーツをしっかりとるように申し渡した。

最初の数日、ぼくはほとんどベッドのなかで過ごした。着替えるのも外へ出るのも億劫だった。しばらくジムに行っていなかったためリュシーからメールが来たが、軽い風邪をひいたけれど治りかけている、と返事をした。

ひとりで部屋にこもって、自分がこれまで何をしてきたのか、日本に帰ってどうするのか、ぼくはくよくよ考えた。今は休息を取るしかないのだとわかっていたけれど、ふとリビングのキャビネットに入れた白い箱が気になって開けてみた。矢木沢時代の終わりになっちゃんからもらった薬のセットだった。風邪薬、胃薬、虫さされの薬、絆創膏などが大きさの違う積み木みたいに上手に組み合わされて入っていた。その気遣いも、きちんとした処理も、なっちゃんのいた仕事場の空間そのものを思い出させた。

なっちゃんにメールをしてみようか、と思った。だけど、ろくなことは書けないだろう。「こちらは元気です。うまくやっています」とかそんなことくらい。もしもなっちゃんと遠距離でつき合っていたら違っていただろうか、と考える。なっちゃんはぼくが泣き言を言っても優しく寄り添ってくれるだろうか。それは違うと思う。

なっちゃんのことは終わったことだった。なのに、少し体調が悪いくらいで、自分に都合良くなっちゃんを思い出して頭のなかで役割を振っている。偽物だし、甘えだと思う。せめてこれが、人間らしいまともな寂しさだったら理解されやすいんだが。

ぼくはほんとうに日本に帰りたいのだろうか。

ホームシックと呼べるほどの愛着をぼくは四日市にも東京にも持っていなかった。では矢木沢は？　矢木沢は別だと思いたい。だが、パリとは離れすぎていて昔見た映画のようにしか浮かばない。もともと地に足などついていなかった。ただの出向であり、転勤族の薄っぺらな愛着しか持っていなかった。

ぼくの抱える問題は、ぼくが日本で全く意識しないで済ませてきたことばかりだった。

国交省と矢木沢の同僚を思い出してみる。大学時代の友達を思い出してみる。中学、高校の地元の連中を思い出してみる。ぼくが思い出すかれらの顔はときに揺らぎ、すぐに須藤くんや堀内さんや西島といった固有の名前を持つ人物であることをやめてしまう。見知らぬひとになる。ときには記憶の底に紛れ込んでしまう。パリに来てから、ぼくが自分からかれらに連絡を取って話したいと思うことはなかった。距離や時間を超えて盛り上がったりすることがわからなかった。自分の近況を説明するのも面倒だったし、話が通じないだろうと思った。そもそもぼくは、愚痴を言うほどひとを信じたことがなかった。他人に対して強気になったことも、必要以上に弱さを見せたこともなかった。ひととは関係なく、自分のペースだけでやっていけるふうを装っていた。そんな思い上がった態度につけが回ってきたのかもしれない。たまたま、そのつけを払うのが日本ではなくて外国にいるときだというだけじゃないだろうか。

食糧が尽きたのでようやく外に出た。低い日差しを反射する石畳をまぶしく感じながらモノプリに行く途中、自分が歩いている道が日本のどの場所にもつながっていないと思った。セーヌの上流が日本の川のようでないことを思った。当たり前のことなのにそれだけで自分の根がますますやせ細るように感じた。ぼくはかなり青渚内てなっていた。

気分はどこまでも沈んでいくように思われた。

　サツキさんのようなおばあさんがこの町にいないか探そうかと思った。パリだったら味のあるおばあさんがいるかもしれない。だが、そのおばあさんは日本語を喋らない。煮物の味を知らない。

　ぼくは仕事でフランスに来た。これは間違いないことだし受け入れられる。問題はこの先、日本に帰ってからのことだ。うまくやっていけるとは思えないからだ。

　毛布をかぶって自宅で書いていた報告書の目処《めど》がたって、やっと少し気分が落ち着いた週末の午後だった。ぼくは放り出したままになっていた「未来から来たと自称するマダム・アレゴリの記録」を取り出した。当初のショックは薄れて、ぼくにあるのは訝《いぶか》しむ気持ちだけだった。ローマ字の日本語を逆さに書いてある以上、それがどんなにいかがわしい資料であろうとも、ぼくが目を通さないわけにはいかない。

「ことのおこりは」という書き出しだった。ぼくはメモをとり、さらに漢字に変換をしながらゆっくり読み始めた。


　事の起こりはエジプトのネシム・ホスナニからの手紙だった。表向きは銀行屋をやっている富裕階級のコプト人だが、裏では相当きなくさいことにも手を出している。穏やかでスマートな男だが、その全貌は俺にもつかめない。

ネシムの妻のジュスティーヌはユダヤ人だ。なぜネシムがユダヤ人と結婚したのか、彼の家族は疑問を感じたという。単に彼女の美しさと色気に夢中になったのか、それとも。いや、ネシムに最初から魂胆があったとも思えないのだ。考えたってわからないことだがね。

ジュスティーヌは華やかで、野心家で、行動的な女だ。もちろん表では奥様らしくしているのだが、年中ヨーロッパやパレスチナに出入りしている。そして世間一般のユダヤ人とは異なる考え方をしていた。その一点においてのみ、俺と似ているのかもしれない。

そのジュスティーヌがパレスチナで一風変わった東洋人の女の子を見つけた、と言う。そのうちパリに行ってもらうことになる、とネシムの手紙に書かれていた。要するにこの俺に身の回りの面倒を見ろと言っている。

＊＊＊

我々は必ず記録をとる。事実を少々歪めて記述し、簡単に暗号化しておくのが習慣になっている。ここで我々というのはネシム・ホスナニとジュスティーヌ、或いはそのどちらか一人と俺、そのほかにアレキサンドリアと各国に散らばった何人かを表す。人員は常に流動的だ。パレスチナでジュスティーヌに発見された通称マダム・アレゴリも、もちろん「我々」に属することになる。「我々」というのは「俺とその仲間」でないことに着目して欲しい。「我々」というチームの構成員が受ける指令は一本化されていないし、往々にしてその結果が「我々」の構成員が互いに出し抜き合うようなものになることもある。ここには人種も思想も関係ない。むしろ人種や宗教や思想は各々が隠れ蓑として他人を欺くためにあるとさえ言えるだろう。全体を把握する者は誰もいない。我々のうちのそれぞれの思惑のズレをまとめあげることは不可能である。だから我々は意図的に事実をちょっとだけ歪めるのだ。その方が自然に見える。

ずいぶんこんがらがった話だ。なにを「少々歪めて」書いているのか。ひょっとしたらすごく簡単なことをわざわざ難しく書いているだけかもしれないぞ。

ぼくは台所に行ってインスタントの西洋ネギのスープを作り、戻ってきて考える。一体誰がこの記録を書いたのか。「俺」とは、どんな男なのだろう。ネシムとかジュスティーヌとかいうのはどんな連中なのか。

さらに日本語に訳したのは誰なのか。なんのために日本語に訳したのか。あの写真を巻末につけたのは誰なのか。

「イルベールに相談したらいいじゃない」

耳元で乃緒の声がするような気がした。

「わかるけど、いやだ」

ぼくは架空の乃緒に向かって答える。

ぼくは以前からなんとはなしに乃緒が移動中だというイメージを持っていた。失踪した彼女がどこかで落ち着いて生活しているのではなく、外国の駅で長距離列車を待っていたり、田舎町で地元のひとしか乗らない古いバスに乗っているような気がしていた。もしも乃緒に会えたら、彼女はすべてを——イルベールのこと、ブツゾウのこと、イスラエルの映画のこと、そしてあの不気味な写真のこと——種明かしのようにぼくに打ち明けてくれるのではないか、そんな気もした。

ぼくは乃緒に会いたいだろうか。

ひとつひとつ謎を解決したい気持ちもした。

乃緒がどんなに強くて、どんなに能力が高かったとしても、大変な苦労をしているに違いない。そんなに気楽に外国で失踪できるものではない。ぼくはどこか、落ち着いた場所でゆっくり乃緒の話を聞いてやりたいと思った。昔の恋人というよりも、古い知り合いとして親しみを持って一緒にいたいと思った。でもそんなことは叶わないかもしれない。何度でも綺麗事を言われて利用されるかもしれない。籠絡《ろうらく》されるかもしれない。ぼくは乃緒を、或いは女性全般を軽くみていた。特に美人に誠意があるとは信じきれていなかった。勝ち負けにこだわるのは好きではないが、きっとその時点で、イルベールに負けていたのだ。

heureuse, malheureuse, heureuse

幸福、不幸、幸福……と続く呪文のような言葉を、乃緒の声で聞いてみたい、と思う。だけど問題は、ぼくが幸福でも不幸でもないことだった。幸福を強く選んだことがぼくにはなかった。不幸を潔く受け容れたこともなかった。

唯一ぼくが選んだのは女々しいと思われないために画策して、なんとか世間から「淡々としている」と言われるようになったことだけだった。ぼくは強く生きていない。

日曜日、ぼくはイタリー広場まで出かけてみることにした。ブツゾウが、以前乃緒と一緒にその界隈に住んでいたと言っていたからだ。

小雨が降るイタリー広場は思ったより大きく、そして清潔だった。高級そうな菓子屋や酒屋があったが、パッシーみたいに鼻につく雰囲気でもなかった。感じのいい街だとぼくは思った。ひとはぱらぱらとしか歩いていなかった。日曜だからカフェも商店もほとんど休んでいたが、ぶらぶら歩いているうちに、広場から放射状に出ている道のうちの一つでマルシェが開かれているのを見つけた。ずいぶん規模が大きいマルシェで、混雑していたが治安の悪い感じではなかった。肉屋では丸焼きに使うような鶏を吊していたし、魚屋ではエビや牡蠣や名前のわからないさまざまな魚を並べていた。ハムの店、チーズの店、総菜の店、果物屋、スリッパだのタオルだのといった安物の雑貨が山のように積まれた店。途切れることなくまた別の肉屋があり、別のパン屋があり、量り売りの総菜屋があり、ありとあらゆるものが売られていた。マルシェは何キロにもわたって続いていた。ぼくはパンとハムとニンジンのサラダを買った。

きっと乃緒はここで買い物をしていたはずだ。黒いコートの前をきちんと合わせて、はしゃいでどこかに行ってしまいそうなブツゾウの手をひいて。その姿が鮮やかに浮かんだ。なんだか急に変な気分になって延々と続くマルシェの白いテントから外へ出た。高架で走るメトロ6号線のグラシエール駅のそばだった。

道端のベンチに座り込んで、感じがいいのに違うのだ、と思った。ここではないのだ。ぼくが今行きたいのは蛍光灯の光が寒々としていて、ぱっとしない食料品が並んでいるだけの、日本の田舎の小さなスーパーだった。たくわんと鮭の切り身と小松菜と、あとは焼酎でも買って、家に帰ってご飯を炊きたかった。こんなにひとつひとつ匂いも味も違うような鮮やかな食材じゃなくて、もっと味噌とか醤油に馴染む地味な食材が欲しかった。ひとつひとつ思い浮かべながら、重症だなと自分を笑う。

久しぶりにずいぶん歩いたので、その日は早い時間に寝た。気がつくと携帯が鳴っていた。なんの根拠もなくリュシーかもしれない、と思った。だが、かけてきたのは妹の茜だった。

「今、大丈夫?」

「寝てたわ」

「お兄ちゃん、調子悪いん?」

茜にはすぐにわかってしまうな、と思いながらごそごそと起き出してソファに移る。部屋のなかは冷え込んでいた。

「スカイプも全然ログインしてへんし」

「ああごめん。ちょっと風邪ひいたりしてた」

「大丈夫？」

「薬飲んで、もう治った」

高校生の妹に五月病だなんて言えるわけがない。

「それよりおまえ受験どうなん」

「やってるって」

今の受験システムがさっぱりわからないのだが、説明によると茜は視覚障害者としてセンター試験の特別措置の手続きを終え、三重大学に出願したとのことだった。一年目は家から通い、二年目からは津で一人暮らしに挑戦すると言っている。

「お兄ちゃん、全然帰って来やんから頼りにならんやん」

「いつまでもあてにしとったらあかん。で、何の用？」

「フランスのおすすめってある？」

茜は受験が終わったらフランスに来ると言って楽しみにしているのだった。

「それ、試験に出るんか」

「出やんけど」

「何関係？」

「美味しいもの食べたいな」

「はいはい」

「あと、地中海の方行きたいわ」

「地中海？　マルセイユとかニースとか？　ぼくもまだ行ったことないな」

「調べといてな」

「偉そうに」

行ったことがなかった。そんなことにはじめて気がついた。ぼくはどこにも、ディジョンにも、エク＝サン＝プロヴァンスにも、ボルドーにも行ったことがなかった。日帰りでヴェルサイユとシャルトルに行っただけだった。

「ロクシタンのお店にも行きたい」

「なんやそれ」

「石けんとか化粧水とか。パリにあるよ」

「ああそう」

「あと、これが一番なんだけど」

「一番って？」

「イルベールに会いたい」

「なんで？」

「会ってみたいから」

茜は、「一番」と言い出したものを譲ったことがない。ほかの条件を譲歩しても「一番」の希望だけは頑固に通そうとする。まずいなと思った。

「イルベールか。あいつは忙しいよ、殆どパリにいない」

「うん、だから早めにお願い」

だけど嘘をついてもどうせばれる。茜は勘がいい。

「お母さんに代わるね」

何ヶ月も先の予定を断れるわけもない。茜はあっさり母に受話器を渡してしまった。

ぼくは母からの相変わらずの質問——つまりパリは寒くないのか、治安はほんとうに大丈夫なのか、言葉で困っていないか、ごはんは食べているか、あんまり無駄遣いをしないようにといった修学旅行の注意的なことがら——に答えながら、妹をイルベールに会わせて良いものかどうか考えていた。まさかそれを母に相談するわけにもいかなかった。母が受話器の向こうで言っていた。

「お友達はできたん？」

「ああ、できたよ」

「フランス人？」

「うん。電気屋さんと仲良うなった」

するとと母は言った。

「あら、技術者さん同士やねえ」

ぼくは漠然とだがいやな気持ちがしているのだ。

イルベール本人も、ブツゾウも、もしその場にいれば乃緒だって、ぼくには涼しい顔をして何かを隠しているのではないかという予感がしている。まったく根拠のないことだが、根拠がないからこそ不安になる。

リヨン駅に降り立った東洋人は彼女ひとりで、だがあまりにも幼く見えたから俺は通り過ぎそうになった。軽装で、トランクも一つだけだった。だが彼女はいい目印をつけられていた。ジュスティーヌが愛用している香水だ。まるでジュスティーヌがここまで連れてきたかのような香りがしていた。

「マドモアゼル……」と俺は言った。彼女はすばやく「マダム」と直すと、鳥のように丸い目で俺を見つめ、改めてフランスの古い友人同士のように抱擁し頰にビズをした。俺は正直なところ驚いたよ。俺は東洋人との接触がこれまでほとんどなかったし、彼らがこちらの流儀で自然に振る舞えるかどうかも知らなかったからだ。

「迎えに来てくれてありがとう、サミュエル」と、マダムは言った。

「船旅は疲れましたか」タクシーをとめながら俺が尋ねると、

「ええ。でもいい天気だった」と答えた。そして、

「友達みたいに喋っていいのよ。私もそっちの方が楽なの」と言った。

「それなら助かる」と俺は言った。

押さえておいた10区の家具付きの部屋に案内して俺は言った。

「必要なものがあったら俺に言えばいい。パリのことをどの程度知ってるか、わからないが」

マダムは詩でも暗唱するように答えた。

「そうね、パリは夢で見たことがある程度にしか、わからないわ」

「随分詳しいってことかい。情報が欲しければなんでも言ってくれ。できる範囲で協力する。あとは物資、書類、武器、ハシシ……」

「ずいぶん、物騒なのね」マダムは笑った。

あんたが物騒なんだろうと俺は思った。

「とりあえずブランデーが欲しいわ」

「わかった」

俺はすぐさま階段を下りて、二軒先のカフェからグラスに入れたブランデーを調達した。

「サミュエル、あなたは仕事ができるのね」

「それはどうもありがとう」

「でも、たまには笑った方がいいのよ」

「マダム、今日は休んだ方がいい。明日また来ます」

俺がドアを閉めて立ち去ろうとすると、マダムが「ねえ」と言った。

「なんでしょう」

「私、仕事が済んだらエジプトに帰りたいの。覚えておいてね」

多分エジプトというのは「ジュスティーヌの夏の宮殿」のことだろう。ホスナニ家の別荘でそう呼ばれているのがあったんだ。

＊＊＊

マダムは黒いまっすぐな髪と黒い目をしている。典型的な東洋人だと思われるが実際の国籍はわからないし、そんなことに意味はない。パスポートは名前の違うものが四種類用意されていた。中国、日本、インド、それにアメリカ。四分の三もしくは百パーセントが嘘になるが、そのうちのどれがメインなのか俺は知らない。ときに振る舞いが奇矯に見えることもあるし、独特のスラングも使うが左岸のカフェにはもっとすごい言葉を使う自国人がいくらでもいる。フランス語だけではなく、英語も話せるし、はしゃいだところもない。

不思議なひとだ。俺は個人的にマダムはパレスチナで、無一文でジュスティーヌに拾われたのだと思っている。パレスチナはとても混乱しているから何があってもおかしくはない。

＊＊＊

マダム・アレゴリのほんとうの名前は誰も知らない。いつだったかジュスティーヌに、きみは知っているんだろうと言ったことがある。ジュスティーヌはこう答えた。

「名前なんてないのよ。彼女に名前はない」

　へえそうですかと俺は答えた。また仲間はずれになった気分だった。同時にあのひとには名前なんかいらないんだろうとも思っていた。


　文書を閉じながらぼくはため息をついた。

「名前はなに」と、英語やフランス語で聞かれたら乃緒は少し悲しげな笑みを浮かべて、

「NO」

と言うのだろう。その様子がありありと浮かぶ。

　彼女にしてみたらファーストネームをそのまま答えているだけなのに、相手はそれが意味のあることだと思ってしまう。相手が自動的に誤解する。彼女はもちろんわかっていて、やっている。その上で何も考えていないように振る舞うだろう。だって彼女は女優なのだから。


　素直に読んでみればいいのだ。歪みはあとで補正すればいい。フィクションを読むように通してみればいいのだ。歪みがあると最初から書いてある。どうせ破綻するだろう。そのときになって、くだらないものを読んだと思えばいい。

　ぼくはどうすればいいか知っている。

　乃緒が一九三〇年代のパリにいたと、仮定して読んでみればいいのだ。ぼくが混乱を捨てればきっと、インチキも歪みも、見通せるはずだ。

数日もすると、ぼくはいつもの調子を取り戻し、事務所に出勤してふつうに働けるようになった。自分がなぜあんなに憂鬱な気分でいたのかもわからなくなった。ティルダに報告すると、私にはわかっていたよ、外国で働くというのはそういうものだ、と言いながら白い腕を振り回し、大げさに眉を持ち上げて笑った。

しばらくぶりにリュシーに連絡をとり、食事の約束をした。友達を連れていってもいいか、と聞かれたのでもちろん、と答えた。リュシーと一緒に現れたのは、黒に近いような濃い茶色の短髪にしゃれたデザインのフレームの眼鏡をかけた青年で、ギヨームという名前だった。三十一歳で、働きながら大学に行っていると言った。最初かれらは恋人同士なのかと思ったがそういうわけでもないらしい。

トロカデロ広場に近い小さなビストロで、ぼくらはあっという間に打ちとけた。

フランスに来る前はなんの仕事をしてたのか、とギヨームに聞かれて公務員だと答えた。そしてぼくにしては珍しく、初対面の人間がいるなかで自分のことを話した。

「ユネスコで働いていると、自分がなんだかリースの商用車やコピー機になったような気がするときがある。本国で教育されメンテを施されてから貸し出され、期間が終わったらまた本国に戻される。ぼくはきちんとオーバーホールされて次の赴任先に行くだろう」

そんなような意味のことを言ったと思う。

さっきまで冗談ばかり言っていたギヨームが、まじめな顔で、君はフランスに来ても働いてばかりで何も楽しんでないんじゃないか、と言った。リュシーは、私たちは部品でも商品でもなくてもっとユニークな存在だ、というようなことを言った。

かれらはぼくのことを「イロー」と呼ぶのだった。「ヒロム」というのはフランス語を母語にするひとにとって、ものすごく発音しにくい音だった。だから「サトーサトー」だったのかと思った。「イロー」というのはそう発音する方がぼくにとってはよほど難しいのだが、なんだかはじめて名前が決まったような気がした。

ぼくがそんなことを思ってにこにこしている間に、リュシーとギヨームの間では次の休暇にぼくを小旅行に連れだそうというアイディアが始まっているのだった。会話が早すぎて聞き取れないこともあったが、三人でいると実に楽しくて、あっという間に時間が過ぎた。

4

リュシーとギヨームに知り合ったおかげで、二〇一〇年の冬は心温まるものになった。週末になるとぼくらはギヨームの古いルノーに乗ってロワール河沿いの小さな町を訪ねたり、イギリス海峡に面した港町ディエップから画家のターナーが描いた断崖を眺めに行ったりした。クリスマス休暇にはグルノーブルに泊まりがけで出かけてスキーもした。かれらは休日の楽しみ方をよく知っていたし、三人で話していると自分が外国人とは思えなかった。ときどき彼らが日本語を話しているような錯覚さえあった。ぼくたちはたくさん笑ったし、政治や社会問題について議論もした。ぼくはギヨームのことを同級生のように親しく感じる一方で、リュシーには今までに知り合った女性には感じたことのない安心感を覚えるのだった。

ギヨームは「リュシーとイローはいつも同じことをする」と言って笑った。確かに、ビールを飲み干すタイミングも一緒だったし、席を立ってトイレに行こうとして譲り合うこともよくあった。同時に忘れ物を思い出したこともある。些細なことばかりだけれど、そうやって三人で笑い合うたびに親密さが増していくのを感じた。

リュシーは駆け引きとは無縁だったし、突然ヒステリックになることもなかった。もちろん腹を立てたり機嫌を悪くすることはある、だけどそれは理解不能なものではなかった。ぼくはそれまで、女のひとたちの不機嫌というものを（妹たちも含めて）苦手としてきたのだが、リュシーには素直に接することができた。でも、ほとんどの場合、彼女は穏やかだった。

年が明け、茜からは悪くない感触でセンター試験を通過したことと、手続きが終わり次第フランスに来るつもりだという連絡があった。ぼくは、物置になってしまっていた部屋を片付けて、アパルトマンの大家さんから折りたたみ式のベッドを借りる約束をした。

三月のある日、ぼくはイルベールの電話で目を覚ました。

「君の家族は大丈夫なのか。連絡はとれたか」

イルベールははっきりとした声で言った。

「飛行機？」

ぼくは大きな声を出し、それから、まだ茜が来る日まで数日あることに気がついて、

「なんでもない、寝てたんだ」

と言った。

イルベールは日本にマグニチュード7・9の大地震が発生したというニュースを見たこと、大津波が今まさに東北地方の沿岸一帯に押し寄せていることを告げた。ぼくは慌ててテレビをつけた。

「飛行機がどうした？」

イルベールに聞かれて、妹のうちの一人が来週パリに来る予定だと答えた。

「どっちの妹だ？」

「下の方。ぼくがいるうちにどうしても来たいって言うから。だけどこういう状況だと聞いてみなくちゃならない。彼女は目に障害があるんだ」

「きっと大丈夫だ。妹さんに家に遊びに来るように言ってくれ」

電話を切ってお湯を沸かし、窓の外を見た。いつも通り静かな灰色の朝だった。ぼくはコーヒーを飲むと自転車に乗り、職場へ急いだ。

状況は深刻だった。ユネスコ本部には次々とニュースや各国政府が発信する情報が入

ってきて、ぼくは込み入った連絡や対応に追われた。

日本時間の夜になってやっとぼくは実家に電話をかけることができた。幸い四日市は震源から遠かったため影響もなく、平常通りとのことだった。父から電話を代わった茜に、予定通りフランスに来るようにと言った。茜は大きな災害にショックを受け、ひとが苦しんでいるときに自分だけ遊んでいてもいいのかと悩んでいた。四日市にいても東北の被災地に対して今はまだ何もできないのだから予定を変えるべきではない。ボランティアをするにしても茜の出番はずっと後の方なのだから、フランスに来た方がいい、とぼくは強く言った。

職場やいつも行く商店だけでなく、道を歩いていても多くのひとに呼び止められ、日本人か、と聞かれた。今までは考えられないことだった。そうだと答えると、あなたの家族は無事だったか、私たちは心を痛めている、と言われるのだった。ＴＳＵＮＡＭＩという言葉をフランス人たちは本当につらそうに発音した。だがユネスコにいるぼくでさえ被害の全貌は正確には把握できていなかったし、もしかしたらずっと後になるまでわからないのかもしれなかった。

日曜の夜、パンと総菜とタバコを買って戻ってくるとアパルトマンの前にリュシーが立っていた。

部屋に招き入れて顔を見ると、リュシーは涙ぐんでいた。ぼくは彼女になんの連絡もしていなかったことを思い出したが、彼女はそのことを怒っているわけではなかった。

彼女もまたテレビを見て、各国のネットでの情報を見て、心配していたのだった。特に福島県で起きた原発事故のことを彼女は憂えていた。

リュシーは言った。

日本は美しい国だと思っていたのに、今はとても危険な場所になってしまった。間違ってるかもしれないが、自分はどうしても核戦争後の無人の世界を想像しておそろしく、悲しい気持ちになる。あなたの家族も、ほかの多くのひとも住んでいるのにこういうことを言っていいかわからない。地震が立て続けに起こり、何十年も放射性物質が漂っている国にイローを帰すことを考えたらつらくなってしまった。

「考えすぎだよ」

ぼくは彼女の肩を軽くたたいた。

「日本全体がそんなひどいことにはならないよ。それにぼくが帰るのはまだ先のことだし」

ぼくよりも、リュシーの方が疲れているように見えた。

「まだちゃんとわかってないかもしれないけれどぼくの仕事は、洪水のあとの治水対策を考えたり、さまざまな災害をくぐり抜けた地域や建造物を世界遺産にしたり、戦争のあとの子供たちの後押しをする仕事なんだ。世界中のつらい体験の教訓を生かすことは有益だけど……」

「有益だけど？」

「うーん、プラスの方に思っていないとやりきれない」

「強いんじゃなくて、ほんとのところは実感がないんだ。なにもかも人ごとにしか思えない。そう思う自分をぼくは好きじゃないけれど、どうしようもない」

「あなたがそういうひとだとしても、それは悪いことじゃないと思う」

ぼくはうまく言えなかった。

テレビでは何度も地震と原発のニュースが流れていた。日本人だけでなく海外の人間もショックを受けていた。だが、ぼくは自分の感覚が麻痺しているのを感じた。津波の映像は、ずいぶん前に見たビルに突っ込む旅客機のニュースと同じようにしか思えなかった。日本人として、こういうときに外地にいることがもどかしい、と言った方がいいのだろうか、と考えた。それは本心ではなかった。ぼくは災害と、自分の空回りする思考から降りることにした。

「そばにいてくれないか」

とぼくは言った。

「もちろん、そのために来たのよ」

リュシーはぼくの額にそっと手を触れて言った。それからぼくに覆い被さるようにして長いキスをした。

「でも、もし君が」

ぼくが言いかけると、リュシーは小さな声で、

「強いのね」

「何も言わないで――

と言った。彼女の長い指がぼくのシャツのボタンをひとつひとつ外していった。

週が明けてまた仕事が始まり、ぼくはリュシーのことばかり考えて浮ついた気分で一日を過ごした。つい軽口を叩きそうになるぼくに、周囲のひとたちは優しかった。かれらはぼくが故国の災害に対して落ち込まないように気持ちを保とうとしていると思っているのに違いなかった。ぼくは自分が不謹慎だと思った。

水曜日の朝、茜がパリに到着した。

ぼくは休暇を取って、明け方のＲＥＲに乗ってドゴール空港まで茜を迎えに行った。エトワールで混雑していた電車は徐々に空いてきて、車両に乗っているのはこれから旅に出るひとよりも、少しくたびれた感じのビジネスマンが多かった。パリ郊外では一軒家と低層マンションが混じり合う景色になり、跨線橋の上に薄紅色をした夜明けが広がった。霧のなかにポプラの並木が浮かび上がり、その向こうに町があるのか、それとも農村風景が続いていくのかぼくには全く見当がつかなかった。茜の飛行機はまだ青い空を飛んでいるのか、それとも着陸に向けて霧のなかを飛んでいるのかわからなかった。

ドゴール空港はまだ、重い色合いの陰のなかにあった。到着ロビーに人影はまばらだった。苦いばかりで味のよくないエスプレッソをすすりながら、ぼくは茜を待った。前日、関空から電話をもらっていたけれど、茜が飛行機を降りてから複雑な経路をちゃんと歩いて来られるのか、入国審査で手間取らないか、自分の荷物を見つけることができるのかと今さらながら心配したが、しばらく待つうちにバックパックを背負って空港係員に誘導された茜は無事に現れ、ぼくが声をかけるとすぐに気づいて白杖《はくじょう》を持っていない方の手をあげた。声の方向に手を挙げているのだし、ぼくはそれを認識するのだからコミュニケーションとしては合っているのだけど、茜のその挨拶は少しだけ銅像に似ている。

「バスでいいか？　ＲＥＲの方が速いけど」

係員に礼を言ったあと、バックパックを代わって背負いながらぼくは言った。

「車じゃないの？」

「車は持ってないんだ」

「えーっ」

茜は呆れたように言った。四日市から出たことがないというのはそういうことなんだと思った。

「じゃあお兄ちゃんどうやって通勤してるの？」

「自転車。雨降ったらメトロ」

「中学生みたい」

ぼくは苦笑しながら茜の腕を取った。エトワールに直行するバスに乗り、飛行機はどうだったかと聞くと、茜はまだ興奮した様子で、

「飛行機の離陸って面白いね」と言った。

「どういうふうに？」

「なんか、飛行機が自分のスピードに耐えきれなくなって飛ぶ感じ」

「へえ」

「あとね、飛んでるときは大きな機械に入ってるみたいやった。図書館のエアコンとか織物の機械とか、そういうの」と答えた。

「眠れたかい」

「半分くらい寝た。あと雲って、すごい堅い氷の粒やん、飛行機は雲のなかを通るって、氷にあたってるからごとごと言うんやね。あとアテンダントさんみんな親切で、イヤホンの使い方とかごはんのときも全部説明してもらった」

「そんならよかった」

「最初から最後まですごく親切に案内してもらえたよ。ドゴール空港、面白いとこやね」

「そうか？　ぼくは面倒やけどな」

「遊園地みたい。飛行機下りてから一駅だけ電車に乗ったりするのね」

「そうそう」

「あと、入国審査の手前にすごくいいにおいの場所が一ヶ所だけあった」

「へえ、どんな」

「香水かな。でも日本にはない花の匂い」

バスが高速に入って渋滞しはじめると茜はさすがに疲れたらしくうとうとしていたが、市内に入ると目を覚まして、

「石畳がごりごりしてる。もうパリに入った？」

と言ってにっこりした。

「もうすぐポルト・マイヨー。ぼくたちはエトワールだからもうちょっと先」

エトワールの駅からはメトロに乗った。最初に乗り放題のパリ・ヴィジットのチケットの使い方とゲートを押して構内に入ることを教えた。

駅のホームで茜は「この駅天井高いね」と言い、電車から降りると「いろんな言葉のひとが乗っていた」と言った。ぼくが気がつかないことばかりだった。

家に着いても茜は少しも落ちつかなかった。壁を触りながらあちこちを探索して回り逐一感想を述べた。ぼくは途中から面倒になってソファに寝そべって放っておいた。

「ここは何?」

茜がロフトの梯子に手を触れながら聞いた。

「ロフトになってるんだ」

「上ってもいい?」

「危ないよ」

「大丈夫」

見る間に梯子をよじ登り、上から、

「お兄ちゃん彼女できたん?　女のひとのにおいがする」

と言った。

「洗剤かなんかだろ」

犬じゃあるまいしそんな臭《にお》ぐなや、と言うと茜はえへへへと笑いながら降りてきた。

「今日はなにするん?」

「疲れたやろ。少し寝たら？」

「寝るためにパリに来たんじゃないもん」

茜が子供だった頃のことを思い出して、しょうがないなと思う。とにかく元気でよく動くけれど、その分転ぶので目が離せなかった。

「まず、家のまわりを覚えてもらう」

「うん」

「あとは近所で買い物。夕方は街でごはん食べようか」

「フォーラム・レアルは？」

「いつでもいいよ。今日でも明日でも」

レアルは昔の市場の跡地にできたショッピングセンターで、地面に巨大な穴を開けて建物を作り、中庭を囲むような建物に一階から下っていくのだと説明した。ぼくはレアルのフナックという本屋にはしょっちゅう行っていた。下っていく建物というのは茜が好きそうだと思っていた。

「あとは明日と明後日は、どこ行くか自分で決めて。調べるんは手伝うけど。ぼくは仕事あるから」

「休めないの？」

「夕方は早めに帰ってくるよ」

「イルベールの家はいつ行くの」

「土曜日。ランチにおいでって言われてるよ」

「楽しみやなあ」

なんで茜がそんなにイルベールに惹かれるのか、ぼくにはさっぱりわからない。

茜は翌日バスツアーでシャルトル大聖堂に行き、入っただけで空気の感じが違うすてきな教会だったと言った。帰りに寄った美術館では彫刻に触れることができたそうだ。その次の日はポン・ヌフからクルーズ船で観光をして、その後はかなり大胆に（いろいろなひとに声をかけられたり助けられたりしながら）街を歩き、最後にぼくに電話して呼びつけたときにはリュクサンブール公園にいた。日本人のツアーに潜り込んで説明を聞きながら歩いたりもしたそうだ。

ぼくは夕飯を食べながら茜の冒険談を聞いて震災のことを忘れた。

リュシーと会いたかったが、妹が家にいるのでは電話もできなかった。リュシーも決してまめな方ではなかった。来週会おう、いろいろ二人で話したいんだ、とぼくはメールを打った。

茜が来てからぼくは、乃緒に関するあの怪文書にも全く手をつけていなかった。だから土曜の朝になって、

「イルベールが探してるお兄ちゃんの友達ってそのあとどうなったん？」

と言われて、少しいやな気分がした。

「ああ、わからん」

「女のひとでしょ。お兄ちゃん嘘ついてたけど」

「嘘なんかついてない。男って言うた？」

「演劇やってるひとやんね」

よく覚えてるなといつも思う。茜は頭の中のどこにそういう細かい話をメモしておくんだろう。

「イルベールはそのひとの子供育ててるんや。今度行ったら会える」

「子供置いて出てっちゃったの」

「ああ。ブツゾウって名前の男の子」

茜は一瞬笑ってからそれをのみこむようにして、すごい名前やね、と言った。それから、

「イルベールの子なん？」

「それが違うからややこしい」

「お父さんは」

「わからん。だけど彼女の方は二〇〇六年とかそのくらいにイスラエルにいたらしい」

ぼくは堀内さんの旦那に見せてもらった映画のことを簡単に話した。

「その映画ってイルベールに見せたの？」

「いや、まだ見せてない」

「なんで教えてあげないの？　なんかのメッセージかもしれないよ」

「メッセージってなに？　どんなん」

「わからへんけど。でもイルベールだって知りたがるでしょ？」

「いろいろ考えてるんや。もう少し調べて、うまく頭のなかでまとまったら話す」

茜はそうなの、とつまらなそうに言った。

イルベールの家でぼくらは兎のパテと、とても美味しいムール貝とフリットをご馳走になった。茜はイルベールに、ここはフランスだからいいんだよ、とそそのかされてワインを少しだけ飲んだ。そしてお世辞にも上手いとは言えない英語で日本のこと、ぼくを含めた家族のこと、パリで単独行動をしてどれだけ楽しかったかということを語った。イルベールはゆっくりと相づちを打ちながら、ときどき大きな声で笑った。こんなに笑う男だったのか、とぼくは思った。

それから茜は真剣な面持ちになって、イルベールに震災ボランティアの相談をした。イルベールは、

「あなたと同じ立場のひとが必ずいる。できることはきっとある。だけど焦らずに時期を待った方がいい」

と答えた。

食事が終わるとブツゾウが茜を散歩に誘った。かれらが出て行ったあと、ぼくはイルベールに、

「大して言葉も通じないのに、二人で大丈夫かな」と聞いた。イルベールは、

「結構、なんとかなるもんだよ」

と笑った。それから、

「女優のこと、なにかわかったか」

と言った。ぼくは、映画の件を言おうか言うまいか迷っていた。何かのカードは切らなければならなかった。しかしブッゾウに乃緒の映像を見せるのはいいことなのか悪いことなのかわからなかった。

「まだちゃんと解読はできてないけれど、手がかりはつかんだ。もう少ししたらちゃんと話す」

マダム・アレゴリに関する怪文書のことを思うと重苦しい気持ちになった。リュシーとギヨームの顔がふいに浮かんだ。厄介なことを考えたり関わったりせずに、彼らと楽しく遊んでいたかった。だがあの文書を投げ出すことができないこともわかっていた。

やがてブッゾウと茜がすっかり打ち解けた様子で帰ってきた。二人はモノプリに行ってジェラートを買ってきたのだった。


「イルベールっていいにおいするね」

家に帰って来るなり、茜が言った。

「そう？」

「ブッゾウもとってもいい子だった」

「うん」

「ブッゾウのママってドイツにいったのかな」

と茜が言った。

「ハーケンクロイツの話か」

「うん、アクセサリー触らせてもらった」

「ああ。だけど今のヨーロッパでハーケンクロイツなんか出したら相当な問題になるよ」

「そうよね。それにお兄ちゃんが見た映画はパレスチナなんでしょ」

「映画のクレジットはイスラエルやけどなあ」

そのあとぼくは、あっと声を出した。茜が、

「どしたん」と言った。

「マダム・アレゴリの記録」に書いてあったのに頭に入っていなかったのだ。彼女はパレスチナでジュスティーヌという名の女に拾われてエジプトに行ったのだった。

5

帰国を控えた茜が床に座って、お土産ひとつひとつに触れながら荷造りをしている。スカーフの肌触りを確かめ、さくらんぼやバラの香りのする石鹼のにおいを確かめては荷物に詰めていく。それからふと手をとめると表情を曇らせて、

「お兄ちゃん、日本ってどうなるんやろ」

と言った。

震災直後にパリに来た茜に、ぼくはわかる限りのニュースは伝えていた。だがパリで

「帰宅難民」や「計画停電」という馴染みのないことを話し合うのは、実感がない分茜にとっては余計に不安だったのだと思う。

「とりあえず三重は大丈夫やろ、今は」

「でも東北の余震がおさまっても、今度は東海や東南海で地震があるかもしれやん。そんななったら」

「うーん、一人暮らし、やめるか」

茜は首を振った。

「ふつうの一人暮らしの学生に比べたら、茜は恵まれてると思う。みんなおまえのこと一番に思い出すし、何かあったら助けたいって思うし、実家も近いやん」

「うん、そやけど」

ぼくは仕事上、もっと必死で生きなければならないひとびとを知っている。ハイチの地震で三十万人以上の死者が出たのは僅か一年前のことだ。治安は乱れ、インフラどころか国がめちゃくちゃになった。それを今の日本人に言っても仕方がない。両者の不安を天秤にかけるのはおかしいし、多分日本のひとはハイチのことを考えてはいないだろう。被害の状況も復興のやり方も違うのだ。

「帰る直前になって、被災したひとに申し訳ないって思うのも身勝手やね、私どう考えたらいいかわからへん」

「防災袋くらいは作ってもええけど、ぼくらが必要以上に自分を戒める必要はないよ。感情的になるのは楽だけど、その分早く忘れるから」

「うーん」

「不安なのはみんな一緒やに」

そしてぼくらも、世界中の日本人と同じように話すことをやめてそれぞれの部屋に戻ってベッドに入り、全くわからない未来のことを思いながら眠りにつくのだった。


茜の出発の日は晴れていた。もう春の日差しだった。

空港の出発ロビーのベンチで、サポートしてくれる航空会社のひとを待ちながらぼくと茜はとりとめもない話をした。

「イルベールによろしくね」と茜は言った。

「わかった」

「あとブツゾウにも」

「うん」

「ブツゾウと約束したんよ。サトーサトーの冒険のお話の続きを一緒に作ろうねって」

「そんな約束してたんか」

航空会社のひとがやって来て日本語で「ご案内します」と言った。ぼくは立ち上がってから、大事なことを言い忘れたのを思い出した。

「茜、こんなとこですまん。合格おめでとう」

茜は周りのひとがびっくりするくらい大きな声で笑った。

外地にいるぼくを気遣ってくれるひとたちが同僚や友人たちの近況、消息を伝えてくれた。そのなかでひとりだけ、震災から連絡がとれなくなってしまったひとがいた。矢木沢の須藤くんだった。ちょうどかれは金曜日に休暇を取っていたが、誰も行き先を知らなかった。多分山登りかスキーだろうと最初は皆、思っていた。だがかれは帰って来なかった。アパートに車はなく、実家にも帰らず、電話にもでなかった。県庁職員の小林さんに聞いても手がかりがないと、矢木沢のなっちゃんが教えてくれた。須藤くんは誰にも告げずに東北地方に出かけて結果として震災の被害にあったのか、それともこういうことを蒸発というのか、ぼくにはわからなかった。

ぼくは勤務先のユネスコで日本の震災関連の仕事には回されなかった。不本意に感じたが仕方のないことだった。ぼくはそれ以前と同じようにバングラデシュのインフラ計画と、東アフリカ向けの治水教育事業の仕事に携わっていた。現場はどこも大変なのに本部のデスクワークは残業も少なく、申し訳ないような気がした。

茜が帰ってから、ぼくはすぐにリュシーに電話をした。

「ずっと声が聞きたかった」と素直に言葉が出た。「日本から妹が来ていたんだ。とんでもなく耳がいいから電話ができなかった」

リュシーは明るい声で「どうして？」と言った。

「好きだと言いたかったから。だけど妹の前でそんなこと、たとえフランス語でも言えないよ」とぼくは言った。

笑われるかと思ったけれど、リュシーは、「私も」と言って少し黙ってから、もう一度「私も好き」と言った。

「自分でも、こんな落ち着いた気持ちでひとを好きになれるなんて考えたことなかった。でも、ほんとうなんだ」

彼女と話しているだけでぼくはあたたかい渦のなかに巻き込まれるような気持ちになった。

今すぐにでも、無理なら明日にでも会って抱きしめたかったが、ちょうどその時期、リュシーは仕事がたてこんでいた。多分来週の半ばには一段落するから、と彼女は言った。

それから少し話して電話を切ったがぼくは、もし一緒に住んでいたらどんなに忙しくても会えるのに、と考えた。そんな場面が頭に浮かんだのは全く、初めてのことだった。

翌日からぼくは例の文書の解読を再開した。

ジュスティーヌという女がパレスチナから拾ってきた「マダム・アレゴリ」が本当に乃緒なのか、写真の彼女は本物なのか、探しあてたいと思った。

マダムの仕事は、ネシム・ホスナニとその妻ジュスティーヌが指定してきた人物を、国外に逃がすことだった。その殆どがドイツから来たユダヤ人だったが、ポーランド人、インド人、またフランスの植民地からパリに来ていた連中も混じっていた。彼らの行き先は殆どがアメリカだった。俺とマダムは2区に怪しげな旅行会社を設立し、俺が代表となり、マダムが実務を担当した。

リストにある人物の誰が亡命者で、誰が旅行者なのか、誰がホスナニ夫妻の直接の知り合いなのか、俺にも判然としないところが多かった。俺は長い間偽造旅券に関わってきたから、深く考えたり、足を突っ込まないことに慣れていた。ホスナニ夫妻との仕事でしくじったこともなかった。俺がやっているのは多少のコネクションを使った事務的な作業とそれに付随する雑務だけで、誰かに興味を持ったり疑問に思ったりすることは通常、なかった。パリのどこにいるのか俺でさえ知らない顧客と連絡をとったり細かい打ち合わせをするのはマダムの役目だった。はっきり言って俺はマダムのことを短期の使い捨ての駒だと思っていたし、だからこそ淡々と接したかったのだが、マダムはマダムで俺のことをバカにしていて、それなら放っておいてくれればいいのに、いちいち突っかかるので参った。

マダムは目だけで笑いながらこんなことを言うのだった。

「あんたは冴えない、汚い爺さんになるんでしょうね」

「マダムには関係ないでしょう」

「きっと、生涯独身よ」

「そんなこと誰にもわからない」

「誰が見たって明らかよ。でもきっとパリにいるわ。狭い部屋に住んで惨めな暮らしをしてるのよ」

「へえ、心配かけてすみませんね」

一体どういうつもりでそんなことを言うのか俺には皆目わからない。

マダムは、自分のために台本を作った。それらはすべて手書きで、中国語なのか日本語なのか、俺には読めない文字で書かれていた。

「難しいことじゃないの。でも相手に応じて台本を作っておいた方がうまくいくのよ。何が起きるかわからないからこそ、台本があれば指針になるの」

「それじゃ自分がないみたいだ」

「自分なんて子供と一緒に捨ててきたわ」

「あんた、子供がいるのか？」

「いるわよ、世界中に」

マダムは俺をお供に百貨店からノミの市まで回って衣装やバッグやアクセサリーを整え、それから本格的に動き始めた。

文士が集まるようなカフェにも通い、早速写真家のアンリ・ベルニエと知り合った。ベルニエはマダムに夢中になったが、大丈夫なのかと聞くとマダムは涼しい顔で、

「一人より二人で行動した方がいいのよ」と言った。

「それに、あのひとたちは暇だからなんでも知ってるの」

俺はいまひとつマダムを信用できぬまま見守っていたが、そのうちに仕事は軌道に乗り、マダムは顧客をひとりひとり海外へ逃していった。

マダムがやっていることはまさしく一流の女優の仕事だった。金持ちのユダヤ人をアメリカに送り出すときはアメリカで成功した華僑の娘に、ポーランド人を亡命させるときには日本の外交官令嬢になりきっていた。衣装を取り替え、化粧して部屋から出てくるだけでマダムは別人になり、身振りも表情も訛りも変わった。その演技には俺も舌を巻いた。顧客の誰ひとりとして、疑うことはなかっただろう。

本当に自分がないんじゃないか、と思うほどだった。

「夜遊びは楽しいかい」

午前中の約束に遅れてきたマダムに俺は聞いた。大きな失敗もなく仕事をこなしていくマダムに、正直なところ俺はねたましさを感じていたと思う。

「確かにパリは有名なひとがいっぱいいるけれど、楽しいっていうのとは違うような気がする」

「誰か会いたいひとでもいるのか」

「セゼール」

「知らんな」

「サンゴールの友達よ。ポンピドゥーも」

「へえ」

俺が知らない連中だった。政治学の研究をしている連中だとマダムは言った。確信は研究者は貧乏だし、内輪でしかつき合わないいんじゃないかと俺は言った。確信はなかったけれど、かれらは偽造旅券とか、俺のやっている仕事からは遠い連中だった。

「政治に詳しいのかい？」

「いいえ、全然。でもヨーロッパが今よくない時代に突入していることくらいはわかるわ」

「ナチスか」

と言うとマダムは黙って頷いた。

「フランスは大丈夫だと信じたいな」

「そうね、パリはまだやけくそにはなってない」

「やけくそって、なんだ」

「人間はやけくそになるけど、国とか時代がやけくそになったら終わりだと思う。いくつかの国はそうなるかもしれない」

＊＊＊

仕事は忙しいときもあれば、暇なときもあった。マダムは余裕があるときでも、いつも何かしら次の仕事の準備をするか、勉強をしているようだった。

ある日、またノミの市に行って古着を（それも特別に汚くてみっともないやつばかりを）山のように買ってマダムの部屋に戻ってくると彼女はこう言った。

「ひとつだけ、役をあげる。俳優になってちょうだい」

「どの案件だ」

「クリシーの医者」

そんなに難しい相手だとは思えなかった。医者の件は単なるアメリカ旅行の手伝いだろうと思っていた。

マダムはしばらく俺の顔を見て、それから驚いたことにいきなりその場で服を脱ぎ始めた。

「バスルームでやってくれないか」

俺は目を背けて言った。

「必要があればそうしてるわ」

「試してるのか」

「ええ」

東洋人の裸なんて見たことがなかったが、実際マダムはすばらしい体をしていた。口をききさえしなければ、最高だった。

「俺はあんたの言うことはきかない」

「それでもいいけれど」

銀色の刺繍が入った下着だけの姿になったマダムは俺の正面に椅子を持って来て足を組んで座った。俺は目のやり場にほんとうに困った。

「今、すごくいい顔をしてるわ。その顔でいてほしいの」

そんなことを言われても自分がどんな顔をしているかなんて気にしたことは一度もない。

「俺に演技させようっていうのかい」

「そうよ」

「頼むから何か着てくれ」

するとマダムは笑った。わざとなんだろうけれど、狡猾な笑い方だと俺は思った。

「貧しい東洋の娘一人に手も出せなくて、でもいつも色目を使ってつきまとっていて、娘が他の男と話そうもんなら火のように嫉妬する男の役」

マダムはそう言ってさっさと脱いだ服を着始めた。

「サミュエル、その、がっかりしてる顔もとってもいいわ」

俺はちょっと冷静ではいられなくて立ち上がった。

帰るつもりだった。

だがマダムは俺の背中に話し続けた。

「別に一緒に寝たっていいのよ。いつか、一度だけね。でもあんたは実際にするよりも、それを思って一生悶々とする方がお似合いだけどね」

「侮辱するつもりか」

「ちっともそんなことないわ。このいやな時代が終わったら一緒にイスラエルに行って、ふたりで開拓したきれいな丘の上で果物を作って暮らしたっていいのよ」

「やめろ、俺はシオニストが一番嫌いなんだ」

マダムは服装をすっかり整えると、(信用はできないが) すこし悲しそうな、まじめな顔になって言った。

「サミュエル、私はあなたが思ってるよりずっと怖い女なのよ」

「どこが」

「夫を殺したわ」

「どこで」

「パレスチナで」

「映画のなかの話だろ」

「そう思いたいならそれでいいわ」

「どうやって殺した」

「このくらいの刃渡りの (マダムは一五センチくらいの幅に両手を開いてみせた) ナイフで刺した。かれが動かなくなるまで」

「捕まらなかったのか」

「捕まらないわ。そのあと夫の死体の上の壁にスプレーでマークを描いたの。ハーケンクロイツの」

「なんでそんなことを」

「意味なんてない。十字架だって、なんだってよかったの。それにパレスチナでは壁にハーケンクロイツが描いてあるのは、そんなに珍しい眺めじゃないわ」

「待てよ。そんな話、聞いたことないぞ」

マダムは立ち上がり、俺のために静かにドアを開けながら言った。

「サミュエル、気にしないでね。私は少しだけいろんなことを知りすぎてるの。また明日迎えに来てちょうだい」


いつものとおりフナックに本を買いに行くと、ばったりギヨームに出会った。なぜか元気がなかった。いつも快活な男だから気になってメシでも食べようと言うと、声をひそめて一緒にタクシーに乗ってくれと言う。サン＝ミシェルかと思ったら全く方向の違うガンベッタ広場と運転手に言った。車のなかでギヨームは無言だったが、ガンベッタ広場から少し入ったところの落ち着いたビストロに入ると少し表情を崩して、君が来てくれてよかったと言った。

「なにがあった？」

「つけられてるような気がしたんだ。ここ数日、そんな感じなんだ。もちろん、気のせいだったらいいんだけど」

「なにか心当たりがあるとか」

「ないよ。あるわけない。だけどちょっと気になってね」

ギヨームはサン＝ミシェル界隈で最近立て続けに学生が襲われている事件について話した。物盗りではなく、なにか暴行とか傷害そのものが目的になっているようで、多くの学生が神経質になっているとかれは言った。

「無難なことしか言えないけれど、いつでもぼくには連絡して欲しい。それに、あんまり危ない場所に行かない方がいいんじゃないか」

ギヨームは頷いて、もし引っ越すときにはすぐに連絡する、と言った。それで区切りをつけるように、リュシーとはどうなったんだ、と笑顔を見せた。

「今度会ったら、一緒に住むことを提案したいと思うんだ」

「それはすごくいいね」

「ただ、ぼくは赴任期間が決まっている、それにリュシーは日本が危険な国だと思ってるみたいなんだ」

「簡単だよ」

ギヨームはぼくの目を見て言った。

「一緒になることを先に決めて、どこに行くか、どうするかなんて後から決めればいい。イローは考えすぎだよ」


「マダム・アレゴリ」の資料はまだ半ばだったが、ぼくは思い切ってイルベールに電話をした。少し長くなるけれどいいか、と聞くとかまわない、と声がかえってきた。

「最初に聞きたいことがある」

ぼくは言った。

「彼女の夫ってどんなひとだったんだ」

「聞いてどうする」

「つまりブツゾウのお父さんだよな」

「私の知人だよ。マルティニークから一緒に来た」

「もしかして、彼女のフランス語の発音を直してくれたひとか」

「そんなこともあった。ずいぶん昔のことみたいだ」

「名前は」

「フェリックス」

「イルベール、もう少ししたら出来たところまで書類は渡すよ。とりあえず今わかってることだけ言う。乃緒はパレスチナにいたことがある」

「なぜ、パレスチナに？」

「それで、ぼくが提案したいのは、もう『なぜだ』って考えるのをやめようってことなんだ」

「……続けたまえ」

「それを考えていると追いつけないんだ。とりあえずぼくは『こういうことがあったらしい』ということだけを言う。本当か嘘かはあとで君が決めてくれ」

「わかった」

「二〇〇七年のクレジットの、イスラエル映画に出ている」

「それが最新か」

「そうなんだ、それが最新の情報だ。ＤＶＤがあるからあとで送るよ」

「興味深いな」

「実は、話はもっとややこしい」

「資料の件か」

「うん。あの資料で、彼女は三〇年代のパリにいたことになっている。パレスチナでエジプトから来た富裕層の女性に拾われて、パリに派遣された。サミュエルというユダヤ人と組んで亡命関係の仕事をしていることになっている」

「写真も三〇年代だったな」

「三二年か三三年だとぼくは思ってる。ヒトラーが出てきた頃だろう」

「続けて」

「あの資料で、彼女は過去に夫を殺した、と言ってるんだ」

「フェリックスを？　女優が？」

イルベールは呆れたような声を出した。

「彼女はパレスチナで夫を殺した、と言っている。多分、そのあとなんらかの形でタイムスリップをして」

「ばかな。ありえない」

「そうだよな」

「あとはなにがあった？」

「うん。もしも過去の、一九三〇年代の彼女を知っている人が現在生きているとしたら、そっちから探すって手があると思ったんだ」

「エジプトの富裕層が拾ったって言ったよな。旦那はコプト人の銀行屋でネシム・ホスナニという。奥さんの名前はジュスティーヌだ。かれらが、乃緒を、女優をパリに送り込んだんだ」

「なんだって？　もう一度名前を言ってくれ」

「ホスナニだ。ネシムとジュスティーヌ」

一瞬、イルベールの反応が止まった。それからかれはくつくつと笑いだし、なにがおかしいのかと思っていると嗚咽のような悲しげなため息でその笑いを打ち切った。

「サトーサトー、それは無理だ。かれらとは絶対に会えない」

「エジプトの革命の関係か」

「そうではない。かれらは存在しないといったら語弊があるが、まあ会えないことは間違いない」

「どうして」

「今は『どうして』はやめるんだろ」

「うん。そうだった」

ぼくは、わからないままその可能性を捨てるしかないようだった。

お互いが黙ってしまって気まずくなった。

「だけど映画は実物があるから、見て欲しい。ほかの資料は君が読めるような形に仕上げるまで少し時間がかかる。まだ全部読んでないから、またなにか発見があるかもしれない」

「わかった」

それから、イルベールは少し堅い口調で言った。

「フェリックスがなんでいなくなったのか、誰も知らないんだ。死んだ証拠もない。つまり生きてるかもしれないんだ。俺にとってはそれは大事なことで、軽々しく言ってほしくない」

「配慮が足りなかったら、謝るよ」

そう言って、ぼくは急に矢木沢の須藤くんのことを思い出した。かれのことを簡単に部外者に決めつけられたら、ぼくだってイルベールと同じように思うだろう。

「イルベール、急ぎすぎて済まなかった。君はぼくよりいろんなことを理解できる。だからぼくは……」

「立場が変わったな」

イルベールがかすかに笑った。

「いつも疑うのはサトーサトーの方だった。今は私が驚いている。ひどく驚いて、戸惑っている」

「ぼくらが話し合えば、なにかわかるかもしれない。だけど、情報をつなぎ合わせないと永遠にわからない気がするんだ」

「どうして考えが変わった」

「好きなひとがいるんだ。出来ることなら結婚したいと思っている。ぼくは早くこの件を終わらせてしまいたい。申し訳ないが、過去につき合っていたひとのことをいつまでもひきずるのは嫌なんだ。出来るだけ早く、君にこの資料を返したいと思った」

「賢明かもしれんな」

イルベールは言った。

「サトーサトー、もう遅いから今日はこれで終わることにしよう。だがひとつだけ聞きたい。君の考えでいい。女優は今、どこにいると思う？」

「移動中、だと思う」

「移動中か」

「どこかで飛行機の離陸を待っているような、それとも彼女自身が飛行機になったのか、そんなイメージなんだ」

6

実際のところ、ぼくは一連の連続殺傷事件についてなにも知ってはいなかった。朝刊の見出しで見たという程度だった。大衆紙やテレビの特集にはもともと興味がなかった。ネットでチェックするのは日本のニュースばかりだった。だが「知らなかったんだ」というのがどれだけ罪なことか、ギヨームが殺されてぼくは痛感することになる。

リュシーが家に来て一緒に住み始めた頃だった。あのとき、ぼくとリュシーはすっかり舞い上がっていた。新しい食器を買うことや家事の分担について話し合ったり、お互いの生活上のこだわりや相違点を発見して、それが楽しくて仕方なかった。ほどなくパリ郊外のクレテイユに住んでいるリュシーの両親にも紹介された。ぼくの家族のように賑やかではないが、リュシーと同じように温厚で親切なひとたちで、ぼくはかれらをすぐに好きになった。その数週間、ぼくたちはばかみたいにはしゃいでいたのだ。そして、あんなに不安がっていたギヨームのことを忘れていた。

ギヨームは満員のライブハウスで後ろから刺されたのだった。かれが床に崩れ落ちるまで、誰も気がつかなかった。犯人がすぐにその場を立ち去ったのか、それとも騒然となった人々にまぎれて逃走したのか、それさえわからない。

ギヨームが病院に運ばれたあと、かれの弟からの電話でぼくたちはそのことを知った。救急車のなかでもギヨームは一言も発することはなく、医師からほぼ即死に近かったのではないかと言われたそうだ。ギヨームの弟は感情を抑えた声で伝えてくれた。

葬儀のあと、ぼくとリュシーも警察に呼ばれ、心当たりについて聞かれた。ぼくはこれまでの交流と、最後にフナックで会ったときに、つけられているのではないかと恐れていたことを話した。

連続殺傷事件での死者はこれで四人目だった。凶器はナイフ、もしくはワイヤでの絞殺、被害者はたまたまサン＝ミシェル界隈にいた学生もしくは比較的若い男性で、お互いに面識はなく共通点も見いだされなかった。警察では無差別殺人事件として扱っているということだった。犯人が捕まる見込みがあるのかないのか、ぼくたちが知る由もなかった。

なぜギヨームでなければならなかったのか。狙われていたとしてもそれには何の理由もなかった。かれには何の落ち度もなかった。たまたまその日、そこにいたというだけでギヨームが襲われた。その理不尽さにこみあげる怒りのやり場はなかった。かれと最後に会ったときの怯えた視線をぼくは何度も思い出す。なぜもっと気にかけることができなかったか、なぜ守ってやれなかったのか。こんな時期にライブハウスなんて不特定多数の連中が集まる暗い場所に行かないように、なぜ言ってやれなかったか。

リュシーの悲嘆はぼくよりも激しかった。自分たちのことばかり考えていたからこんなことになったのだ、と彼女は繰り返し言った。前は笑い合えたちょっとした食いちがいで彼女はヒステリックになり、やがてふさぎ込んで寝室から出てこなくなった。彼女は身体の不調を訴え、食事もとろうとしなかった。そしてとうとう仕事まで辞めてしまった。

医者に行った方がいいのではないかとぼくは提案したが、病気ではないと拒否された。ぼくといることが罪悪感に繋がるのではないかと思わないでもなかった。お互いが自分を責め合って一緒に暮らすのは苦しかった。

リュシーとギヨームのつき合いは長かった。だから、あなたなんかにはわからないのよ、と言わなくてもそういう態度を彼女がとることはあって、ぼくは生まれて初めて嫉妬に似た感情を覚えたし、自分が十分に悲しむことができない冷酷な人間なのではないかという疑いも持った。まさにこの状態のぼくらこそがギヨームを必要としているのだった。こういうときにギヨームが寄り添い、気の利いた冗談を言い、新しい情報をくれてぼくらを慰めてくれていたのだった。かれの存在は、ほかのひとでは埋め合わせできなかった。

ひとが死ぬというのは、そういうことなのだった。

何度も話し合った結果、リュシーはしばらく実家に帰ることになった。クレテイユまで送っていくとき、ぼくは毎日なんらかの連絡を取ることと、落ち着いたらすぐに迎えに来ることを約束した。リュシーの家族は、すべてをわかってくれているようだった。かれらのあたたかい抱擁を受け、ぼくはひとりでパリの部屋に戻った。

別れたわけではないから、リュシーの私物はあちこちにきちんと畳まれて、或いは小さな箱に詰められて残っていた。少しの間一緒に暮らしただけなのに、ひとりの暮らしがなんとも空疎に感じられた。テレビをつけることをぼくは恐れた。あの事件の報道がどのタイミングで始まるかわからなかったからだ。

ぼくは「マダム・アレゴリ」の文書を再び読み始めた。

クリシーの医者は、少し前に本を出してその過激な内容で話題になったそうだ。ゴンクール賞を逃したというほどだから、それは大したものなんだろう。ペンネームはルイ＝フェルディナン・セリーヌ。ところがそのあと、反共産主義パンフレを出して、右からも左からもややこしい評価になっちまったらしい。俺にとっては身の危険がなければ他人の思想なんてどうでもいいことなんだが、世の中というのはそうはいかない。

なるほど作家先生か。特別な案件だということがそれでわかった。なにしろジュスティーヌは、作家だの芸術家だのといった輩が大好きだったからだ。アレキサンドリアの「社交界」でも、彼女はその手の連中と親しく交わっていた。彼女がセリーヌと面識があるのかないのか知らないが、手紙のやりとりくらいはあったのかもしれない。ヨーロッパ全体がきな臭くなってきたこのご時世に、過激な作家をアメリカかどこかに亡命させてやろうというお節介を焼くのはジュスティーヌの真骨頂だ。ドラマティックだしね。

ただしセリーヌの交友関係はちょっと変わっていた。出版社とのやりとりはしていたが、ほかの作家、特に成功した人物との接触はあまりなく、医師同士での繋がりも強くないようだった。セリーヌがつき合っていたのはモンマルトル界隈の、あまり売れていない画家やダンサー、娼婦といった連中だった。

俺とマダムはどうやって彼と接触するのかあれこれ協議したが、結局三八年の四月にセリーヌがカナダに旅行するという情報を得て、同じ船にマダムが乗船することになった。俺も「マダムにつきまとう愚劣な男」の役割で（結果的に何の役にも立たなかったんだが）、ル・アーブルまで同行してセリーヌ先生を垣間見た。医者で作家と聞いたからもっと華奢《きゃしゃ》な男かと思っていたら、ずいぶん背が高くてがっしりした体格だった。色男だったが刺すような目をしていた。この俺でさえひやっとするような青い目だった。

＊＊＊

カナダからとんぼ返りしたマダムに、

「どうだったんだ、うまくお近づきになれたかい？」

と俺は聞いた。マダムは表情も変えずに頷いた。

「あのひと、踊り子とか女優が大好きなのよ」

なるほどねえと俺は答えた。完璧なスタイルとエキゾチックな顔立ちが役に立ってなによりだ。

「それに、なかなかのモラリストよ」

「それで、エジプトからの指令はうまくやれそうなのかい」

マダムは肩をすくめて嗤った。

「難しいわ。本人に危機感がまるでないの。あれだけ騒がれているのに暢気《のんき》というのかなんというか」

「へえ。一筋縄じゃいかないんだな」

あのいかつい姿を見た俺には、暢気という言葉がいまひとつ飲み込めなかったが、マダムはさばさばした調子で言った。

「エジプトにはこれから手紙を書くわ。そう言えばね、私、セリーヌと共通点があるのよ」

「どういうことだい？」

「生きることが、演じることだってこと」


ルイ＝フェルディナン・セリーヌは、フランスの作家で医者だった。ぼくは名前さえ知らなかった。慌ててネットで調べると、出てきた情報は以下のようなものだった。一八九四年生まれ、一九六一年没、反ユダヤ主義のパンフレや著作の影響でフランスにいられなくなり、四四年に脱出しデンマークに亡命をはかるがフランス政府の要請により投獄された。その後特赦を受け、五一年フランスに帰国。

　かれの本を図書館でみつけてページをめくってみたが、文体が特殊すぎてぼくの語学力では到底読めるものではなかった。そこで職場の、文学好きの同僚に聞いてみた。

「趣味で読む分にはいいけれど、難しい評価だよ」

　とかれは言った。

「現に今年だって、没後五十年の式典でもずいぶんもめて国家行事が取りやめになったくらいなんだ。ユダヤ系の反対も激しかったし、あまり人前では言わない方がいい」

「今のフランスで、そんなことがあるのか」

　とぼくが言うと、同僚は眉間に皺をよせて言うのだった。

「かれがどうのというわけではなくて、かれの話題がスキャンダルなんだ。これは生前からずっと、そうなんだ」

このことはぼくにとってはちょっとした驚きだった。「マダム・アレゴリ」に書かれている一九三八年といえば日本では国家総動員法とかそんな時代だ。もし当時の日本の作家が（ぼくはそういう方面に詳しくはないけれど）過激なものを書いていたって、二十一世紀の日本国内では、そんなふうにタブー視されてはいないだろう。忘れられることはあったとしても。

五月中旬からは出張が多かった。コロンビアの水害の調査もあったし、戻ってきてからはアメリカでの会議の準備と運営に忙殺された。リュシーが実家に帰っていてよかったのかもしれないと思った。ぼくは毎晩、その日の報告や、自分で名前を調べた花のことや、出張先でみつけたものなど、当たり障りのないメールを書いた。なるべくあの事件のこと、ギヨームがいて楽しかった時代に触れないように気をつけた。リュシーからの返事は最初はごく短いものだったが、だんだん食べ物の話や、ぼくに対する言葉が出てくるようになった。少しずつ彼女の気持ちが安定してきているのがわかった。

仕事が一段落したのは六月も半ばに入ってからだった。週末に招かれて彼女の実家で食事をしたとき、痩せ細っていたリュシーが少しふっくらして、顔色がずいぶんよくなったことに気づいて、嬉しかった。もう少ししたらパリに戻りたいと彼女は言った。

彼女と街を散歩しながら、ぼくはこのところ考えていたことを提案した。

「もうすぐ休暇が取れる。もし君の体調がよくなっていたら、そのとき日本に一緒に行ってくれないか」

「どうしても今回ってわけじゃない。ただぼくは、一度も日本に帰ってないからこの休暇で行こうと思ってたんだ。でも、君の気が進まないんだったらここにいたっていいし、任せるよ」

「日本に？」

「仕事じゃないのね？」

「うん。それにぼくの家族は君に会いたがってる。両親も、妹たちも」

「でも、日本は大丈夫なの？」

彼女はやはり震災の影響を心配していた。

「ぼくの実家のあたりはあまり揺れなかった、物資も不足しなかった。今回、事故があった原発からも遠い」

ぼくは何度も言ったことを繰り返した。

「もちろんこれから先も地震がないとは言えないよ。でもそれは日本にいる者にとっては仕方のないことだ。たとえばニュージーランドだってトルコだって地震の心配はある。でもみんなふつうに生きている」

説得力があるかどうかわからないと思いながら、ぼくは言った。するとリュシーは足を止め、ぼくの手に触れた。

「あなたは、来年には帰らなくちゃならないんでしょう」

「ぼくは君を連れて帰りたいんだ。これはぼくだけの気持ち。もちろん、君の意志は尊重したいから、考えてみてほしい」

日本語だったらとてもじゃないがこんなことは言えないだろうなとぼくは思った。

「今はまだ、うまく想像できないわ」

「旅行のつもりで一度行ってみようよ。今回はただ、ぼくが生まれた場所を見てくれればそれでいい。来年のことはあとで決めてくれてかまわない」


ジュスティーヌからマダムへの返事は、やりかけの案件をできるだけ早く済ませてエジプトに戻るように、という内容だった。

俺については特に何の指示もなかった。振り返ってみれば、まだフランスはのんびりしたところもあったが、ヨーロッパ全体で言えばユダヤ人の立場はどんどん厳しくなっていた。エビアン会議が不発に終わり、ユダヤ人の難民の受け容れは規制された。偽造パスポートを使って亡命者の手引きをしているくせに、俺自身は亡命する気などさらさらなかった。なんとかなるだろう、と俺は勝手に思っていた。戦争がはじまるかもしれない、と言うひともいれば、多少のことがあってもパリは大丈夫だ、と思うひともいた。あの時代の空気はそうだったんだ。

マダムとの別れは慌ただしいものだった。

「近いうちに必ず帰ってくるから。まだやらなきゃいけないことがたくさんあるの」

マダムは言った。そして俺の手に白い封筒を押しつけた。中を見るとベルニエが撮った写真が入っていた。マダムがカフェの、鏡に映っているやつだ。

「俺がもらっても」

「いいのよ」

マダムは笑った。

「あんたが帰ってきたって、俺がいないかもしれない」

「必ず会えるわ」

俺は、ホスナニやほかの連中が誰も知らない、モンペリエの伯父の連絡先を紙に書いて渡した。伯父は、唯一つき合いのある身内だった。そのときは自分がパリを離れるなんて真面目に考えてはいなかったが、もしも戦争で死んだときには伯父に連絡がいくだろうと思ったからだ。

マダムは俺に「ひとつだけ嘘をついてた」と言った。

「ひとつどころじゃないだろう。全部嘘みたいなもんだろう」

「もちろん寓話みたいな話はたくさんあるわ。でも殆どは、嘘じゃないのよ」

「俺に何が言いたい？」

「夫を殺したというのは嘘なの。殺したいほど憎んでいたのは本当のことよ。殺そうと思った。けれどできなかった」

「死んだことにしておけばいいさ。一緒にいるわけでもないし、これから会うわけでもないんだろ」

なにもかもが演技だと言っているくせに、なぜそんなことでマダムが泣くのか俺にはさっぱりわからなかった。震える肩に手を置いたとき、俺は一瞬だけ、この女と寝ておけばよかった、と思った。

＊＊＊

マダムが再びパリに戻ってきたのは四二年のことだった。

俺はパリ陥落前にかろうじてモンペリエに逃れて、細々と古物商をやっている伯父の仕事を手伝って暮らしていた。もしあのままパリに残っていたら警察に狩られていたかもしれない。他人事みたいに今は思うけれどおそろしいことだ。ドランシー収容所からアウシュビッツに送られたかもしれなかったんだ。そういう運命をたどった同胞が少なくないことは事実なのだから。

エジプトのホスナニ夫婦の事情もすっかり変わっていた。かれらは陰謀計画が露呈した後もアレキサンドリアにいるにはいたが、軟禁されていて、とても自由に連絡がとれる状態ではなかった。

だから、四二年のマダムの「仕事」は、ジュスティーヌの意志があったにせよ、ほとんど彼女ひとりで行ったもので、以下に書くことは、ヨーロッパから立ち去る前にモンペリエを訪ねてきた彼女が俺に話してくれたことの聞き書きとなる。

手記を書いたサミュエルというのは何者なのか。

高齢ではあるだろうが、もしかしたらどこかで生きているかもしれない、とぼくは思った。かれが健在であれば、マダム・アレゴリが本当に乃緒だったのか、どうしてそんなことになったのか、詳しく聞くことができるんじゃないか。

イルベールに相談してみようかと思ったが、ネシム・ホスナニとジュスティーヌの線を追ってみたいと話したときに鼻で嗤われたことを思い出し、これはぼくが自分で調べるしかないと思った。

だがどうやって、今どこで何をしているのかもわからない一人の老人を探せるというのか。情報が少なすぎる。ぼくはかれの生まれた年も、フルネームも知らないのだ。

結局、ぼくは推測も判断もやめた。そしてサミュエルを探すことも諦めて、自分が読み終わったところまでを簡潔にまとめたレポートを作り、イルベールに郵送した。


リュシーが日本を訪れるのはもちろん、初めてのことだった。彼女は海外といってもイタリアとギリシャしか行ったことがなかった。

関空に着いて、その清潔さとすれ違うだけでも律儀さが感じられる人々の姿にぼくは少なからずほっとしたが、逆にリュシーは大阪なんばに向かう南海電鉄のなかでは緊張した面持ちで言葉少なにぼくに寄り添っていた。近鉄特急に乗り換えて景色がのんびりしてくるとリュシーはやっと笑みを見せ、

「こういう景色、好きよ」

と言って、小さなあくびをした。ぼくにとっても低い山の間に田んぼがあって、神社や古い民家が散在する風景は懐かしいものだった。四日市まで眠るといいよとぼくは言

った。

突然つき合っているひとを、しかもフランス人を連れて日本に帰るなどと言ったものだから家族は驚いていた。言葉が通じないことにも戸惑うだろうと思った。それ以前にぼくは家に着く前から照れくさくて仕方がなかった。リュシーの家族と会うときとは全く逆だった。移動手段が大げさなのがいけないと思った。

実家の前に立つと、時間がどうなっているのか自分の年齢がどうなっているのかわからなくなるのはいつものことだったが、今回ばかりは家族もドアの向こうで身構えているような気がした。ドアホンを鳴らすと、両親がすぐに、並んで出てきた。父は笑顔だったが母は緊張していて、泣きそうな顔にも見えた。

リュシーは二人の手を握って、覚えたばかりの日本語で、

「こんにちは、私リュシーです」

と言った。

居間に入ると茜がまっすぐに歩いてきて、リュシーに向かって両手を広げた。沙織は遅れてやって来た。

夕飯はやはりいつもの鶴寿司だった。

リュシーは魚もふつうに食べるし、変に高級なところを予約していなくてぼくはほっとした。両親以外は英語が喋れたが、不思議なことに両親こそ日本語で彼女に話が通じるのだった。

「それでリュシーさん」

父は言った。

「来年、弘と一緒にこっちに来てくれるんか」

ぼくが訳し終わるより前にリュシーは、

「よろしくお願いします」

と言って上手にお辞儀をした。

茜がバッグのなかから手紙を取り出して、リュシーに読ませてあげて、と言った。

「それ、なに」

とぼくが言うと、ブツゾウがくれた手紙だと答えた。茜は大学のフランス語の先生に訳してもらって読んだという。

「どんな手紙?」

リュシーは子供の字で書かれた手紙を読んでくすくす笑っていた。

「サトーサトーの物語の続き。お嫁さんをもらう話」

「茜が余計なこと言うたんか」

「ううん。ブツゾウのオリジナルやに。サトーサトーは森のなかで道に迷った女のひとを助けて、結婚するんやって」

「だってこのひとは家に冷蔵庫を直しに来たんやで」

父も母も茜も笑った。沙織が英語ですばやくリュシーに訳すと遅れてリュシーも笑った。

「それでね、二人は小さな動物をたくさん飼うんやって。最初は小鳥、それから猫、犬
サトーサトーとお嫁さんは動物をとっても可愛がってみんなしあわせになるんやって」
「ええ話やん」
しばらくブツゾウにも会っていなかった。なにか日本の土産を買って帰ろうと思った。

翌日、ぼくらは京都を観光して旅館に一泊した。ぼくは、今回の帰省のことを友達に連絡していなかった。もしもリュシーが来年、来てくれるなら紹介するのはそのときでいいと思っていた。

京都から戻ってくるとぼくは夏風邪をひいてしまった。父がリュシーを伊勢神宮に連れて行くと言い出した。大丈夫かなとは思ったが、通訳は受験英語と第二外国語でフランス語をはじめたばかりの茜にまかせた。

イルベールが電話してきたのは、皆が出払ったその日の午後の早い時間だった。

「郵送したレポート、読んでくれたか」

ぼくは尋ねたが、それどころじゃないといった調子でかれは言った。

「今日の夕方そっちに行ってもいいか？　出来ればすぐに会いたい」

切羽詰まった声だった。

「無理だよ。日本に帰省してるんだ」

「いつ帰る？　何日の何時の便だ」

「イルベール、どうしたんだ？」

「フェリックスが捕まった」

捕まった、という意味が最初はよくのみこめなかった。

「どういうこと？」

「警察に捕まった」

「フェリックスが？　生きてたのか」

「しかもあの事件だ。あいつが連続殺傷事件の犯人だったんだ」

痛烈に、ギヨームの面影が蘇った。だがどうしてフェリックスがそれに関係あるのか、のみこめなかった。

「私も多分警察に呼ばれる、面倒なことになるかもしれない。だから出来るだけ早く、会って話したい。便を教えてくれたら空港まで迎えに行くから車のなかで話そう」

「ちょっと待てよ、それはまずい」

「なぜだ」

「ぼくはフィアンセと一緒に日本に来てるんだ。彼女に事件の話を聞かせたくない」

「ああ、そういうことか」

イルベールは醒めた調子で言った。はっきりつき放された感じがした。

ギヨームは殺された。ぼくはフェリックスとはなんの関係もない。なぜ殺された友人のことを思うよりも、殺した他人の話を優先して聞かなければならないのかと思った。

だが、イルベールは、ギヨームがぼくたちの友達であったことを知らないのだった。

リュシーのことも紹介したことはない。だからかれのほうでは昔からの友人フェリックスのことを話したくても仕方がない。しかも乃緒の夫なのだから、ぼくに全く関係がないとも言い切れない。

「もしもし、聞こえてるか」

電話の向こうでイルベールが言った。

「この電話で手短に話してくれないか」

ぼくは混乱する気持ちをおさえながら言った。理屈ではそうでも、イルベールが死んだギヨームと、ぼくとリュシーを軽んじているような気持ちが振り払えなかった。

「じゃあ結論から言う。ややこしいからメモを取ってくれ。わからなかったら言ってくれ」

「ああ」

「フェリックスは長らく行方不明になっていた。死んでいるのならそれでいいと思っていた。私はもう、一生会わなくていいと思っていた。なぜならあいつは狂ってた」

「それで」

「捕まったのは、ユダヤ人の老人を殺害した件だったんだ。それが、サミュエル・ホフマンという古物商だ」

「サミュエルってまさか」

ぼくは息を呑んだ。

「そのまさかだよ。きみがまとめてくれた『マダム・アレゴリ』のサミュエルだ」

「本当か」

「サミュエルは生きてたのか。生きてるかもしれないとは思ったけれど……」

「間違いない」

「だが、殺された。フェリックスに」

「フェリックスに。生きていたフェリックスに、殺された」

「そうだ」

「連続殺傷事件とは違うじゃないか」

「警察で余罪を洗いざらい自供した。連続殺傷事件の凶器も見つかった。全部ぶちまけた。精神鑑定はこれからだ」

「なんでそんなことを」

「あいつは狂っていた。もう何年も前から完全におかしくなってしまっていた。女優にも暴力をふるっていた。女優が失踪してから余計おかしくなった」


伊勢から帰ってきて、茜も父もすっかりリュシーと打ち解けた様子だったが、ぼくはイルベールからの電話のことが頭から離れなかった。何度反芻《はんすう》しても、うまく繋がらなかった。なにかあったのかと茜に聞かれたが、なんでもないと答えた。

翌日はもう、帰る日だった。駅まで送ってくれる母の車のなかでリュシーが言った。

「ここはとても静かな街ね」

「え？　そう？」

四日市は県内では大きな街だし、家族はみんなお喋りだし、ぼくはまったくそんなふうに感じたことはなかった。

「あちこち連れて行ってもらったけど、ここが一番静か」

「まあ京都や大阪に比べたら田舎だし、小さいし」

「あなたは気がついてないのね。人がみんな静かに話してるの。声のボリュームがとても小さい。あなたの家族だってそう。楽しくても、静かなの」

母にリュシーの言ったことを伝えると、

「リュシーさんが穏やかやから、そう見えるんやろ」

と答えた。


「なにかあったのね」

出国手続きを済ませ、搭乗口ロビーに落ちつくと、リュシーが言った。

ぼくは、連続殺傷事件の犯人が捕まった、とだけ短く言った。これだけはフランスに帰れば、必ず彼女が知ることとだったからだ。リュシーは頷いて、

「じゃあ、もうこれ以上悲惨なことはおきないのね」

と言った。ぼくはそうだと答えた。

「でも、それだけじゃない。あなたは何か違うことを抱えてる」

リュシーはぼくの目をじっと見て言った。

「もう少し、頭のなかで整理できたら話すよ」

「私に話して。私はもう大丈夫だから。あなたが困ってることは一緒に受けとめるから」

ぼくはぼんやりと、今自分はどこにいるのだろう、と思った。空港の施設のなかではあるがもうここは日本国ではない。だからと言ってフランスでもない。
heureuse, malheureuse, malheureuse, malheureuse
ぼくたちは何の罪もないギヨームを失った。だが乃緒も、イルベールも、ブツゾウもどうしてこんな不幸を背負わなければならないのだろう。どうしてフェリックスはそんなふうになってしまったのだろう。

飛行機が離陸してから、ぼくは小さな声でリュシーに話し始めた。途中でつっかえたり、考えこんだりしながらゆっくり話した。リュシーはじっと聞いてくれた。ときどきぼくの手をとって、大丈夫よ、というように握りしめた。

ぼくはサトーサトーの物語の手紙をくれたブツゾウから話を始めた。

ブツゾウはぼくの学生時代の女友達の息子であり、今は両親の共通の友人であるイルベールの家に預けられている。母親である乃緒は失踪し、父親であるフェリックスもその後行方知れずになった。

ぼくは、フェリックスに会ったこともないし、どんなひとかも知らない。ただ、陽気で面倒見のいい男だとは聞いたことがあった。

イルベールは、乃緒を探すためにぼくとコンタクトをとった。それはまだ、ぼくが日本にいた頃の話だ。もちろん、今なお彼女は見つかっていない。(「マダム・アレゴリ」の資料については、この際端折《はしょ》ることにした。)

乃緒は夫であるフェリックスから日常的に暴力を受けるようになっていたという。最初はちょっとした喧嘩や嫉妬からだったが、そのうちにエスカレートした。暴力はブツゾウにまでは及ばなかった。

イルベール曰く精神に異常を来《きた》したフェリックスは次第に小動物を殺すようになった。小鳥、猫、犬……。耐えきれなくなった乃緒はイルベールに相談をした。イルベールは古い友人として、フェリックスに何度も会って叱責し、カウンセリングの受診を説得しようと試みたが、フェリックスは受け容れなかった。

身の危険を感じた乃緒は、イルベールにブツゾウを預かってくれと頼んで失踪した。行き先は日本だと言ったが、日本に帰ってきた形跡はない。

乃緒の跡を追うように、フェリックスも姿を消した。その後どうしていたかイルベールは把握していない。

フェリックスの所在が明らかになったのは、フェリックスが古物商の老人を殺害して二日前に逮捕されたことによる。そして警察での余罪追及に対して、サン＝ミシェルを中心とする一連の連続殺傷事件についても自供したらしい。

話し終えて、ぼくはぐったりしてしまった。このほかに「マダム・アレゴリ」の記録があることまでは無理だ、と思った。

「でも、なぜあなたは関わったの？　なぜあなたじゃなきゃいけなかったの？」

リュシーは優しい口調でぼくに聞いた。

「ぼくも何度も、この件に関わりたくないと言ったんだ。何度も手を引こうとした」

「イルベールはなんて言ったの？」

「昨日、改めて同じことを聞いた。なぜぼくだったのかって。かれは、フェリックスがぼくの存在を知らなかったからと答えた」

まさかこれほどの事件を引き起こすとは誰にもわからなかったが、イルベールはかれのことを危険だと感じていた。

「イルベールは、ほんとうに信用できるの？」

「それも何度も迷った。でもぼくは、今は信用したい。だけどこれだけ事情が込み入っているから、イルベールも警察に勾留されるかもしれない。それで」

「うん？」

「ブツゾウを引き取ってくれないかって、それが昨日の電話だった。このままではかれは孤児になってしまうからって。だけど、あまりに突然すぎてどう考えていいか、わからない」

リュシーは静かに言った。

「パリに戻ったら、その子に会いましょう」

「うん」

「ほんとうは、おかしくなった父親に殺されてしまった小さな動物を、かれはサトーサトーに可愛がって、守ってもらいたかったんだわ。それで茜ちゃんに手紙を出したのね。あれはSOSだったの、私たちは何も知らずに笑っていた」

リュシーは声を詰まらせた。

7

空港に着くとぼくはすぐにイルベールに電話をした。その日の夜に会うことになった。

午前中の便だったので時間はできたけれど、家に帰るとぐったりしてしまった。ギョームがいてリュシーと三人で遊んでいた頃のことを思うと、自分がすっかり年をとってしまったように感じられた。だからといってぼく自身が不幸な目に遭ったわけではないのだ。事件に遭ったのはギヨームと、ほかの犠牲者たちだった。ぼく自身は何も経験せず関与すらしていない。ただ、あまりにも短期間で多くのことを知り、消化不良になっているのだった。当然ながら知ったことの周辺にはわからないことが桁違いに詰まっていて、にっちもさっちもいかないことに気が立ってもいた。

眠れないままぼくは寝返りばかり打っていた。リュシーが顔を出して「なにか飲むか食べるかする？」と言った。ぼくは紅茶だけもらうよと言って下りたが、リュシーが旨そうにパンとチーズを食べるのを見ていると不思議とお腹がへってきて少し分けてもらうことにした。

「眠れた？」

「全然」

「目を閉じて横になっているだけで、疲れはとれるのよ」

「おふくろと同じこと言うんだな、きみは」

「ワイン飲む？」

「だってまだ昼間だぜ？」

「いいのよ、ワインは体にいいんだから」

リュシーは言った。

きみがいてくれて本当にありがたい、とぼくは言った。甘える自分を律するとげとげしい気持ちが消えて、少しだけ楽な気分になった。

「イルベールはブッゾウをひきとってくれなんて言っていたけれど、それは簡単じゃない、おそらく無理だと思う」

ぼくはリュシーに言った。フランスは児童福祉に手厚い。子供には両方の親と時間を過ごす権利があるという法解釈から、日本人との国際離婚における「国境を越えた子の連れ去り」ということが問題になっているのは知っていた。この場合で言えばもしも母親である乃緒がいたとしたって、フェリックスと話し合いが成り立たなかったら一方的にブッゾウを日本に連れていくことは難しい。実の母親であってもそうなのだ。ハーグ条約の基本は子供を元にいた居住環境に置くことにある。ましてや全くの他人であるぼくたちがかれを海外に連れ出して面倒をみるなんていうことは考えにくいだろう。

「私もそう思うわ。そもそも、かれは日本語は話せるの？」

リュシーが聞いた。

「殆ど話せないと思う、もちろん母親が日本人だから聞いてわかる部分もあるとは思うけれど」

「それじゃあ本当に無理だと思うわ。でも、なにか私たちにできる方法を考えましょう」


夜八時にぼくは東駅の近くのカフェに行った。少し遅れてイルベールが現れた。

「痩せたんじゃないか」

ぼくはイルベールを見て言った。

「会うのが久しぶりだからそう見えるんだろう」

かれはそっけなく答えた。

「あのあと、変わったことは？」

「特にない、任意聴取もこれからだ」

沈黙が流れた。

「そうだ、婚約おめでとう。相手はフランス人か？」

イルベールが言った。

「うん、フランス人なんだ。彼女もブツゾウのために何かできることがあれば協力したいと言っている」

「ぜひ近いうちに挨拶したいと言ってくれ。ええと」

「リュシーって言うんだ。ありがとう。ブツゾウは元気かい？」

「ああ、元気だ」

「たとえば、ぼくたちはかれを週末にどこかに連れていくことができるし、なにかあれば家に泊まってもらってもいいんだ」

「それはありがたい。実は、私もこの一連のことで疲れてしまった。できれば自分の時間が欲しい。もしきみたちの時間があるときに遊んでもらえたらブッゾウは喜ぶと思う」

「じゃあ、そうしよう。ただ先のことは難しい」

ぼくは気がかりになっていたことから話した。

「結論から言って、赤の他人であるぼくたちがブッゾウをひきとって育てるとか、日本に連れて行くというのは無理だと思う」

フェリックスが犯罪者でも、フランスではかれの親権剝奪は滅多なことではなされないだろう。これまでプライベートなこととしてイルベールに預けられてきたブッゾウは、今度は法の下で保護されることになるのではないか、ぼくはそう言って、つけ加えた。

「もう少し事例を調べてみないと、詳しいことはわからないけれど」

「きみの言うとおりだ。無理なのはわかっていたのに、つい感情的になって頼んでしまった、すまない」

イルベールは言った。

「そんなことはいいよ。それより、父親であるフェリックスの意向は尊重されるはずだ。フェリックスがきみに、たとえば後見人として引き続きブッゾウと暮らしてほしいと言って委任する可能性はあるだろうか」

「どうだろう。あいつが何を考えているのかわからないが、私一人では難しいんだ、いろいろとね」

なぜこんなにかれは消極的なのだろうという思いが頭をかすめた。

イルベールは続けた。

「もちろんこの国の児童福祉は充実している。里親制度は研修を受けたプロで成り立っているし、施設にしても子供の権利は保障されている。やっぱり児童判事に委ねるしかないんだろうな」

乃緒がいれば、とぼくは思う。それが聞こえたかのようにイルベールが言った。

「かれを預かるとき、まさかこんなことになるとは思ってもみなかった。もっと短期だと思っていたしね」

「そりゃそうだ」

「だが、私はもう女優には会えないかもしれないと思ってるよ」

イルベールは深いため息をついた。いつもは感情を見せないのに、今日はほんとうに消耗している様子だった。

「イルベール、今夜のきみは辛そうだ。フェリックスのことや、サミュエルのことももっと聞きたいけれど、改めてだっていい。もう帰って休んだ方がいいんじゃないか」

「いや、せっかく会ったんだからできるだけ話すよ」

かれはギャルソンを呼んで、カフェクレームをお代わりした。

「それじゃあ聞くけれど、前に言ってたリセの教師なんて嘘だろう？　一体ほんとうは何の仕事をしているんだ？」

ずっと気になっていたのだ。一度もまともに答えてもらったことも、納得したこともなかった。

「陸軍にいた。国内にも国外にも配属されていた。きみに最初に会いに行った頃はまだＥＭＡＴ（参謀本部）にいた。今は退役して、なにもしていない」

「諜報機関にでもいたのか？」

「それは答えられない」

「今は本当にフリーなのか」

「そうだ」

「これから、何かしたいことは？」

「評論でも書こうと思ってる」

「評論って？」

「国際関係論とかそんなとこだ。リセの教師は未来のことかもしれないね」

またはぐらかされたと思った。軍隊にいたということは理解したが、今なにもしていないことについて、ぼくはどうも納得がいかなかった。かれが早期にリタイアして遊んで暮らすようなタイプには見えないからだ。

「フェリックスとは子供の頃からの知り合いだったの？」

「前にも言ったように我々は同じマルティニークの出身で、同じ大学に行った。島にいるときは、顔は知っていたけれど仲がいいというほどではなかったよ」

「ぼくはフェリックスに会ったことがないからどうにもよくわからないんだ」

「うん。例えば、あいつはアフリカ人やアフリカ系アメリカ人と間違えられるのを極端に嫌がっていた、そしてクレオール文化も嫌っていた。頭もよかったし、もともと意識の高い男だったんだ。パリへの憧れは私よりもフェリックスの方がずっと強かった。大学を出てから、かれはSNCF（国鉄）に就職してがんばっていた。女優とは大学のときに知り合ったんだが、そのあとかれは手紙をいっぱい書いていた。彼女がフランスに来ればそれこそどこにでも連れて行って、どんな我が儘も聞いて、たくさん笑わせて、なんていうのかな……本当に尽くしていたんだ」

「結婚の話はスムーズにすすんだんだ？」

「そういうことは二人の問題だからよくはわからない。女優が根負けしたというのもあるかもしれない」

彼女にふられたぼくが一体なにを聞いているんだろう、と思った。まるでこれじゃぼくが尋問しているみたいだ、と言うと、イルベールは少しだけ白い歯を見せて、いいよ続けてくれ、と言った。

「フェリックスがなんでおかしくなっていったのか、たとえば原因とかそういうのは全然わからない？」

「女優から聞くまでなにも知らなかった。頻繁に会うことはなかったけれど、外で二人でいるときはフェリックスは昔のままに見えた。冗談が好きで、気が利いていて、頭の回転が速いんだ」

暴力をふるうひとはなかなか外からはわからない、むしろいいひとに見える、とどこかで聞いたことがある。

イルベールは言った。

「我々はもうマルティニークには戻らないだろう。フェリックスだってブツゾウを島で育てたいとは望まないだろう。長いことパリにいるとどちらかに分かれるんだ、故郷を恋しいと思う者と二度と帰らない者と」

光の具合かわからないが、かれの目に涙がひかっているようにぼくには見えた。

「サミュエルのことも少し教えてほしい」

「ノミの市で何度も会ったことがあるんだよ。私は古い文献や資料をいつも探していたから向こうも顔は覚えていた筈だ。あの資料はたったの10ユーロだったんだ。考えた上での10ユーロなんだろうな。5ユーロでは私が興味を持たない。しかしいつもの商売から言って50ユーロも出すわけがない、20でもこのチャンスは逃してしまうかもしれない。顔見知りの興味を惹くぎりぎりの金額だったんだろう」

「ちょっと待って。きみが知り合いだっていうことは、彼女もノミの市で出会っていたってこと？」

「いや、女優をあんなところに連れて行ったことはない。誰かと同じ時期にパリにはいたけれど顔を合わせたことはないだろう。サミュエルは私に資料を見せて『ほら写真だってついてるんですよ、ムッシュー。紛れもなくこれは三〇年代のものですよ』って言ったな。私がそれに惹きつけられるのを横目で見てかれはほっとしただろう」

「まあ評価はどうであれ、作成者であるサミュエルにとってあれを信用できるひとに託すというのは老後に残された大事なことだったんだろうな」

「だがなあ」

イルベールは大きく手をふって言った。

「生きてれば話だって聞けたんだ、死んでしまったらどうしようもない」

「惜しいすれ違いだったんだな」

「そうなんだ、一瞬すれ違って、どうしてそこでもっと話を聞かなかったのか。どうして間に合わなかったのか。それもこんな形で」

——一九四二年秋、モンペリエにて

ある日俺が伯父の古道具屋の店先でぼんやりしていると、マダムが現れた。

俺は腰をぬかさんばかりに驚いた。住所は教えたがまさか訪ねてくるなんて思わなかったからだ。

マダムは華やかな装いで小汚い店の入口に立ち、香水のにおいをぷんぷんさせていた。俺はひどく気後れした。するとマダムは鼻にしわを寄せて笑った。そしてどこかゆっくり話が出来るところはあるか、と言った。俺はそういうのはさっぱりだったので、奥にいた伯父に相談すると、トゥサリー広場に近い知り合いの店を紹介してくれた。

マダムは今夜の汽車でここを発ち、マルセイユから船に乗るのだと言った。どこへ、と俺は聞いた。

「アレキサンドリア経由でパレスチナへ」

エジプトからパレスチナに行くのは、その時期でもほかの国から行くよりは簡単な筈だった。

「フランスにいた方が安全じゃないのか?」

と聞くとマダムは首を振った。

「どこに行っても戦争だな、ひどいことになった」

「そうね、あなたもうまくやり過ごしてほしいわ」

マダムは静かに言った。不安そうでも悲しそうでもなかった。

「とにかくパレスチナに行かなければならないの。安全かどうかはわからないけど」

どうしてパレスチナなのかわからないと俺は言った。するとマダムはゆっくりと言った。

「わからなくていいのよ、サミュエル。お願いしたいのは、私のことを『記録』にしてほしいことだけ」

「記録?」

「何十年も経って、いつか欲しがるひとがいたら、それは売ってあげて欲しい」

「そんなひとがいるんですかね？」

「さあ、わからないけど。あんたがお墓まで持っていったって仕方ないでしょ」

「どういうお告げなんだか」と俺は言った。

マダムはすました顔をして、答えなかった。


「マダム、この四年間は……」

俺が言いかけるとマダムは答えた。

「任務は全うしたわ」

「任務って」

「セリーヌの暗殺を阻止すること」

「クリシーの医者？」

俺にとってはもう遠い昔のことのようだった。それほどまでに情勢も環境も変化していたのだ。

「亡命だったらわかるが、具体的な暗殺計画まであったのか」

「ええ、二度あった」

相手はレジスタンスの急進派だったとマダムは言った。セリーヌは反ユダヤ主義、対独協力者とされていた。かねてから妨害は受けていたが、今年になってから激化して棺のミニチュアが送られてくるまでになった。暗殺の予告に使われる棺だ。マダムは情報を集めた。そのときに一役買ったのがあの写真家のアンリ・ベルニエで、かれはもともとレジスタンスの連中とつき合いがあったらしい。ベルニエはセリーヌ暗殺計画の詳細をマダムに流し、マダムはセリーヌを逃がしたというわけだ。

「色仕掛けか」

「そうね、アンリの気持ちを利用したかもしれないわ」

「そこまでの価値があるのか、セリーヌには」

「あのひとは、世界にとって大切なひとよ」

「だけど四年ぶりだったんだろ」

「私が四年前とまったく変わってないんでびっくりしてたわ」

確かにマダムは昨日別れたばかりのようだった。急に老け込むひとが多いこの時代に気持ちが悪いくらい若々しかった。

「かれはこう言うのよ、左の眉をくっと持ち上げてね、『変わっていない、明白に変わっていない。私は医師だからひとの骨格や筋肉を見る目は確かだ。まるできみは、生きていないみたいだな』って。とても私のことを面白がったわ。私もかれのことが面白かった」

「面白いって」

「セリーヌは一流のコメディアンとしてふるまうのよ。自分で『乞食の衣装』って言っていたけどぼろぼろの服を着て、変なスカーフを首に巻いて、口からつばを飛ばしながら嵐のように喋るの。ほんとうは、とても静かなひとなのに」

「それでどうやって逃がしたんだい？」

「あなたは殺されますなんて言ったら、余計におもしろがるかもしれないでしょう。だから一度目のときはセリーヌに不思議な話をしたいと言ってホテルに匿《かくま》ったの、その間、たとえば整形術の話とか、未来の話とか、私自身のこと、かれのこと、いろんなことを話してた」

「へえ」

「二度目のときは、と言ってもついこの間なんだけど、ゲシュタポにレジスタンスの秘密会議を通報すると言って私が直接取引したの。だからかれらも取引にのってくれた。これでもう、セリーヌを暗殺する計画はなくなった」

「ずいぶん危険なことをしたんだな」

「ゲシュタポにも親しい男がいたのよ」

俺が眉をひそめるのを見てマダムは笑った。

「亡命まで面倒みなくてもいいのか」

「ええ。このあとはもうセリーヌの意思がなければ無理だもの。こんなことになっているのに、あのひと、まだもたもたしてるのよ。北へ逃げるか南へ逃げるかも決まらない」

「人騒がせなやつだな」

「まさにその通りよ。それで思い出した」

マダムは少し目を閉じてから言った。

「ギリシャから来た踊り子の言葉よ。どうやって孤独から身を守るのかと聞かれたときに、彼女は、『ムッシュー、私は孤独そのものになってしまいましたわ』と答えたの」

「よくわからない、学がないもんで」

「つまりね、セリーヌはスキャンダルから身を守るために『スキャンダルそのもの』になってしまったんじゃないかしら。かれの名前を聞くだけでいつもひとびとが過剰に反応して、本来笑うところなのに激怒したり、誤解して論争したり、勝手な哲学を語り出したりするのよ」

「まえにあんたは、知りすぎてるって言ったな」

「実際のところ、その通りなの。だからもうこれ以上フランスにいるわけにもいかないわ」

俺にもこれが最後だということくらいはわかった。

「マダム、一体あんたはどこから来たんだ」

「生まれたのは日本よ。あの枢軸国の日本」

「だけどジュスティーヌに拾われたのはパレスチナだったよな、それでまたパレスチナに戻るってわけだ。なぜだ？」

ヨルダン川西岸地区ヘブロンの旧市街に小さな場所がある、と彼女は言った。

「小さな場所？　どういう意味だ」

市場の隅に物置小屋があるのだと彼女は言った。物置の床下には小さな地下室がある。そこに入ると、世界中のいろいろな場所に行ける、また過去や未来にも通じているのだ、自分はそこに入ったら、次はどこに行くのかわからないが、多分もうここへは帰ってこない。

「そんな話を俺が信じるとでも思っているのか?」

「信じなくていいのよ」

「今から行って、ちゃんとその場所はあるのか? なかったらどうする」

「印をつけてきたから大丈夫」

「どんな」

「ハーケンクロイツを黒いスプレーで書いてきたわ」

最低だ、と俺が吐き捨てると、目印とはそういうものよ、とマダムは言った。


ぼくは資料をまとめて、封筒に突っ込んだ。

タイムスリップか。

パレスチナにタイムスリップする場所があるとでもいうのだろうか。そこを通って現代から戦前のパリに行って、またその穴に戻っていったとでもいうのか。

くだらない。

ぼくはサミュエルに同感だ。

そもそも乃緒が失踪さえしなければ、こんなにひどいことにはならなかったのだ。

ぼくたちは全員、乃緒に振り回されたのだ。

週末、ぼくとリュシーはブツゾウを迎えに行き、カルチエ・ラタンの動物園《メナージュリー》に行った。十九世紀の建物が残っている立派な植物園のなかに付属の動物園がある。規模も小さかったけれどその分動物たちとの距離が近い感じがした。

ブツゾウは絵を描くと言ってスケッチブックを持ってきていた。そして少し興奮したおももちで、動物園ははじめてだと言った。こんなに近いのにとぼくは思ったが、あの乃緒が動物園にいる姿はたしかに想像がつかない。

表情豊かなオランウータンやかわいらしいレッサーパンダを見てブツゾウは大きな声を出し、よく笑った。爬虫類館ではぼくの手を握りしめ、豹がとてもきれいだと言って息を呑み、それから色鉛筆でフラミンゴの絵を描いた。ずいぶん時間をかけて描いた。まわりの音もひとびとの様子も全く気にならないようだった。

出来上がった絵の構図は子供とは思えない大胆なものだった。ぼくは素直にすごい、と思った。遠景で羽ばたくフラミンゴ、中間の池に集まる群の美しさ、それを遮るようにすぐそばを横切る一羽の大きなフラミンゴは頭の一部と首の途中までしか描かれていない。

「驚いた。あなたはアーティストだったのね！」

リュシーはそう言ってかれを抱きしめた。

「また描いたら見せてちょうだい」

ブツゾウは惜しげもなくスケッチブックからそのページを破いてリュシーに差し出した。

「これは二人にあげる。またたくさん描くから」

「ありがとう。茜も絵が好きなんだよ」

「絵が好きなの？　目が見えないのに？」

「うん、美術館で絵の前に立つんだ。ぼくがどんな大きさのどんな絵かを話すと、彼女はそれをもとに想像して、自分のあたまのなかのスクリーンに絵を映し出して見るんだ」

「すごい！　じゃあ、この次にアカネが来たら僕オルセーに案内してあげるよ」

「いいね。多分ぼくが絵のことを説明するよりブツゾウが話した方がずっといいと思う」

ぼくらは動物園を出て、プラタナス並木のわきで持ってきたサンドウィッチを広げて食べた。

「サトーサトーに助けてもらったの？」

ブツゾウは遠慮がちに、リュシーに尋ねた。リュシーは笑って答えた。

「ううん。ある日イロー・サトーから電話がかかってきて、『助けてくれ！』って言われたのよ。私がイローの家に行くと、かれは泣きながらこう言ったわ。『助けてくれ！　冷蔵庫が壊れてアイスクリームが食べられないんだ!!』私は冷蔵庫を直して、イローを助けてあげたのよ」

ブツゾウは目を見張って、伝説の意外な展開を聞いていた。そして言った。

「森の湖に連れていってもらった？」

「ううん。まだこれから」

「僕は森の湖もいいけど動物園のひとにもなりたい」

ブツゾウがジュースに手を伸ばしながら言った。

「それはすごくいいね」

「うんとかわいがるんだ」

ブツゾウが、父親のことを思い出しているようには見えなかった。

「イルベールはどうなんだろう」

ぼくが言うとブツゾウはこう言った。

「僕が、子供の家から帰ってきたら動物を飼ってもいいって」

「そう言われたの？」

「イルベールには言わないで。秘密だって言われたから」

「うん」

「イルベールは病気なんだ。だから、もうすぐ病院に行かなきゃいけない。二週間か、一ヶ月くらい」

驚いて、声が出なかった。リュシーがぼくの代わりに、やわらかい声で聞いてくれた。

「病気？　入院するってこと？」

「そう。だから、病気が治るまで僕は子供の家に行くんだ」

「ずっと調子が悪かったの？」

「うん。何度もお医者さんに行ったよ。だけど内緒だからね」

そういえばこの前もつらそうにしていたのに、ぼくはてっきり精神的なショックと疲労のためだと思い込んでいた。入院しなければならないほどの病気にかかっているなんて思いもよらなかった。


家に戻ってからぼくはイルベールにメールを書いた。病気のことを聞いたが深刻な状況なのか。いつ頃入院するのか。ぼくにできることがあれば言ってほしい。リュシーもブツゾウのことをかわいがって、甥っ子のように思っている。そしてぼくたち二人はきみのことを心配している。

イルベールからは折り返しこんな返事が来た。

「黙っていて済まなかった。私の病気は極めてありふれたものだ。今月の半ばには入院して簡単な手術を受ける。術後の治療は必要だが心配しないで欲しい。フェリックスが逮捕されたと知ったのは検査結果が出た翌日だったのですっかり取り乱してしまった。

どちらにしてもブツゾウをひとりにしてしまうわけにはいかない。先週きみと会って、私も考えを整理することができた。かれには子供の家で待っていてくれるようによく話して、わかってもらった。時間があるときは訪問してやって欲しいし、入院がもし長くなるようなら病院にも一緒に来てほしい」

メールの最後には、病院と施設の住所と連絡先が書かれていた。

8

病室は中庭に面した日当たりのいい位置にあった。

イルベールは可動式ベッドで上半身を起こし、静かな表情でぼくを見ていた。ぼくは少しそわそわしていたかもしれない。お見舞いというものに慣れていないこともあるし、パジャマを着て点滴を受けているイルベールがどうにも無防備に見えた。

「明るい病室だな」

何から話していいのかわからなくてぼくは言った。

「眩しいんだ」

イルベールは答えた。

「医者のためには明るい方がいいけれど、病人がゆっくりものを考えたり昼間から休むには、もっと薄暗い方がいい」

「熊の冬眠みたいにか」

「私は高級なバールを思い浮かべていたんだが、熊か。さすが水の番人だな」

かれは少し笑った。

どういう状態なのか心配はしていたが、こちらから聞くことはできなかった。だから、イルベールから話したいことがあるから一度来てくれないか、というメールが来た翌日の午後に休みをもらって来たのだった。

「結腸癌だった」

かれはぽつりと言った。わからなくて聞き返すと、癌、大腸の上の方の部分、と腹を指さした。この一ヶ月の間に、検査と処置を済ませてから手術が行われた。ようやく今の状態まで回復した。来週からは抗がん剤治療がはじまる、かれはそう説明した。ぼくは頷くしかなかった。病気の進行については聞きかねた。

「話したいとメールに書いたのは、フェリックスのことだ。手術の前に拘置所に行って面会してきた」

かれは言った。

「どうだった？」

イルベールはぼくから目をそらして、大きな手を組み合わせた。その手に一瞬目を落としてから話し始めた。

「サミュエルを殺した件について聞いた。サミュエルは、フェリックスと女優が一緒に歩いてる姿を見たことがあるらしい。それで、あちら側からフェリックスに接近してきたんだ」

「サミュエルの方から？　いつのこと？」

「当然、女優が失踪する前だよ。まだプラス・ド・イタリーに住んでいた頃だろう。フェリックスの言うところだとサミュエルはその後も何度もかれを捕まえては、女優のことを根掘り葉掘り聞いたらしいんだ。『つきまとわれて頭に来た』と言っていた」

そう言って、ミネラルウォーターを少し飲んだ。

「なかにはもちろん信じがたい話もあったわけだ。今の私たちならともかく、フェリックスにとってはしつこくやって来て妻のことでデタラメを言うおかしな老人にしか見えなかった」

「サミュエルが殺されたのは、連続殺人のあとだよな」

「そうだ」

イルベールは窓の方を見て眩しそうに顔をしかめた。

「なぜ殺したと聞いた。『ゆすられたから』だそうだ。私がサミュエルと顔見知りだったと言ったら、『だったら殺さなくてもよかったのかもしれないな』と言った」

知り合いだったら殺さなかったのか。

それじゃあギヨームやほかの犠牲者はどうなるんだ。もちろんぼくはフェリックスの知り合いでもないし、これから知り合う機会もないだろうけれど。

「ひどいな……」

もっと何か言いたかったが、それしか言葉にならなかった。

「ひどいことをひどいと思っていないんだ。そこが狂ってる」

フェリックスが乃緒に暴力をふるっていたこと、小動物を殺していたことを思い出して耐えがたい気持ちになった。そしてぼくは新たな不安に襲われた。

「まさかフェリックスが乃緒を殺していたってことはないだろうね？」

「それはない」

イルベールは強く否定した。

「あいつは殺人のことをなんとも思っていない。悪いことをしたとも思わないし言い訳もしない。多分一生刑務所から出られないこともわかっている。だから殺したんだったらそう言うよ。それに一連の事件であいつは一度も死体を隠したことがない」

「ブツゾウのことは？　なんて言ってた？」

「うん……なんというか、あれは自分の息子になんの興味も持っていない。自分の子じゃないかもしれないとまで……親権は放棄するつもりだそうだ」

フェリックスが親権を放棄する、あるいは司法によってさせられることは重要なことだ。それによってブツゾウが里親の元に行くかどうかも左右される。

だけどそれでブツゾウは幸せになれるんだろうか。

愛情を持って面倒をみてきたイルベールは、報われるのか。かれのことだから、これまでにさまざまな可能性を考えてきたんだろうけれど、今の落ち着いた表情からは何も読み取れない。

「しかし妙なもんだな。同郷の人間の一方は拘置所にとらわれていてもう一方は病院に入っている。なんでこんなことになったのか」

医師の回診があって、ぼくは席を外した。

病棟のなかをぶらぶらしているとカフェがあったので、コーヒーを一杯頼み、頭のなかを整理しようとした。時系列を追えば、こうだ。

まずサミュエルが乃緒とフェリックスを見かけた。サミュエルはフェリックスに何度も接触しはじめた。それから乃緒が失踪した。フェリックスが連続殺人を犯した。それからサミュエルのことも殺した。

そこに矛盾はないだろうか。

「マダム・アレゴリの記録」が気にかかる。イルベールがサミュエルからあの資料を買ったのは乃緒が失踪した後だ。サミュエルはフェリックスに売りつけようとしたのだろうか。乃緒に渡したいと考えたのなら、なぜイルベールに売ったのか。

病室に戻って疑問をイルベールにぶつけると、かれはこう言った。

「そのことなら、私は君とは違った考えだ」

「どういうこと？」

「君は書いてあることを信じすぎる」

そんなことはない。ぼくだってずっと疑いながらあれを読んできた。そういうつもりで首を振った。

「第一に、あれはサミュエルの創作だ。女優の特徴をよく捉えてはいるんだが、無理がありすぎる。私はあれを、一種の歪んだ憧れというか、思い通りにならなかった人生のなかで一度は発信してみたかった夢物語というか、そういうものとして読んだ。そんなもの、ヒロインに見立てた女優に読ませられると思うか？　違うだろう。秘密にしておきたいのが当然だと思う」

「うん、それで」

「もう一つは暗号のことだ。暗号化する前の原本はかれが作ったのだから、もしもフェリックスに情報を売ろうとしたらフランス語のものだってよかったはずだ。だから、謎解きが好きな私にすすめた」

そのことはぼくもひっかかっていたが、サミュエルの自筆と思われる「編集後記」を読んでやっと少しだけ解決した気になった。「マダム・アレゴリの記録」は、ローマ字表記の日本語を逆さにした暗号で書かれている。サミュエル自身がそこまで高度な日本語を習得したとは考えられないから、どこかで日本人の翻訳者が必要だった。

「編集後記」には、サミュエルがパリに戻ってきて、五〇年代に入ってから断片的だった記録をまとめ、完成は一九五四年だったこと、文書の最後の仕上げ、すなわち暗号化にはムッシュ・タケイという人物が携わったこと、複数の友人への謝辞が書かれている。

ぼくは持ってきた資料の要点のまとめと原本をイルベールに手渡した。

「これですべてだ」

「ありがとう。君の努力はもちろん評価している」

「創作だという、なにか明確な根拠があったら教えて欲しい。多分ぼくは見落としている」

「そうだ、君は完全に見落としている。ネシム・ホスナニとジュスティーヌだよ。かれらは小説の登場人物なんだ。セリーヌは実在の人物だがホスナニはフィクションだ」

イルベールはベッドサイドのメモ用紙を取って、本の題名を書いてくれた。「ジュスティーヌ」、「バルタザール」、「マウントオリーヴ」、「クレア」、著者はイギリス人でロレンス・ダレル、四冊で一つのシリーズだ、と。

夕食の配膳が始まろうとしていた。ぼくは暇《いとま》を告げなければならなかった。

お大事にというフランス語がわからなくて口ごもっていると、

「抗がん剤の治療が一段落したらこちらから連絡する」

と、イルベールが言って握手の手を差し出した。ぼくはかれのあたたかい手を握った。

家に帰ってきても、ぼくはしばらく呆然としたままだった。リュシーは出かけていてまだ帰って来ていなかった。

作り話だったのか。

おかしい、わからない、と言いながら、ぼくは信じ込んでいたのか。必死で時間を作って最後まで仕上げたのは徒労だったのか。なぜイルベールは途中でくだらないからやめろと言わなかったのか。どうしてぼくは途中で投げ出さなかったのか。

どこまで嘘なんだろう、とぼくは思う。

ほんの少しでも本当のことがあるとしたら、何が本当なのか知りたいのだ。

ムッシュ・タケイとは誰か。武井さん、もしくは竹井さんといった姓の日本人だろうけれど、そのひとはパリで何をしていたんだろう。今はどこにいるのだろう。

一九五〇年代と言えば、日本人の渡航者はそれほど多くない。なんとか調べられるかもしれないと思った。ユネスコの古いひとや、長くこちらに住んでいる日本の関係者にも聞いてみたいと思っていたのだ。

だがそれも無駄なことなのか。

電話が鳴ってぼくは我に返った。誰かと思えば母だった。特に家族に異常や変化はなかった。ぼくたちも元気だから、それじゃあ、と言って切ろうとしたら母がいきなり、

「あんた結婚式は」

と言った。学生の頃、いきなり部屋に入って来てはぼくを厭がらせたのと、同じ感じがした。

「ええ?」

きっとぼくもそのときと変わらない、迷惑そうな声を出したと思う。

「もしフランスで挙式してから日本に帰るんやったらと思ってなあ。お父さんも私も準備しとかんといかんやろ。リュシーさんはどう思ってるんやろ。親御さんとは最近会うたん?」

「いや別に式とかそういうんはいらんと思うけど。フランスはそういうの堅苦しくないし」

かろうじてそう答えると母は言った。

「あんたは何もわかってへん。ちゃんとリュシーさんと相談しんと」

「じゃあ聞いておくよ」

「親戚とかは帰ってきてからでええけど、お式と両家の挨拶はけじめやからな。指輪はもう買うたんやろ?」

「買うてない」

「あんたは、これやから……」

わかったわかったと、ぼくは答えた。相談します。相談して考えとく。また電話するから。そう言って切ろうとすると、

「ちょっと待って。茜が代わるって」

と言われた。まだあるのか、という気持ちだった。

茜は怒っていた。

「お兄ちゃん、なんで教えてくれへんの？　ブッちゃんがかわいそうやん！　手紙読んでびっくりしたわ」

ぼくは茜がブツゾウのことを「ブッちゃん」なんて呼び方をしていることに驚いたのだが、ごめん、と謝った。茜に知らせなければならなかったのか。そう言われればそうかもしれないし、知らせないで済めば済んだでいいとも思っていた。大体こういうときは茜が正しくて、ぼくがいい加減なのだ。

「手紙来たん？」

「ブッちゃん施設におるなんて知らんかったわ。イルベールの入院も！」

「うん、イルベールはちょっと胃腸を悪くしたって、今日見舞いに行ってきたとこ」

「誤魔化さんといてよ。ちょっと胃腸が悪いくらいやったらなんでブッちゃんが施設入るの？」

「イルベールは手術したんや。手術はうまくいって今次の治療待ってるとこやった」

「なんの病気」

「いや……」

「癌とか？」

「うん」

　言わないと怒るが、言えば心配するに決まっている。そして茜もそうだが、こっちにいるぼくにだって、誰のことをどうすることもできないのだ。

「ブッゾウの本当のお父さんが犯罪で捕まったんだよ。だからブッゾウのこれからのことは、イルベールにだって簡単に決めるわけにはいかない。かれのことは児童福祉法に照らして判事の決定に従わなければいけなくなった」

「なんでそんな冷たい言い方ができるん？」

「冷たい？」

「冷たいやん」

　ぼくは、週末にはたびたびブッゾウを呼んで過ごしていること、何度も家に泊まっていったことを話した。かれは穏やかに過ごしていると思っていた。だが、健気にふるまっていただけなのかもしれない。茜は不満そうにぼくの話を聞いていた。そして言った。

「会いたいひとはみんな遠くにいるって。お兄ちゃん、ブッちゃんは小さいのにそんな悲しいこと書いてきたのよ」

　その頃までにぼくはリュシーに、「マダム・アレゴリの記録」のほぼ全容を話し終わっていた。もちろん彼女は日本語がほとんどわからないから、ぼくがまとめてイルベールに渡した要点のメモをもとに話した。わかりにくい話だからぼくが話しているよりも、リュシーの質問に答えている時間の方が長かったかもしれない。

「あの資料のこと」

ぼくは寝る支度をしているリュシーに話しかけた。

「イルベールはサミュエルの創作だって言っていたよ」

「それで、がっかりしていたのね」

「ばかばかしくなった」

ぼくは、イルベールが挙げた四冊の本のことをリュシーに聞いた。

「その本のことなら知ってるわ。でもほんとうにあの手記に出てきたのは、そのひとたちかしら？」

ぼくは黙っていた。

「何が言いたいかと言うと、あの本がフランスで出たのは五〇年代の終わりか、六〇年代、そのくらいのことなの」

すぐに調べてみた。イギリスで最初に出た「ジュスティーヌ」が一九五七年、「バルタザール」と「マウントオリーヴ」が五八年、「クレア」が六〇年となっていた。フランス語訳は英語の原書とは時間差があるのだから彼女の言う通りだ。

「なぜサミュエルは五四年の段階でまだ出版されていない本のことを知っていたんだろう」

「サミュエルがダレルと知り合いだったとか？」

「それはちょっと無理があるんじゃないか。あるとすれば『編集後記』になにか書くと思う。あまり関係なさそうな友達の紹介までしてるんだから、小説家の名前を出さないわけがないと思うな」

「そうね」

「だめだ。なにもかもわからなくなってきた」

テーブルに突っ伏したぼくの頭をリュシーが撫でて、言った。

「そういうときは一度考えるのをやめた方がいいわ。離れてみたらまた気がつくこともあると思うの」

「謎のままでいいってことかい」

「これは私の考えでしかないけれど、意味は必ずあるのよ。イルベールは、ブツゾウが大きくなったときイローから話を聞かせて欲しいと思っているんじゃないかしら」

ぼくがシャワーを浴びて戻ってくるとリュシーはもう眠っていた。彼女の寝顔を見て、ぼくは母に言われた「結婚式をどうするかの件」を思い出した。やはり指輪くらいは買わなければいけないんだろうな。彼女が何をどう考えているのかまるでわからなかったから、きちんと聞いてみないといけないと思った。

もしもぼくがずっとパリに住み続けるなら、せめてブツゾウがもう少し大きくなるまでいられるなら、できることはたくさんあるだろう。だが、ぼくは来年には去る人間だ。

無責任に徹するしかないのだ。国際機関への派遣は契約に基づくもので、後任人事のイレギュラーがあったとしても延長はせいぜい一年だ。こちらから打診する時期はもっと後になるけれど、そういうことはなさそうだとぼくは本省とのやりとりから踏んでいた。多分、来年の秋には、ぼくもリュシーもパリにはいない。ぼくらがわきまえなければ、今よりもっとブツゾウを悲しませることになる。

ぼくが日本に発つ夏までにはイルベールは元気になるんだろうか。なってほしい。

仕事の手をとめてそんなことを思う日が続いた。


十二月になると、日差しの低さを感じるようになった。風景のコントラストが強くなった。建物は真横から太陽に照らされているみたいに明るく見えるし、陰の部分は濃く、暗く見える。

あちこちにクリスマスの市《マルシェ・ド・ノエル》が立ちはじめたころ、イルベールと茜からのメールが届いた。イルベールのメールは体調が回復して近々退院できそうであるというものだった。

ぼくは週末に見舞いに行くと返信した。

茜からのメールはやはりブツゾウのことだった。ブツゾウからの手紙の引用は少し深刻な内容だった。

「アカネには見えないから言うけれど僕は黒人をやめたいとときどき思います。外国に帰れと言われても僕はフランス人なのでできません」

茜はそれに対して、こう返事をしたという。

「栗毛の馬も白い馬も黒い馬もみんな同じ、すばらしい馬です。かわいくて力強くて走るのが速いです。私は馬に触ったことがあります。触ってみてはじめて、そのあたたかさとなめらかさがわかりました。どの馬も、とても優しかった。

ブッちゃん、つらいことも楽しいこともこれからもなんでも教えてください。私はずっとブッちゃんの友達です」

イルベールの印象が変わったと思ったのはかれが青いニットの帽子をかぶっていたからだった。抗がん剤の副作用で毛髪が抜けたせいなのだろうけれど、帽子をかぶった姿が子供のようで、可愛らしく見えたのでそう言った。

イルベールはくすくす笑って、それからこう言った。

「明後日、退院できることになったよ」

「よかった。おめでとう」

「君が来たあとすぐに始めた抗がん剤はつらかったけれど、違う薬にしてからよくなったんだ」

「前に来たときより元気そうに見えるよ」

「体力は落ちたよ。退院してふつうの生活に慣れるのが大変だと思う。病院暮らしをしてるとだめだな」

君ならすぐに取り戻せるさとぼくは言った。

「ブツゾウも楽しみにしてるだろうね」

「クリスマスを一緒に過ごす約束が守れてほっとしてるよ」

「退院したあと、なにかぼくに出来ることはあるか？　なにか買ってきて欲しいとか、食べたいものとか。リュシーも喜んで協力してくれると思う。彼女はフルタイムでは働いていないから、時間はあるんだ」

「いや、そこまではいいよ」

イルベールは言った。

「ボンヌを頼んであるし、それになんというか……。君が同じ立場だったらどう言うかわからないが、私はあまりひとに親切にされることに慣れていないんだ」

茜からもらったブツゾウの手紙のことが頭をよぎった。

「もちろん、負担になるようだったらいいよ。ぼくたちのことは気軽に考えてくれればいいんだ」

「それなら、ひとつ頼みがある」

と、イルベールは言った。

「旅行のプランを作ってほしい」

「もちろん喜んで。どこかで静養するのかい？」

「ブツゾウと一緒に行こうと思ってるんだ」

イルベールは回復を実感しているのだ。知らせたら茜が喜ぶと思った。

「どこに行きたい？」

「まず最初はマルティニークだ」

「そりゃ、けっこう長旅だな」

「ドゴール空港から九時間くらいか。できればビジネスクラスがいい」

「いつ頃にする?」

ぼくはメモ帳を取り出して、イルベールとブツゾウ、マルティニーク、と大きな字で書いた。

「早い方がいい。冬のうちでいいよ。どうせあっちはあたたかいんだから。あとは空港から移動が楽なホテルも調べてくれるかい」

「わかった。すぐ調べて知らせるよ。そういうのは得意なんだ」

これまで、悲しいニュースばかり続いていたなあと思った。やっと嬉しいニュースを手に入れた、そんな気分だった。

ブツゾウとイルベールが海辺で遊ぶ光景が目に浮かんだ。ブツゾウは南国の絵をたくさん描くだろう。イルベールも故郷に帰れば懐かしさもあるだろうし、体も回復するだろうと思った。

「あっちに家族とか親戚は?」

「両親はもういない。きょうだいのなかでは、姉のうちの一人と会うと思う」

「そうか。お姉さんがいたんだね」

「兄弟は多いんだよ。つき合いがないだけで」

イルベールは少し黙り込んでから、言った。

「それともう一つあるんだ」

「なんだい」

「日本にも行きたい」

ぼくは少し驚いたが、それはすぐ能天気な喜びに変わった。

「来年の夏だったらぼくも日本に帰ると思うし、そうでなくても休暇は余ってるんだ。どこでも案内できる」

「いや、それはいいよ。二人で行きたいんだ」

イルベールは少し恥ずかしそうに答えた。

それもそうだと思った。だってかれは日本が初めてではないのだから、ぼくが割り込む必要はないのだ。

「日本は遠いぞ。ブツゾウのパスポートもいるな」

「遠いのはわかっている。行くのは女優が生まれた島だけでいいんだ」

もしも日本で体調が悪くなったときには、ぼくやぼくの家族がフォローすることを考えなければ、と思い、それも素早くメモした。

「五島か。五島なら福岡から飛行機になるよ。日本に着いて、どこかでワンクッション置かないと無理だろうな。あるいは長崎から船で行ってもいいと思う」

「うん、そういうことが君に聞きたかった。どんな計画になるか、何日間必要か、紙に書いてくれたらありがたい」

マルティニークと五島。父親の生まれた場所と、母親の生まれた場所にイルベールはブツゾウを連れて行きたいと思っているのだ。

「それは、いつ頃？」

「マルティニークから帰ってきて、少し様子を見てからになる。抗がん剤をもう1クールやった後かもしれない」

かれはさらりと言った。

「まあ元気なうちに動かないと、急に来るからな」

一瞬、なにかが止まったような気がした。

ぼくは少しぽかんとしていたと思う。だが次の瞬間、言葉の裏の意味を読み取った。イルベールは覚悟を決めなければならない診断を受けていたのだ。おそらくは余命宣告が出ている。それで元気なうちに旅行をしておこうとしている。ブツゾウと最後の旅行になると思っているのかもしれない。

だからブツゾウのことを早めに施設に入れたのだ。元気になって元通りの暮らしをすることを、イルベールは最初から考えてはいなかった。

「あまり心配するな」

黙り込んでしまったぼくを見て、イルベールが言った。

9

「だって僕、旅行になんか行ったことないんだもの！」

キッチンで料理をしていると、ブツゾウの大きな声が聞こえた。イルベールと二人でマルティニークに旅立つ前の晩だった。かれはボストンバッグと機内持ち込みの小さなリュックにうまく荷物を分けて詰めることが出来ず、かんしゃくを起こしているのだった。

「大丈夫よ。一緒に詰めてあげる」

リュシーの声がした。

「スケッチブックはここでいいわ。シャツはこうして丸めたら、ほら、小さくなったでしょ？　水着は？」

「あるよ。でも泳げないんだから水着なんていらないよ」

「イルベールが教えてくれるわよ。すぐ泳げるようになるから大丈夫。それに浜辺にいるだけで楽しいのよ……ほら、ちゃんと入ったじゃない」

イルベールは退院して東駅のそばの家に戻っていた。ぼくが見舞いに行ったときから比べたらずいぶん元気になって、何も聞いていなかったらただ痩せただけと言ってもわからないくらいに回復していた。それでもかれは、ブツゾウを自分の家に泊めようとはしなかった。元の家に戻ったら施設に帰りにくくなるのではないかと気遣うイルベールの気持ちがよくわかった。それでブツゾウはぼくの家に泊まり、翌朝空港に向かうことになったのだった。

ぼくは片手鍋でアスパラガスのスープを作りながらオーブンを開けて鶏肉の焼け具合

を確かめた。ブツゾウの好きな照り焼き風にしたので醬油の焦げる香ばしいにおいがキッチンに広がった。

ぼくはブツゾウに、こっちに来てパンを持っていってくれよ、と声をかけた。

「日本のマヨネーズも、いい？」

と言いながらキッチンに入ってきたブツゾウにぼくは耳打ちした。

「あとできみにプレゼントがあるんだ」

するとブツゾウの顔がぱっと明るくなった。

「プレゼント？　ほんとに？」

「食べ終わってからだよ」

ブツゾウは鶏肉と一緒に焼いたにんじんも、サラダのキュウリも残さずに食べた。買っておいたガトーショコラもあっという間に平らげ、ぼくが教えた「ごちそうさま」もして、自分の食器をキッチンに運んだ。

「ねえ、もういい？」

ぼくはプレゼントを持ってきてかれに渡した。

「ぼくたち二人からだよ」

ブツゾウは立ち上がってリュシーとぼくの頰にすばやくキスをして、

「今、開けていい？」と言った。

「もちろん」

かれはしばらく包みをがさがさやり、それから目を輝かせて叫んだ。

「カメラだ！」

シンプルな機能の日本製デジカメはぼくが選んだ。けれども使い方をレクチャーするのはリュシーの方がずっと上手だった。説明が終わるとブツゾウは練習のためにぼくとリュシーの写真を何枚も撮り、画像がきちんと保存されたのを確かめた。

「たくさんマルティニークの写真を撮っておいで。イルベールと一緒にね」

翌朝リュシーがブツゾウを東駅の待ち合わせ場所まで送っていった。ぼくは仕事だったが、ちょうど飛行機が飛ぶ時間にブレイクを取って、空を見上げた。ブツゾウははじめての飛行機にわくわくしているだろうか。イルベールは旅先で体調を崩したりしないだろうか。

その夜、コーヒーを飲みながらぼくはリュシーに言った。

「ブツゾウのこと、いろいろありがとう」

リュシーはハンドクリームを塗りながら、

「カメラにしてよかったわね。喜んでた」と言った。

「イルベールの写真が、たくさん必要だと思ったから。かれは父親の写真も母親の写真も殆ど持ってないんだ」

彼女は黙って頷いて、それから、

「ねえイロー、あなたはどんなお父さんになるのかしら」

と言った。

「驚いたね。ぼくも全く同じことを今、考えてた」

　少し言いにくかったが、なにか身体に変化があったのかと聞いた。妊娠の兆しはまだないということだった。

「日本に君を連れていって、それから新しいメンバーが加わったらぼくたちはすごく強くなれると思う」

　ふと乃緒のことが頭をかすめた。彼女も異国でブツゾウを生んだのだなと思った。

「すてきなチームになるわね」

　リュシーは言った。

「大切に守って、難しい時期もそばにいて話し合って、何十年かたって、ぼくらが誇りに思えるような子になれば、いいね。君はどんなおばあちゃんになるんだろう」

「おばあちゃん？　もうそこまで考えてるの？」

　リュシーはひとしきり笑ってから、言った。

「顔はフランス人でも日本語が上手なおばあちゃんになるわ」

「そのころにはきっと、ブツゾウも結婚してるんだろうね」

「そうよ。私たちの孫がブツゾウの子供に遊んでもらうかもしれないわ」

　ぼくはタバコに火をつけて、自分が赤ん坊を抱いている姿、ボールを投げて遊んでいるところを想像した。すらりと背が伸びたブツゾウのシルエットも思った。今もきれいな顔をしているからきっと美しい青年になるのだろうと思った。

「でも昨日、ブツゾウは少しかんしゃくを起こしてたね」

「知らないところに行くのが心細かったのよ」

なるほどそうかと思った。かれは旅行を新たな環境の変化ととらえたのかもしれなかった。それで不安になってリュシーに甘えたのかもしれない。

「フランス人は日本人より反抗期が早いのかなと思ったんだけれど、それにしてもまだ早いよね」

「さあ。私は日本人になったことがないからわからない。それを私に聞くあなたもおかしいわ」

「確かにそうだ。君がフランス人だってことすっかり忘れてたよ」

ぼくは立ち上がって彼女と自分のカップを片付け、もう寝ようかと言った。並んで立ったリュシーをふと抱き寄せると、彼女はぼくの腕の中で言った。

「あなたはフランス語が上手になったわ。最初に会ったときより、ずっと」

「きっと、その分日本語が下手になってるよ」


癌で余命宣告が出てから何十年も生きるひともいる。

昔、ぼくは母から聞いたことがあった。幼なじみのお母さんがそうだったらしい。

イルベールが死ぬなんてとても考えられないが、同時にぼくは嫌悪すべき計算をしてしまう。ぼくがフランスにいるうちに病状が悪化することはなさそうだ、と。

日本に帰ったら、ぼくはかれの病気を忘れるだろうか。忘れはしないと思う。けれども思い出す頻度はきっと下がっていく。

ぼくが見舞いのためにフランスに来ることはないだろう。イルベールがそんなことを期待するとも思えないが、ぼくはぼくで自分がなにもできないことをあっさり受け入れてしまうだろう。

実際のところ、日本の友人の誰かが病気になったとしても急に寄り添ったりはしないのだ。お見舞いはせいぜい一度か二度だろうし、元気なうちに会っておこう、と考えるかもしれない。その考え方もいやだけれど、友人が入院したからといって急につき合いを密にする方が不自然で失礼なようにも思われる。

そういうことが出来るのは家族しかいないのか。

ぼくは両親のことを思う、父と母が支え合うことは自然だし、ぼくと妹たちもできる限りのことはするだろう。そして将来、茜が生活に困ったら何らかの形で面倒を見ること、これはずっと昔、彼女に視覚障害があるとわかった頃に覚悟した。今のところ茜は全力で前にすすんでいて、滅多なことでは困りそうには見えないが、ぼくたちだっていずれ年老いていくのだ。

その「ぼくたち」のなかに、いやむしろ中心に今はリュシーがいる。

フランスに来てからの日々というのは一体なんだったんだろう。怪しいから会いたくないと思っていたイルベールと親しくなった。乃緒の息子のブッゾウを実の甥っ子のように愛しく感じるようになった。マダム・アレゴリに関する記録を解読してみたけれど結局なにもわからなかった。その記録に関わったサミュエルは、ぼくたちの親しい友人ギヨームと同じ人物に殺された。加害者はブツゾウの父親だった。

ユネスコの仕事は、言葉さえ慣れてしまえばやりやすかった。もちろん仕事だから考えたとおりにいかないこともあったし、問題そのものが難しすぎてとても数年では解決できないことも多かった。けれど職場の雰囲気は良かったし、上司にも恵まれた。

八月に帰国して、ぼくは日本の日常に馴染むことが出来るのだろうか。もとからあまり得意ではなかった霞ヶ関に再び通勤することを考えると少し憂鬱な気分になる。ぼくは、暮らしなおすことが出来るのだろうか。けれど言葉も話せない国に来るリュシーの負担を考えればぼくの違和感なんて問題にならない。

二人でやっていくのだ、そう考えるしかないと思った。

マルティニークからかれらが戻ってくる日、ぼくたちは揃って空港に迎えに行った。リュシーは施設までブツゾウを送っていくことになっていたし、ぼくはイルベールの体調が心配だったのだ。

ロビーでぼくたちを見つけたブツゾウが、子犬のように飛びついてきた。イルベールはぼくたちと握手して、迎えに来てくれてありがとう、と言って白い歯を見せた。

空港駅まで歩きながらリュシーがブツゾウに、

「楽しかった？」

と聞いた。かれはうん、と答えたがなんだかその表情がいまひとつだった。

「泳げるようになった？」

ぼくが言うとかれは首をちょっとかしげて、

「少し」と言った。

イルベールがRERの切符を買うために離れると、ブツゾウはリュシーに向かってこう言った。

「僕はやっぱりパリの方がいい」

電車のなかでイルベールは目を閉じていた。眠っているようではなかったが、ほっとして疲れが出たのかもしれない。ぼくらは北駅で降りた。リュシーとブツゾウはメトロに乗り換え、ぼくはイルベールを送っていくことにした。荷物を持つよと言うとイルベールは辞退しようとしたが、そうじゃなきゃぼくが来た意味がない、と言ってトランクのハンドルを握った。

「寒くないか」

ぼくは言った。

「南の島から帰ってきたんだ、多少は寒い」

「疲れただろう」

「そうだな、でもいい疲れだ」

「君は痩せたけれど、身軽そうに見えるよ」

「気持ちが軽くなった分だけ痩せたんだ。サトー、そこのカフェで一杯ワインを奢らせてくれないか」

「喜んで。もし君がいますぐベッドに入らなくてもいいのなら」

ぼくがからかうと、

「病院の消灯だってもっと遅い」

と言ってイルベールは笑った。

「旅行はまだブツゾウには早すぎたかな？」

赤ワインをグラスで飲みながらぼくが聞くとイルベールはこう答えた。

「白人になりたい年頃なんだよ」

「どういうこと？」

「ブツゾウはちょうど今、他人を知る時期なんだ」

「もう少し、説明してくれるかい？」

イルベールは組んでいた足をほどき、体勢を変えてから言った。

「白人だったら楽だろうなって思うんだよ。私にだってそういう時期があった。他人が自分と違いすぎることが苦しいから、まわりの白人の真似をして平凡になりたいと思うんだ。もちろん真似なんかしても滑稽なだけなんだがね」

「うん」

「私はかれに、自分がユニークであることに胸を張ってほしいと言った。この時期にマルティニークに行ったのはそれもあったんだ。父親が生まれ育ったマルティニークに行っても、自分にそっくりなもう一人の自分がいるわけじゃない。ひとはそれぞれユニークだってことを、後になって思い出すこともあるだろう」

「なるほど」

「あれは早く大人になるよ」

「ぼくの妹もそうだった。パリに来た茜だ。あの子はずいぶん早くに自分を自分で受け入れることができた。ぼくなんかよりずっとしっかりしているところがある」

「ああ、アカネ」

イルベールは懐かしそうに言った。

「彼女によろしく言ってくれ。大学生活を楽しんでくれって」

こうして話しているとぼくはイルベールのことをずっと昔から信頼しているように思えた。もっと早く友達になれればよかった。乃緒のことがなければ……。だがそれがなければ出会うこともなかったのだが。

だが、今は乃緒の話をしなくてもいい。大事なのはここにいる人間なのだ。

「病院はいつ行くんだ？」

「木曜日かな。もうひとつだけ抗がん剤が使えるかどうか検査をする」

「そうか」

「実はもう、そんなに長くは生きていられないそうだが、それでも少しでも命を引き延ばしたいんだ」

こめかみのあたりに熱を感じたが、ぼくは少し堅苦しい、いつもの口調で言った。

「ぼくは君を応援するよ」

「ありがとう」

イルベールはぼくの目を見た。

「治療が落ち着いたら連絡するよ」

「いつメールをくれてもかまわない。なんだっていいんだよ、連絡なんて。弱音だってかまわないんだ」

イルベールはくすくす笑って、それからギャルソンを呼んだ。

「だけどサトー、君は何月までパリにいるんだ？」

「八月の異動なんだ」

「そうか。忙しくなりそうだな」

そう言いながら勘定を終えてイルベールは立ち上がった。

「大丈夫だよ」

ワインのお礼を言ってアパルトマンの門まで送り、また会おうと言って別れた。東駅に向かって歩き出すと、イルベールがぼくの名を呼ぶのが聞こえた。振り向いて見上げると、かれは部屋の窓を開けてそこから身を乗り出すようにしていた。

「どうした？　部屋にネズミでも出たか？」

ぼくが言うと、かれは空を指さして言った。

「パリの夜は青い」

三月になったばかりのある日、ぼくは仕事中に思いがけない相手からメールを受け取った。

「佐藤さん
ご無沙汰してすみません。矢木沢ダムで一緒に働いていた須藤です。佐藤さんはまだフランスでしょうか。お元気でそちらの仕事をしていることと思います。

突然のメールですみません。

もうすぐ震災から一年になります。

この一年間、僕は誰にも連絡を取りませんでした。震災の日から突然消えていなくなったことで、職場にも家族にも迷惑をかけてしまいました。

佐藤さんが僕のことを聞いたかどうかわかりませんが、もしも心配していたら申し訳ないです。

僕は今、会津若松に住んでいます。家にパソコンがないのでネットカフェでこれを書いています」


まわりの音がぴたりと止まったような気がした。

震災のあと連絡がつかなくなった、矢木沢時代の同僚の須藤くんからだった。相当な長文のメールだ。

ぼくは上司のティルダに、三十分だけ席を外したいと頼んだ。そしてノートパソコンを持って人気のないラウンジに行き、奥の席に座ってメールを読み始めた。

「震災のとき僕は車で福島県内を走っていました。

あわてて車を路肩に寄せたのですが、停めてからも車そのものが長いこと揺れていました。ものすごく大変なことが起きたということ以外わかりませんでした。揺れている時間はとても長かったです。ラジオをつけたのですが焦ってしまいすぐには福島の周波数に合わせることができませんでした。

少しおさまったかと思って車の外に出ると、前の方にいた軽トラから下りてきたおじさんに『津波が来るぞ』と言われました。僕はそのとき浜通りにいたのです。僕は軽トラについて慌てて内陸側へと逃げました。

そのあと僕は群馬に帰らずにいろんな手伝いをしていました。避難とか片付けとかそういうことです。寝泊まりは避難所でした。原発事故のニュースと、繰り返す余震で皆が混乱した状態でした。だからあの場では、僕が誰でどこから来たのか、そんなことはどうでもいいことだったのです。

そのうちに会津からボランティアで来た職人さんたちと一緒に働くようになりました。半壊した住宅の修繕とかしていたんですが、親方がとてもいいひとでした。自分のことを何も言わない僕に、親方は『話したくなかったら話さなくていい』と言ってくれました。引き揚げるときにこれからどうするんだと言われて、もし可能ならこのまま雇ってほしいとお願いしました。それで今は若松にいます。電気以外わからなかった僕も少しずつ仕事を覚えました。

地震の前に福島に行ったのは、特に行きたいところがあったわけではなくなんとなくむしゃくしゃしていたからでした。つき合っていた人と別れたせいもありました。

地震の翌々日かそのくらいだったと思います。車があったので海岸線を見に行ってしまったのです。道がどこまで通れるか確認するくらいの軽い気持ちでした。そのときのことは今でも、誰にもうまく言えません。むごい景色という言葉ではうまく表せません。つい二、三日前まで人の暮らしていた家の残骸と流された車、さまざまな生活用品、それに遺体の一部を僕は見ました。ありとあらゆるものがいっぺんに目に入ってきました。どうやって帰ったのか、ところどころ記憶が途切れています。半ばパニックになってその場を離れるのが精一杯だったんだと思います。

行かなければよかったと、何度も何度も思いました。でもそれが事実だったのです。

今はもうあの浜のあたりは立ち入り禁止になっていて、入れません。


僕は別の人間みたいになってしまったのかもしれません。あの光景を共有できるひとは誰もいません。福島の海岸線は報道されませんでした。原発事故の影響で、遺体の収容も他県のようにはすすみませんでした。

僕がいつまでショックを受けていても何もならないことはわかっているのですが、あの場に行ってしまった事実を忘れるわけにもいかないのです。


群馬に帰らなければいけないと何度も思いました。矢木沢の現場にどれだけ迷惑をかけているか、本当に申し訳ないと毎日思いました。

けれども帰ったら、どこにいたのかどうしていたのか、原発はどうだったのか、被害はどうだったのか、さまざまなことを聞かれるに決まっています。

被災地以外のひとびとがわずか数週間で、震災という出来事をきれい事やスローガンに置き換えていったこと、それによって恐ろしさを忘れていったことを僕は知っています。あっという間にその雰囲気が、思考停止の雰囲気が日本中を包んでしまいました。

あの光景を見て、そのあとも近くで作業をしていた僕には、それ以前の自分の生活が別の世界のもののように思えてしまうのです。矢木沢を忘れたことはありません。でもぐずぐず悩んで一年も経ってしまいました。

身体を動かして働いているときは何も考えずに済みます。ここでの仕事はお寺の改修工事が多いです。建具や畳の交換も頻繁にあります。お寺が集まっている地域に会社があるからです。たまに民家のリフォームにも行きます。被災地には一度、車を取りに行っただけで（ガソリン不足で動かせなかったので）その後はもう行っていません。

親方だけでなく同僚もいい人たちです。いつも声をかけてくれる住職さんもいて、あの海岸で亡くなったひとたちのことを話したい、と思ったこともあるのですが、でも何も言えませんでした。

会津の被災はごく少なかったのですが、同じ福島県なので外の世界とはまた違うと思います。これは僕の勝手な思い込みだけかもしれません。そういうことについて人とあまり話さないのでわかりません。

長々と自分勝手なことばかり書いてすみませんでした。

あのとき佐藤さんが日本にいなかったから、ほかの人みたいにあの雰囲気を知らないだろうから、僕は佐藤さんに洗いざらい話したくなったのです。こんなメールを読んでもらってありがとうございます。

これから僕は周りの人たちに自分のことを話していかなければならないと思っています。群馬に帰るかどうかはまだ決めていませんが、家族にも連絡をとるつもりです。そして迷惑をかけた矢木沢ダムの人たちに謝らなければなりません。

僕がショックを受けたのは確かですが、どこかで間違ってしまったのだと思います。逃げ続けることをやめるのがこれほど厄介だとは思っていませんでした」


読み終わってぼくはため息をついた。

正直なところこの一年で、ぼくが須藤くんのことを思い出すことは何度かしかなかった。心配していたなんてとても言えない。

だが、須藤くんは会津に留まり続けながら、「逃げ続ける」自分を責めていたのだ。

転勤で本省に戻るとき、須藤くんは「佐藤さんは矢木沢のことなんかすぐに忘れるんだろうな」と言った。そのときはひどいことを言うなと思ったが、全くかれの言う通りだった。そしてかれは、この一年間、毎日矢木沢を思い出していた。

なぜ須藤くんはこのぼくに連絡してきたのだろうか。国外にいて状況を知らないからと書いてあるが、もしかしてかれはぼくに叱ってほしいのではないか、という気がした。一緒に働いていたときの須藤くんは、とにかくひとから叱られることを人一倍嫌がっていた。ひとから文句を言われないように几帳面に仕事をし、ときには自分の負担を増やしさえした。だが今は叱られるべき時だとかれは思ったのかもしれない。そんな気がした。

なんと返事を書こう。大変だったなあ、と、かれのことをねぎらう資格はぼくにはない。それでも叱ってやりたいし、つらい思いをしたかれを安心させてやりたい。どちらにしても、日本に帰ったらすぐに会おう、その約束をしようとぼくは思った。

須藤くんのメールはぼくに、忘れていた連続性を思い出させてくれた。忘れていても、棚上げしていても、物事は連続しているのだ。新しい雲がぼくのなかに広がっていく、そんなイメージが浮かんでくる。ぼくはもう一度ため息をついて立ち上がった。

第三部

1

霞ヶ関に戻ってきたのは二〇一二年の八月だった。ぼくは、渡仏前の水管理・国土保全局から道路局に異動することになっていた。肩書きは課長補佐になったがこれまでが河川一筋の技術屋だったから覚えるべきことがたくさんあった。パリのユネスコ本部に行っている間、日本では震災があり、そのことで大きく社会が動いた。そのことはぼくもニュースの範囲では知っていた。だから相当な変化に耐えるつもりで力んでいたのだが、役所内の空気や、職員の考え方はほとんど変わっていなかった。

パリの二年間はぼくにとっては長かった、だがそう思っていたのは自分だけだった。

運良く空きがあったのでぼくとリュシーは目黒区の合同宿舎（公務員住宅）に入居することになった。家賃もそうだが、都心では考えられないほど駐車場も安かったので中古の四駆を購入した。やがてリュシーは東京メトロや山手線を使ってどこでも自分で行けるようになり、日本語を習うための学校に通い始めた。買い物やそのほか日常のことに苦労しているそぶりもなかった。楽しみながらいろいろ試している様子が和洋折衷の献立や、少しおかしなバランスのインテリアに反映された。休日に行きたがるのはやはり家電量販店だった。生活に必要な家電が一通り揃ってから、彼女は自分のために今までのものより少しスペックの高いカメラを買った。

いわゆる結婚式らしいことはしなかったけれど、母の忠告を受けて指輪は二人で買いに行った。九月の連休で四日市に帰ったときには市内のレストランで身内だけを集めた食事会をした。場所や段取りを決めてくれたのは沙織だった。茜は司会者付きで音響設備の整った派手な結婚式の方がいい、と主張したが（ここは母に似たらしい）、「自分のときにすればええ」という父の一言で一蹴された。

十一月の中旬、ぼくらは会津若松の須藤くんに観光をかねて会いに行った。会津はもう雪が舞っているのだった。昨年は豪雪で道路が寸断されて大変だった、と話す須藤くんは日に焼けて元気そうだったが、少し枯れたというか、以前の尖ったところや青臭さが抜けたように見えた。かれは、ぼくにメールをくれたあと、思い切って実家や友人たちと連絡を取ったことや、職場のひとたちにこれまでの経緯を説明したことを話してくれた。

「親方もまわりのひとも僕を不当なくらい尊重してくれてたんですが、それがとれたんです。楽になりました」

ずっとここで建築業の仕事を続けるつもりなのかと聞くと、当分はそのつもりだと言った。その頃あまり日本語がわからなかったリュシーは、ぼくが要点を説明するたびに熱心に頷き、須藤くんに笑顔を向けた。須藤くんが会津若松の印象を尋ねると、リュシーは城塞都市カルカッソンヌの名前をあげて賞賛した。

ぼくも須藤くんも昔の話はしなかった。今はそんな時期ではないような気がしたのだ。須藤くんも同じ気持ちだったかもしれない。

二月のある日、ぼくは一通の封書を受け取った。差出人はパリの病院に勤めるソーシャルワーカーで、ワープロ打ちのレターにはイルベールが一月十八日に入院していた病院で亡くなったことが簡潔に記されていた。そしてイルベールから預かったという手紙が同封されていた。

ぼくたちはクリスマスにカードのやりとりをしたばかりだった。そんなにあっけなく亡くなってしまうものなのか、とぼくは思ったが、それ以上、なにも言葉が浮かんでこなかった。

イルベールの手紙にはこう書いてあった。

「親愛なるサトーサトー

この手紙はソーシャルワーカーに託しておく。

きみが私のためにしてくれた多くのことに対してお礼を言いたい。

きみも知っていただろう、私は最初、きみに嫉妬していた。なぜならきみは、かつて女優に愛されていたからだ。だがそんな気持ちは、いつの間にか消え去った。消息のわからない女優に対するこだわりも、今はもうない。かけがえのない友情の気持ちだけが残った。おそらく同じ気持ちがきみのなかにあと何十年か残るだろうと思って私は満足している。

リュシーとアカネに、遠くからでもかまわないのでブツゾウのことを見守ってほしいと伝えてほしい。かれは里親の元でのびのびと成長することだろう。

きみときみの家族が長く健康で過ごすこと、そしてあらゆる幸運が訪れるように祈っている。

心より　イルベール」

リュシーや茜のように、自然に涙を流すことはぼくにはできなかった。

どうにも、イルベールの死はすっきりしすぎていた。病気だと聞いていたにしても、友達を亡くしたつらさややりきれなさが湧いてこなかった。それはギヨームのときとはまるで違っていた。ぼくは自分のなかの悲しみの感情を掘り起こそうとしたが、うまくいかなかった。いつからこんなに冷たいやつになってしまったのだろうと思ったが、不甲斐なさに悩むことさえなかった。

言いわけになるかもしれないが、そのころのぼくは職場に適応しようとして必死だった。部署が変わって不慣れなこともあって、残業や休日に出ることも多かった。以前は自分が職場で浮いていると感じてもそれほど気にならなかったが、帰国してからはユネスコ帰りというレッテルに反発も感じたし、外国人の妻を養っていかなければならないという意識でガチガチにもなっていた。もちろんそういうプレッシャーは結果として悪循環しか生み出さない。

ぼくには少しの余裕もなかった。仕事以外のすべてのものを自分から閉め出していたのだろう。おそらく、リュシーのことさえも。共有する僅かな時間にちょっとした相談を受ける以外は、彼女が考えていることを気にかけもしなかった。リュシーがいつフランスに帰省するかと相談してきたときも、ぼくはついて行かないのだからいつでもかまわないと言った。彼女はバカンスを必要としていたが、ぼくが一緒に行ったら日本に戻りたくなくなるだろうと思ったのだ。

それでもリュシーはぼくによくしてくれた。一緒にいるときはリラックスした雰囲気を作ろうとしていたし、そうでないときはひとりで異国の生活を楽しもうとしていた。語学学校で知り合った外国人コミュニティのなかでペットシッターのアルバイトを見つけてきてぼくを驚かせたこともある。

「犬の散歩や猫の餌やりなら、日本語が上手でなくてもできるでしょ」

彼女は嬉しそうに言った。その頃には、彼女の日本語は（いかにもフランス人らしいアクセントとは言え）日常生活にも、ぼくの両親との電話にも困らないほどに上達していたのだが。

道路局にいた間、ぼくは慢性的な睡眠不足や消化不良に悩まされて、もう少しで体を壊すところだった。それでも、無理がきかない年齢になったのだと自分に言い聞かせてしのいでいた。そして二〇一四年四月付けの異動の内示がやっと出た。行き先は熊本の八代河川国道事務所で、所長という肩書きがついていた。

八代河川国道事務所は、熊本県南の八代地域、球磨《くま》地域、芦北地域を統括し、二つの出張所を持っている。河川国道事務所というのは、規模やその時期に手がけている事業の大小によって職員数に幅があるが、八代は規模で言えば大中小のまんなかくらいだった。

熊本の最初の印象は、今までにいたどこと比べても緑の色が濃いことだった。空港からバスで一時間半かけて着いた八代の街は、さっぱりと明るい印象だった。八代市は熊本県南部の中心的な街で、人口は十三万人、港湾と工業地帯を持つ不知火《しらぬい》海沿岸と内陸部の農村部から成り立っている。弧を描くように流れる球磨川を遡れば九州山地は思いのほか深い。思い立ったら車でどこでも行けることが矢木沢時代に戻ったようで、嬉しかった。食べ物は噂で聞いていた以上に美味しく、ぼくは自分一人でも行ける居心地のいい小さな居酒屋を何軒か見つけることができた。

当初、挨拶回りや議事録、関連資料を読むことに忙殺されていたぼくに、

「荒瀬ダムは行ったとですか」

と、声をかけてくれたのは調査第一課長の緒方さんだった。赴任したその日に、年が若いのだから余計に丁寧語はやめた方がいい、と助言してくれたひとだ。

「いや、それがまだ。一度見てみたいとは思ってるんだけど」

丁寧語で返せないぎこちなさを感じながら答えると、

「まあ県の企業局がやっていることですけど、坂本まではたった三十分です。一度見てみらんですか」

と言うのだった。

事務所の白いバンを球磨川沿いに走らせながら、緒方さんは言った。

「魔の219と呼ばれています」

「国道が?」

「八代までの通勤で混む道ですけど事故が多いです」

緒方さんは八代のことを「やっちろ」と発音した。

「あれは何線?」

国道から球磨川をはさんで対岸に見える線路を指さして聞いた。

「肥薩線ですね」

それから緒方さんは思い出したように、

「ああ、球磨川第一橋梁もまだ見とらんですね」と言った。

「鉄道橋?」

「アメリカン・ブリッジ社が作ったトランケート式の橋梁です。明治四十一年竣工です」

「それは珍しいね」

「所長、今度奥さんと行ってみてください。今日は現場のあと伯父に会います」

「父方の伯父さん?」

「ええ。もう引退したんですが村議をやっていました」

「どっちも緒方さんと呼ぶんじゃ具合悪いかな」

「伯父は芳喜《よしき》です。みんな名前で呼んでます。私のことは勝《まさる》でいいです」

子供の頃サルって言われていやな名前だったんですけれど、と付け加えて、緒方さんは顔をゆがめて笑った。

「緒方さん……」

言いかけて、あわてて勝さんと言い換える。

「あの、勝さんは、昔の記憶ってあります？　荒瀬ダムの」

「そうですね。私が子供の頃なんかはひどかったです。夏なんかアオコがたくさん出て、どぶみたいに臭くて。赤潮が出たって聞いたこともあったですね」

「赤潮が？」

「ええ。ただ、昔は日本中どこも公害で大変でしたよね。今の中国みたいなもんですか」

「そうかもしれないね、あっちはまたちょっと規模が大きいけれど」

そういえば三峡ダムは今どうなっているのだろう、あれが溢れたら大変なことになる、ユネスコのときから気にしていたことが頭をかすめた。

「所長は、出身どちらですか？」

この流れで一番いやな質問だった。

「三重県の四日市市」

「ああ……」

他県のひとに四日市出身というと必ずと言っていいほど「ああ……」という顔をされてしまう。だがぼくにとって四日市ぜんそくは学校で習うことだった。それこそ日本中どこでもそうだったのだろうと思い込んでいた。市民にとっての四日市は県庁所在地の津よりはるかに人口も多く、三重県内で一番賑やかな街という認識だった。もちろん、少し大きくなって名古屋や大阪に行けば、上には上があるものだと驚嘆することになるのだが。

ぼくの場合は東京の大学に入ったときに初めて、「ああ……」という顔をされた。土地のイメージってそんなものか、とがっかりした。今現在の街には何の興味も持たない連中に、生まれ育った四日市のことを言われるといらいらした。

もちろん、勝さんだって悪意があってそういう顔をしたのではない。

「もうすぐ、見えてきます。ダムのすぐ脇に車止めますので」

熊本県企業局のパンフレットにはあらかじめ目を通してあった。

荒瀬ダムは一九五四年に竣工した水力発電を目的としたダムだった。放水時の振動被害や水害、臭いなどに周辺住民は悩まされ、坂本村議会（八代市に合併する前は坂本村だった）から撤去を求める請願があったのは、二〇〇二年だった。その年撤去の方針が出たが、知事が替わってから費用面などで紆余曲折があった。最終的には二〇一〇年に水利権の更新が不可能となったことから撤去が決定、二〇一二年の九月から撤去工事が始まった。国内初のダム本体の撤去であり、工期は六年間を予定している。

ダムの水門は開放されていた。6号ゲートから8号ゲートまでは既に撤去が済んでいた。重機が川に入って水位調整のために土砂を取り除く作業をしていた。

ぼくには荒瀬ダムの残された本体が、ひどく不細工な橋梁のように見えた。

「役場で、伯父が待ってます」

作業を見ていると勝さんが言った。全国どこでも同じことだが、支所のことを地元のひとは「役場」としか呼ばない。

「興味があればありがたいんですが……ビジョンをですね、お見せしたいと言うとります」

「ビジョン？」

「はい、今後のですね、ビジョンを」

なんだかよくわからないが、ついていくしかないだろう。

坂本支所はダムからすぐの場所にあった。会議室に案内されると、勝さんの伯父の緒方芳喜さんは既に来ていて、若い職員と談笑していた。そして挨拶もそこそこに長いテーブルにいくつも置いてあった巻物を広げていった。

それは、丁寧に手書きされ、色鉛筆で彩色もされた詳細な川の地図だった。

「球磨川ですね」

ぼくが巻き癖がついている紙の端を押さえながら言うと、

「六十年前の球磨川ですよ」

芳喜さんが答えた。

「六十年前……」

「ダムが出来て五十五年たって、撤去運動が本格的になったときですよ。ふと気がついたら、私ら、なんでダムを壊せ壊せと騒いでるのかわからんわけです。自分らが何を求めてやっているのか」

「ええ」

「じゃあ六十年前はどうだったのか、どこに瀬があってどこに淵があったか再現する地図を作れば、こういう川が戻ってくるぞと皆がわかるし、説得力もあるってことで。それで高齢者で手分けして造りはじめたんです」

「なるほど」

「撤去運動でがんばってきたひとにしても、当時の五十歳以下のひとはもともとの川の姿を知らんかったわけです。それで記憶をたどって書きました。こっちが原図です」

別の巻物になっていた原図には、筆跡の違う手でびっしりと情報が書き込まれていた。いくつもの瀬や、川のなかにある岩や、流れが蛇行する場所に出来る淵、それらすべての名前だった。淵のところに渦巻きの記号も記されていた。「淵巻」というのだと芳喜さんは言った。そのほかに目印になる木の名前や、竹藪なども書かれていた。河川敷のラインは何度も書き直した跡が見られた。

大勢の高齢者が時間をかけて知恵を出し合い、何度も書き直したその作業がどんなに大変だったか、しかし楽しみもあったに違いない。

釣りをする人間ならわかる。土地でないところに名前をつけるのだ。このあたりで釣れたとか、あの辺まで足を伸ばせばとか、見当をつけるために名前をつけ、それが人づてに伝わっていく。記憶するために名前があるのだ。

「ここが私の家です、だからこのあたりは縄張りです」

芳喜さんは地図の一点を指さし、ちょっとはにかんだように笑って言った。

「魚はなにを釣っていたんですか？」

ぼくは尋ねた。

「鰻も釣れたし、もちろん鮎も。今、鮎はもう戻ってきました。でも昔はもっとずっと釣れた」

鮎は瀬に入って釣るのかと聞けば、

「いや、瀬といっても人の身長くらいの深さはありましたから」

という返事だった。

「そんなに水深があったんだ？　流れも速かったんですよね」

「日本三大急流のひとつ、ですから」

すると勝さんが付け加えた。

「渡し船があったんですよ。つい最近まで」

ぼくはもう一度、時間をかけて仕上がった地図を眺めた。

突然、窓が開いて、涼しい風が入ってきたような気がした。

景色が見えたのだ。

川のきらめきや夏の日差し、こちらでも飛騨笠と言うのだろうか、ああいう麦わらをかぶった釣り人の後ろ姿、平たい和船の渡し船と船頭の竿さばき……。

「これはすごい、本当にすごい」

一度も見たことがない光景が自分のなかからいくらでもあふれ出すのだった。ぼくはいつもより大きな声を出していたかもしれない。

「急に……いろんな景色が見えてきて……昔の再現をしたら、未来が見えてくるって言われたら、確かにそうですよ。すごい説得力です」

お礼を言って頭を下げると芳喜さんは、

「あんたが、勝に見たい言うてくれたけんですよ」

と頬を緩めた。

芳喜さんのうしろで勝さんが、そこは話を合わせてくれよと片手を拝むかたちにした。


ぼくが心を動かされたのは、その「ビジョン」が、自分の発想からは出てこないものだったからだ。実際のところぼくら役人はそれほど自然の力を信用していない。信用するほどの長い期間、任地にとどまることだって少ないのだ。それに時間は一方向にしか流れないと思っている。物事はプラスオンされるばかりだと思っている。道路を造り、ダムを造り、橋を造る。古くなれば補修し、やりかえる。プラスオンしていくことが、地域の人の役に立つことだと思い込んでいる。どうしてその発想しか持たないかと言えば、予算という原理に従って働いているからだ。

ぼくは荒瀬ダム撤去については浅い知識があるだけで、当時の運動のことは、遠くにあるもののように感じていた。まさかここで感激するとは思ってもみなかった。どうしてもぼくには矢木沢を基準にしてしまう癖がある。水上村《みずかみ》のことも「みなかみ」と何度も言い間違えたくらいだ。矢木沢に限って言えばそばに人家はない。誰もが「関東の水甕」を意識していて、ダムがあるから都内のひとが水不足に悩まなくて済むという大義名分を疑うことはなかった。だが、ここはまるで事情が違うのだ。

それからの日々の仕事は、南九州西回り自動車道の工事計画でも、「ダムによらない治水計画」を掲げている河川関係でも、地域住民への工事説明会でも、あるいは以前だったら退屈だという表情を隠しもしなかったような会議でも、すべてにおいて手応えが違ってきた。管理職ではあったけれど自分のものとして取り組むことで、この土地に馴染めそうだという予感が、少しずつ現実のものになってくるのだった。

ただ、それは若い頃のわくわくするような見通しとは違っていた。ぼくは風景の先に一種のノスタルジーに似た気持ちを覚えたが、それと同時にずっと脇にどけておいた倦怠やむなしさが、実は自分のなかで一番大きな部分を占めていること、そして多分これからもずっとそれらとつき合っていかなければならないことを知った。

ぼくがその場にいたとしても、なにも自分の手でつかみ取ってはいなかった。仕事でもそうだ。ひとつひとつ丁寧に対応しているつもりでも、結局は流されるように生きている。すくい取ったつもりのものも、手からこぼれ落ちていってしまう。失い続けたあとに残るむなしさだけが自分のものなのかもしれない。ぼくはそういった考えを持つようになっていった。

四季を感じながらぼくは過ごした。赴任して一年近く経つころにはぼくは熊本が好きになっていた。

だが、リュシーはぼくとは逆だった。

もちろん休日はあちこちに出かけた。天草や阿蘇、鹿児島、長崎……しかし彼女は日常にストレスを感じていた。東京で日本語を勉強して日常会話には殆ど支障がないところまでがんばった彼女は、八代では殆どひとと会話することがなかった。一人で家にいたら煮詰まってしまうのに、息抜きができるカフェがみつからない。都内と違ってここでは外国人は目立つのだ。ぼくから見たらそれはとても好意的な視線なのだが、あらゆる人種がいて干渉し合わないのが当然のパリと比べたら、確かに八代は別世界だっただろう。彼女はここで仕事を探そうという意欲を殆どなくしていた。家事が終わればリュシーはテレビを見るか、ネットをするかだった。定時に上がって帰ってくると、電気もつけずにソファの端に座っていることもあった。

彼女のために買った新しい小型車でどこでも出かけられるのに、とぼくは思ったが、彼女は必要最低限しか車に乗らなかった。フランスとは逆の右ハンドルの左車線が彼女にとってどれほど負担なのかぼくは考えていなかった。じゃあ左ハンドルに代えようよ、とぼくは提案した。

「イロー、あなたはなにもわかってないね」

リュシーはそう言って首を振った。

「事故があるとするよ。そのときやっぱりあのひとはガイジンだからと言われるでしょう」

彼女は言うのだった。慣れない運転に不安を覚える気持ちは理解できるが、一番言いたいことはそれではなかった。なにもかもが「ガイジンだから」と見られるその心許なさに発していた。

何度も話をしているうちにぼくは漸く気がついた。

東京がどうの、地方都市がどうの、国籍がどうの、ということではなく、ぼくが信用を失いかけているのだった。

ぼくは何週間もかけて話し合う時間を持たなければならなかった。話せば話すほど、さらに彼女の話を辛抱強く聞かなければならないことがわかった。

幸いだったのは彼女が聞く耳と理解する気持ちを持っていたこと、それにぼくも精神的にいい状態にあったことだった。話し合いがスムーズに行くとは限らなかった。ときにストレスが爆発して喧嘩になることもあった。都内にいたとき、ぼくが彼女を放っておいたことが引き合いに出されることもあった。

「あなたには女の気持ちがわからない」

そう言われて妙に感心したこともある。

「女だけじゃなくて、多分だけど、ひとの気持ちがわからないんだよ」

ぼくは言った。するとリュシーは、

「あなたは、なぜ一番近い人間を困らせるか」

と言って涙をこぼした。

いっそ、ぼくがまた本省に戻るまで彼女ひとりを東京に戻そうかとも考えた。少なくとも今より彼女は楽になるのではないか。あるいは半年か一年、フランスに帰りたければしたいようにしていい。ぼくがそう言うとリュシーは、

「それは考えません。夫婦だからそれはおかしい」

と言った。感情的になったときでも、彼女はその点だけはぶれなかった。

ぼくたちの結論は、子供が生まれればきっと変わる、ということだった。子供さえいれば、彼女に自然なかたちで人付き合いの機会が生まれる。子供を通して地域と関わることができる。ぼくとの関係も、夫婦であり両親であるという二重の結びつきになる。なにもかも、とまでは言わなくても今よりずっとよくなるはずだと、二人とも思っていた。


　年度末が近づいたある日、ぼくは緒方勝さんを飲みに誘った。たわいのない話をしているうちに、勝さんが言った。

「奥さん、外人さんでしたね」

「フランス人なんだ。なかなか、勝手が違うらしくてね。前よりずいぶん慣れたとは思うんだけど」

「フランスのひとは桜は好きですか」

　上野公園や新宿御苑に二人で花見に行ったことがあったのを思い出す。

「日本みたいな桜はヨーロッパにはないし、お花見の習慣もないから随分大げさに喜ん

でくれたなあ。去年は行かなかったけれど」

ぼくはそう言って焼酎を飲み干した。

「伯父から聞いたのですが、去年の坂本は、桜と菜の花の開花が一緒だったそうです」

すぐにぼくのグラスを取って魔法瓶からお湯を注ぎながら勝さんが言った。

「例のＳＬの写真を撮りにくる連中、えーと」

「撮り鉄？」

「そうです撮り鉄って言うんですよね。ああいうひとらが、ＳＬと桜と菜の花を一緒に撮るってまあ大勢来よりました。魔の２１９を」

「魔の２１９が、ますます危険だ」

笑いながら、帰ったらリュシーに話してみよう、と思った。熊本に来てから彼女は数えるほどしかカメラを持って出かけていない。

喜ばせたい、と思った。

穏やかな未来が浮かぶ。ぼくはあの「記憶の地図」を頼りに自転車で球磨川沿いを遡っていく。目標は例の鎌瀬の「球磨川第一橋梁」だろう。リュシーはあちこち歩き回り、ときどき立ち止まってもっといい構図がないか背伸びしてみたり、邪魔になる太陽の位置に顔をしかめたりしながら、写真を撮るだろう。場所を移りたくなれば昔と同じようにためらうことなく、だが少しつっけんどんな口調で電話を寄越すかもしれない。

「夏にはホタルも出ます」

「坂本で？」

「ええ。伯父がいい場所を知ってます。時期が来たら言ってください」

リュシーはホタルを見たことがないかもしれない。そもそもホタルというフランス語をぼくはまだ聞いたことがない。

「花見は行くよ。さしより」

ぼくは言った。「さしより」は「とりあえず」という意味だ。勝さんは目を丸くして、

「八代弁覚えましたか」と言った。

「そういえば『もっこす』って今でも言うのかい？」

「今も熊本県人は『もっこす』です。あぁー、それはもう頑固ですよ。『肥後の議論倒れ』なんて言ったりもします」

勝さんは、今現在八代に住んでいるのに、まるで遠い懐かしい場所のことを語るような表情で言うのだった。


勝さんと別れてぼくは家路を急いだ。リュシーはまだ起きているだろうか、そう思いながら歩いていると、

「水の番人サトーサトーはふさわしい場所にたどりついたな」

という声がした。イルベールの声だった。

ぎょっとしてふり向いたがもちろん誰もいない。

かれはもういない。

鋭い痛みのようなものをはじめて感じて闇の中に立ち尽くした。

ここで見たことや、リュシーが良くなってきつつあること、そしていつかぼくたちに子供が生まれたとしても、かれに伝えることはできない。

もういないのだ。

亡くなって二年も経って自分が永久に友人を失ってしまったことを思った。

そのときぼくのなかで停滞していたなにかが、やっと流れ出した。ぼくはたくさんのものを失ったが、大切なものをひとつだけ取り戻したのかもしれない。

2

リュシーに必要なのはやはり街なのだった。どうしてぼくはもっと早く気づいてやれなかったのか。長時間、話し合っていたのに、ぼくはどれだけぼんやりしていたのか。

それまでのぼくは、休みの日といえば一緒に海や山に行くことしか考えていなかった。自分の趣味だけを押しつけていた。天草をドライブし、江戸時代の石工が作ったすばらしい橋に感嘆し、阿蘇から大分に抜け、評判になっている鹿児島のラーメン屋に行き、それでもまだまだ行きたい場所はいくらでもあった。自分の計画に夢中で、専業主婦であるリュシーと休みの日に買い物に行くなどということは思いも寄らなかったのだ。

きっかけは靴だった。

ある日、家に帰るなりリュシーがこう言った。

「靴がないのよ」

どういうことかと聞くと彼女はこう言った。

「私の足は大きすぎます。お店にないほど大きい」

ぼくよりも背の高い彼女は、一般的な日本人の女性より靴のサイズも大きくて八代のお店では売っていないというのだった。

「リュシー、靴のサイズはいくつ」

「四十一」

「ああそうか」

そもそも、フランスと日本はサイズ表記も違うのだ。

ぼくは玄関に行って下駄箱を開け、彼女の靴を見た。ヒールもスニーカーもずいぶん傷んでいた。リュシーは、日本に来てから一足も靴を買ったことがないのだった。

「ごめん、何も気がついてなかった」

「いいの。私も言わなかった」

リュシーは手を広げて言った。

「けれど困りました。もう買わなければ」

「通販じゃだめかな」

ぼくが言うとリュシーは、靴というものは単純にサイズが合えばいいというものではない、甲の高さやつま先の幅が合わない靴はいつまでたっても合わないのだ、決して安い買い物ではないのだから靴は履いてみないとわからない、と難しい顔をして言った。込み入ってきたので途中から会話はフランス語になった。

「熊本市内だったらあるんじゃないか？　もしなければ博多に行こうよ」

ぼくはノートパソコンを持って来て調べてみた。熊本の中心街に近い「シャワー通り」というところに、イタリアやスペインの靴を扱っている大きなサイズの専門店があった。リュシーに見せて、ここに行ってみようと言うと、

「はい、土曜日」

と言った。緊急事態なのだった。

「でもどうしてシャワー通り？」

商店街を検索すると、ちょうどアーケードから外れたところで、雨が降ったら濡れてしまうからシャワー通りと呼ぶと書いてあった。リュシーは笑顔を見せて言った。

「じゃあ祈らなければ。雨が降りませんように」

「熊本まで行くんだったら、ほかにも何か見たい？　デパートとかもあるけど」

ぼくが言うと彼女は大きく頷いた。

「ええ。たくさん、たくさん見てみたい」

土曜日の朝、リュシーは寒色系の大きな花柄を散らしたワンピースに着替えて、久しぶりに爽やかな香りのオーデコロンをつけた。パリでつきあい始めたばかりの頃と同じものだった。

「最初にデートしたときの服だね」

と言うとふふふと笑って、

「イローに褒めてほしくてギャラリー・ラファイエットで買った。覚えてた？」

と言った。ぼくはなんだかくすぐったくなって窓の外を見た。四月にしては暑いくらいの陽気になりそうだった。

「今日はシャワーの心配はないよ。祈りが通じたんだ」

照れ隠しにぼくは言った。

高速道路で熊本まで行き、中心街の駐車場に車を停めて歩いた。ビルの二階にある靴の専門店はすぐに見つかった。

女性が靴を買うときはこんなに迷って、こんなに時間をかけるものなのだということをぼくは初めて知った。そもそも女性と靴を買いに来ること自体が初めてだった。リュシーだけではなく、ほかのお客も次々と靴を試しては首をかしげたり、ほかの靴と比べたりして悩んでいた。リュシーは「これ、いい?」と小さな声で言ってサンダルを一足決めたあと、ヒールの靴をどうするか迷っていた。ぼくから見ればどちらも茶色の低いヒールだし、同じような靴にしか見えない。

「どっちも買えばいいのに」

彼女の肩越しに言うと、

「今日は二足だけ。その次の楽しみを残します」

ときっぱり答えた。長いつき合いなのに、そんなに靴が好きだったなんてまるで知らなかった。本来だったら女性ばかりの靴屋なんて自分にとってはもっとも居心地が悪そうな場所なのに、ぼくは悩んだり迷ったりしている妻の姿を好ましく見ていた。

漸く二足目の靴を買うと、次はデパートを上から下まで見た。アーケードのカフェで簡単な昼食を取ってから下通《しもとおり》商店街の輸入食材店に行った。少し高いけれど、八代では手に入らないようなものばかりが並んでいて、リュシーは目を輝かせた。そして靴屋のときとは人が変わったかのように即断即決でチーズやハムやワインを豪快に買った。車で来てよかったと荷物持ちのぼくは思った。こんなに喜ぶのなら毎週でも来ればよかったと思い、実際それ以降月に何度も熊本の街に来るようになった。そして彼女曰く「ちゃんとしたチーズ」が食卓に出るようになった。

テツヤさんのバーに行くようになったのは、リュシーが笑顔を取り戻しつつあったあの時期だった。最初は歓送迎会のあとに一人で落ち着く場所を探して入ったのだが、思いのほか居心地がいいのでときどき顔を出すようになった。壁面には巨大な水槽が二つ並んでいて、ブラックアロワナとアジアアロワナが悠然と泳いでいた。低い音量でボサノバが流れていた。まわりのひとの会話や表情を気にすることもなく、魚を見ながら飲んでいればよかったので気楽だった。それでもふと、思いついたなにかを言えば、博識なテツヤさんは茶化したりすることもなく、簡潔に答えてくれた。

「あんまり、バーのマスターっていう感じがしないなあ」

ぼくが言うとテツヤさんは真面目な表情のまま、

「じゃあ、どんな感じですか」

と言った。

「ぼくが学生の頃、テツヤさんみたいなＤＪがいたと思う。音楽評論家だったかもしれない」

「長いこと生きてきてそんなことは初めて言われました」

かれは破顔一笑した。


ある晩、ぼくが少しもてあましているのを察したテツヤさんが、

「最近女の幽霊が出るって噂、聞きました？」

と話しかけてきた。

「八代で？」

「ええ、そうなんです」

「聞かないなあ、全然」

なにしろ噂とかそういうものには人一倍疎《うと》いのだ。

「珍しい話でもないんです。長い髪の女の幽霊で、何の気配もないのに気がついたら真後ろにいるとか、袖をつかまれてギョッとするとか。まあ夏が近くなるとそんな話が流《は》行《や》りますからね」

「古典的な幽霊なのかな」

「そうですね。ただ困ったことに、服なんかボロボロでどう見ても怪しいのに妙な色気があるらしいです。魅入られるって言うんですか、目を見たらもう動けなくなるとか。それでにやーっと笑われるとそのあと、男としてその……金玉が腫れ上がるとか、まるっきり立たなくなるとか、そんなふうに言われとります」

「そりゃおそろしいね。帰り道は気をつけなきゃ」

ぼくは笑った。

職務上のこともあってぼくはオバケの噂というのはあまり好きではなかった。実際ダムでオバケなんか見たこともないし、これからも見ることはないだろう。

ちょうど先客のカップルが帰るところで、まだ早い時間なのに店に残っているのはぼく一人だった。

「霞ヶ関のオバケなら知ってるんだけど」

ボトルを棚にしまっているテツヤさんの背中に、ぼくは言った。

「中央官庁ですか。古い建物なんですか？」

「結構古かった。それで、残業中に非常階段の踊り場でタバコを吸っていると下から上ってくる音がするんだ。それが一度や二度じゃなかった。でも足音は途中で必ずぴたっと止まるんだ」

「都会は都会で、あるんですね、そういう話」

テツヤさんは笑った。

「うん。でも本当はオバケじゃなかった。ぼくを探しに来た外国人だったんだ」

「知ってるひとやったんですか」

「いや、そのときは知らなかったんだけど、何年か経って、ぼくが異動したダムに来たんだ。真冬で、すごい雪で、道路も閉鎖されてるのにね。それもまたオバケみたいな現れ方だったよ」

「そうでしたか」

「いろいろあったけれど、最後は友達になった。とてもいい友達だったんだ……」

テツヤさんはゆっくりと頷いて、少ししてから、

「亡くなられたんですか」と言った。

ぼくはもっとちゃんと話したかった。イルベールのことを一切合切聞いてほしいと思った。きっと兄のようになんでも聞いてくれるだろうと思った。だが、それ以上言葉が続かなかった。しばらくそのまま俯いていると、カウンターにガラスの鉢が置かれた。

「甘夏でシャーベットを作ったんですが、もし嫌いやなかったら試食してもらえませんか？」

四月から茜は、本人に言わせれば「順調に」大学五年生になっていた。なぜ留年したかと聞くと、もっと勉強したいから、と平然と答えるのだった。目の見えない自分にとっては大学院で専門性を高めるよりも、もっと広い分野を学ぶことがプラスになるのだと彼女は言った。教職課程はもう取り終えて、「計画的に取り残した」僅かな科目以外は、他学部の聴講ばかりしているようだった。卒業後は盲学校の教諭になると決めている。茜は年齢以上のしたたかさを身につけていて、兄のぼくにはふてぶてしく感じることさえあった。

リュシーと茜はときどき電話で話しているようだった。リュシーが「茜ちゃんは今とてもかわいい恋をしている」と言ったことがある。相談にのっているらしかったが、相

手がどんなひとなのか、どんな結末になったのかは教えてくれなかった。

待ち望んでいた知らせを受けたのは、七月の初旬で、定例の本省出張から戻った日だった。シャワーを浴びて出てくると、リュシーがワイングラスに冷えたシャブリを注いでくれた。いったいどういう風の吹き回しだろうと思った。

するとリュシーが少し改まった様子でぼくの前に座り、今日病院に行ってきた、妊娠二ヶ月だった、と言った。

ずっと待っていたことなのに、とっさになんと言っていいかわからなくなった。おめでとうとか、よかったね、と言うと他人事みたいだし、よくやったと言うのもおかしい。

ぼくがまごまごしているとリュシーが、

「嬉しいね」

と言った。

「うん嬉しい。すごく嬉しいよ」

そうだ、そういうことなのだと思った。ぼくはリュシーを抱きしめて、そして気づいた。今はもうリュシーだけじゃないんだ、小さな命のことも抱きしめているんだ。

「二人が、三人になったね」

ぼくはお腹のなかに聞こえるように彼女の耳元で言った。

「そう。やっとチームができたよ」

リュシーは答えた。

予定日は二月二十六日ということだった。最初から予定日が出るなんてことを知らなかったので、突然の大事な期日発表にあわてた。食事をしながら、ぼくはリュシーを質問攻めにした。気分は悪くないのか、自分はどんなことに気をつけたらいいのか、これから何を買ったらいいのか。それに一度フランスに帰っておいた方がいいのではないか、或いは向こうで出産した方がいいのか。

リュシーは落ち着いた調子で、

「夫婦がわかれて暮らすのはおかしい。でも何ヶ月かあとに一度だけパリに帰らせてください」

と言った。

「もちろん。君の体さえ大丈夫なら、そうした方がいいと思う」

なんにしても明日そういう本を買ってきてぼくも勉強するよ、そうだ名前はどうしよう、フランスでも日本でも通用する名前を考えなきゃいけないね、そんなことを矢継ぎ早に言ったと思う。

「慌てないで。ゆっくり、イロー、ゆっくりね」

リュシーは笑った。

食事のあと、フランスと四日市に二人で電話をした。義父と義母は、もちろん喜んでくれた。義母はぼくに、

「娘が日本で出産することについて心配する必要はない、人間はみんなずっと昔から同じなのだから」

と言った。

穏やかなリュシーの家族に対して、四日市の実家はやはりお祭り騒ぎになった。母と喋っていても外野があれこれ口をはさむのが電話口からよく聞こえた。「金髪の孫か、いやリュシーさんは違《ちご》てもメンデルの法則っていうもんがあるで」と父が言うのが聞こえ、茜が「熊本行きたい、夏休みに絶対行く」と騒ぐのも聞こえた。本当はぼくがパリにいる間に男の子を産んだ上の妹の沙織の意見の方があてになるのだが、沙織も忙しいだろうからあとでメールで伝えようと思った。

「大騒ぎだよ」

とぼくはリュシーに言った。リュシーは、お腹を両手でそっと押さえて、

「早くみんなに会わせてあげたいね」と言った。

だがぼくも家族のことをどうこう言える筋合いではなかった。しばらくの間、ぼくは職場でも舞い上がった状態を隠せず、皆に子供の名前を聞いたりして緒方勝さんや総務の古井さんの失笑を買った。

「所長がマタニティ・ハイになってどうするんですか」

二児の母である古井さんは言った。

「しっかりして下さいよ、奥さんは嬉しいだけじゃなくて不安もあるんですから」

ぼくから見れば、リュシーは落ち着いているように見えた。男と違って女にはもともと備わっているものがあるのだ、そう思わざるを得ないほどだった。

だが、食の好みははっきりと変わった。しつこいパテが好きになり、突如としてフライドチキンを食べたがることもあった。そういうフランス人がいることは知っていたけれどハムにバターをつけて食べるのにはつき合いきれなかった。前は好きだった刺身は一切口にしなくなった。ともあれ、寝込んでいる日はあまりなかったので、休日になればぼくらは、ベビー用品と彼女の好みを満たすような食材を探しに熊本市内まで出かけた。

「狩りをしにいくみたいだ」

　ぼくが言うと、

「この子はきっとフランス人みたいに食べるね」

　とリュシーは答えた。

　台風が去り、秋を予感させる気持ちのいい日曜日、ぼくらは買い物のあと江津湖の周辺を散策した。県庁所在地の市街地で一日に約四〇万トンもの湧水があるということで興味は持っていたのだが、まだ出かけたことはなかったのだ。

　ひょうたん型の湖は上流のやや小さい方が上江津湖、下流側の大きい方が下江津湖と呼ばれている。水辺には緑がゆったりと広がっていた。湖ではボートに乗るひともいたし、岸辺では犬の散歩をしたり、ランニングをするひともいた。ぼくたちは遊歩道を歩き、日陰のベンチで休んだ。

「いいところだね」

　とぼくは言った。

「熊本の街が近くていいね。とてもいいね」

「ぼくはやっぱり水のそばが好きみたいだ」

「よくわかるわ」

四ヶ月を過ぎてやや、ふっくらしてきたリュシーはそう言って目を閉じた。ぼくは今までとは違う美しさをその表情に感じた。

二週間後に彼女は一度、パリ郊外の実家に帰ることになっていた。

「きみがフランスに帰ったらさびしいな」

ぼくは言った。

「少しだけ独身で、楽しんで」

リュシーはにっこりして立ち上がった。

上江津湖から下江津湖に繋がる、ひょうたん型がすぼまったあたりには動物園があった。ちょっとした遊園地も併設されていてかわいらしい観覧車も見えた。

「ブツゾウを連れてきたいなあ」

ぼくは言った。パリの動物園《メナージュリー》で熱心にスケッチをしていたかれの姿が浮かんだ。クリスマスカードのやりとりは続いているけれど、もう長いこと電話で話したりはしていない。

だが、リュシーはすこし呆れたように肩をすくめ、

「もう今のかれはだめよ」

と答えた。

「え、どうして？」

「もう九歳、ちょうど大人になるところ」

「そうか」

「男の子は何も話してくれなくなる、そういう時期」

何人も子育てをした母親のようにリュシーは言った。彼女の言うとおりだ。ぼくたちはブツゾウではなく自分の子供を近い将来ここに連れてくることになるだろう。ぼくたちのことを思うと、なにもしてやれなかったことに胸が痛む。今のかれにはかれの生活があって、ぼくたちのことを思い出す余裕なんかないかもしれない。里親の元で新しい生活をしているかれにぼくたちが干渉するのもよくないことだと思う。

けれどぼくはいつかブツゾウが日本に来ることがあるような気がしていた。かれは乃緒の息子なのだから、そしてイルベールが最後に旅行したいと言っていて叶わなかったのが日本なのだから。

3

ぼくはリュシーがフランスに里帰りする直前の、あの幸せな一泊旅行を思い出す。リュシーは、いつか住みたいと言うほどに唐津を気に入った。

唐津は八代からはちょっとした距離があり、行くためには複数のアプローチが考えられた。ぼくは休日の福岡市街地の渋滞だけは断固として避けたかったから（それに福岡市内は運転も荒いから、妊婦を連れてのドライブに自信がなかった）鳥栖《とす》から長崎自動車道に入り、佐賀大和で高速を降りた。そこから国道323号を走り、嘉瀬川《かせがわ》ダムから観音峠、七山温泉を過ぎて唐津市内に入る。帰りは呼子町と伊万里市に寄ってから長崎道に復帰する。

　唐津市の東側には虹の松原という大きな松林がある。なかを通る旧道は大型車進入禁止の二車線道路で、木漏れ日の下を走る心地良い道だった。北側には松林の向こうに白っぽい砂がきらめく浜辺が続いているのが垣間見える。南側の奥の方には有料道路から続くバイパスが通っている筈なのだが鬱蒼と生い茂る松の枝葉を透かして見ることは出来ない。

「日本に、こんな森があるなんて」

サンルーフから松葉ごしの空の上を見上げながらリュシーはフランス語で言った。独り言のつもりだったのかもしれないが「森《ボワ》」という言葉で、ぼくと同じようにブーローニュの森を思い出したのがわかった。

「『虹の松原』って言うんだ」

　ぼくは日本語で言った。

「ここが？　虹？」

　実際に見たことがなければ虹なんて言葉は使わない。そしてリュシーは日本に来てからまだ、虹を見たことがなかったのだと思った。

「l'arc-en-ciel《ラル・カン・スイエル》、雨のあとの七色の虹」

「湾のかたちが？」

「いや、違うんだ。松林の名前が虹なんだ、松林は la pinède《ラ・ピネド》 でいいのかな」

いつものことで、旅に出ると景観や歴史、生き物のことなど特殊な単語が使いたくなるから辞書が必要になる。毎回必要になるのに持って来ない。もしくは電子辞書を持っていてもひかない。一緒に暮らしているから帰ってからでいいやと言っていて、いつも家に着いたら調べるのは忘れてしまう。

「la pinède、そう、プロヴァンスではそう言うね」

「すると虹の松原はどうなる？」

「La pinède en l'arc-en-ciel《ラ・ピネ・ダン・ラル・カン・スイエル》」

リュシーはゆっくりと区切るように言った。それから日本語に戻って、

「詩人がつけた名前みたい」

と言った。

「昔は二里の松原って言っていたらしい」

よせばいいのにぼくはまた難しい話を始めてしまった。

「昔の単位で『一里』が四キロメートルだったから、つまり長さが八キロメートルもある松原っていうこと。そのうち二里が洒落て虹になった。そんな話もあるよ、本当かどうか知らないけれど」

洒落てというのがまた難しいと思ったが、リュシーは寛容に受けた。

「その話をイローにしてくれたひとが詩人だと思うわ」

「そうかな、テツヤさんなんだけど」

白状するとリュシーは笑った。

松林のなかにはマイクロバスが店舗になっている「からつバーガー」があって、そこはコーヒーもちゃんとドリップで一杯ずつ淹れてくれるのだった。ハンバーガーを食べて小腹を満たしてから、またしばらく松林のなかの道を走った。松林が途切れると突然景色が、幕を切って落としたように、はらり、と、開けた。目の前は松浦川の河口で立派な橋がかかっている。その向こうからお城がぼくらを見下ろしていた。


その日ぼくらは、ちょっと奮発して老舗《しにせ》の旅館を予約していた。子供が生まれたらしばらく贅沢な旅行は出来ないのだからという理由だった。市街地にあるその宿にぼくたちがチェックインする頃には小雨が降り出していた。庭石が艶を増し、庭の草木がしっとりと蒼かった。

部屋で一休みしてから散策に出かけた。街並みを見てぼくは一瞬、唐津は重伝建地区だったかな、と思った（重伝建というのは、文化財保護法で言うところの重要伝統的建造物群保存地区のことだ。国交省ではぼくの所属していた道路局ではなく、隣の都市局公園緑地・景観課の管轄になる）。九州では長崎市や日田市、秋月、佐賀県なら嬉野や鹿島、有田が該当するが、唐津は今のところ指定を受けてはいない。だが大切に維持されているそれらの街と共通するものがここにはあった。城下町特有の清潔感と住民の誇りのようなものが感じられた。たとえ心ないひとが空き缶やタバコの吸い殻を道に捨てたとしても、さっと拾った街のひとは一瞬でそのことを忘れてしまうような気がする。軟弱なやさしさではなく、思いのレベルが高いと言えるだろうか。

リュシーに言わせれば、宿でも街でも、古い日本の良さはお婆ちゃんの刺繡のようなのだそうだ。リュシーのお婆ちゃんは刺繡をよくする人だったらしい（ここでぼくも刺繡枠やクロスステッチといった単語につまずくわけだが）。一刺し一刺し、丁寧に大切に、仕上げていく、デザインだけでなく糸の艶や布地とのバランスなどが刺繡にはあって、それが日本文化と似ているように感じるとリュシーは言った。つまり繊細さとか美意識ってこと、とぼくは聞き、大筋で合意を得た。

駅前まで歩いて「唐津くんち」という祭で使われる大きな曳山を見た。そしてぼくはまたテツヤさんから聞いた話を思い出す。

「これもテツヤさんから聞いた話なんだけど」

「虹の話？」

「いやちょっと違う。テツヤさんは若い頃唐津で結婚させられそうになったんだって。唐津くんちを一度見たいって言ってたら、つまりこの曳山が出る祭なんだけど、唐津出身の女の子が連れて行ってくれたんだそうだ。ところがね、唐津くんちに来るっていうのはここでは、とても重要なことで、婚約発表くらいの意味があるんだって。親兄弟友達全員と会うわけだからね。テツヤさんはそこまでのことだとは思ってなかったから、そのあと大変だったらしい」

「もてるから。女の子から逃げるのに、大変」

リュシーはくすくす笑った。

「そうそう、あのひとはもてる。フランスでももてるかな」

「もちろん。フランスのマダムはとても元気だから、逃げるのに、大変」

今でもまんべんなく、キャリア女性にも飲食店の女の子にももてるテツヤさんが、香水をぷんぷんさせた堂々たる体格のフランスのマダムたちに囲まれるところを想像してぼくらは笑った。


翌朝は呼子を目指した。七ツ釜では灰色の重々しい玄武岩の岩場から、深くえぐられた断崖に玄界灘の荒波が打ち寄せるのを見た。海は透明感のある群青で、強く爽やかなうねりに波頭の白さが際立った。風が強くてぼくらは心許なさを感じた。そして長い間、手を繋いで海を見ていた。

鳶の番《つがい》が呼び合うのが聞こえた。

「あれは、なに?」

「鳶《ミラン》だよ、ピーヒョロって鳴いてるだろ」

「鳶」

そしてまた辞書をひかなくちゃならないことを言ってしまう。

「そうだ、佐賀だからカチガラスを見られるかもしれないね」

「カラス?」

「カラスじゃなくてカササギなんだ。ごめん、でもフランス語がわからない」

カチガラスはカササギの別名だ。日本ではほぼ、佐賀にしかいない鳥で、白と黒のツートンの模様がかっこいいんだ、と苦しい説明をした。

「黒と白、ペンギン？」

「ペンギンじゃないよ、やっぱりカラスに似てると思う」

景勝地なのに人は少なく、海の音以外は聞こえなかった。いくつかの小さな岬から波と奇岩の織りなす風景を見て、遊歩道を戻ってくるとそこには緑の野原があった。秋吉台を小さな庭にしたような場所で、嘘みたいに風も止んでいる。

「ここは、馬で歩きたいね」

リュシーが言った。

「馬？　君が乗るの？」

「はい」

「阿蘇とか、もっと広い砂浜じゃなくて、ここ？」

「そう。いいと思う」

面白いことを言うと思った。それ以来七ツ釜と言えばぼくは「馬」をイメージするようになってしまった。なぜか美しいサラブレッドではなく、体高が低くて粗野だが精悍なポニーが風にたてがみを靡《なび》かせているイメージだった。

唐津旅行から戻ってきた週明けの夜、須藤くんから電話があった。

市外局番が福岡の０９２だったので、ぼくはてっきり役所関係からの電話だと思っていた。繋がってからも、誰のことやらわからずにとんちんかんな対応をしてしまった。

「須藤くん、今福岡にいるの?」

ぼくが尋ねると、須藤くんはこのあとタイのバンコクに行く予定です、と言った。それまでしばらく福岡の友達の家で過ごしている、携帯はもう処分してしまったのでこれはそいつの家電《いえでん》なんですけど、とやや早口に付け加えた。

「いつまで?」

「まあ、一週間くらいかと」

「木曜日どう? ぼく年休とって福岡まで行くんだよ。一緒に昼飯食べてもいいし、昼過ぎでもいい。その日のうちに八代まで帰って来られるならかまわない」

ちょうどその日はリュシーを福岡空港まで送っていくのだった。リュシーは、福岡からアムステルダムまで欧州直行の唯一の定期便を予約していた。そのあとはアムステルダムで一泊してからパリまで列車で行く。成田や仁川《インチョン》でトランジットの時間を過ごすよりも、早くヨーロッパに入ってしまった方が落ち着くということなのだろう。それが木曜日の便だった。飛行機の出発が午前十時二十五分だから時間はたっぷりある。須藤くんと待ち合わせ場所を決めて電話を切った。

木曜日、ぼくとリュシーは新幹線で福岡に出かけた。二週間で、しかも実家滞在ということもあってリュシーの荷物は軽かった。

「生まれたらきっとたくさん荷物がある。ああ! あっちにオムツでした、こっちにミルクでした。赤ちゃんはＯＫここにいます。おお！　私は夫をどこかに忘れてきてしまいました」

てんやわんやの未来を演じてリュシーは笑った。

小さな空港の国際線出発は手続きもスマートで、ぼくらは少しだけ時間をもてあましていた。

「唐津、楽しかったね」

ぼくは言った。

「とても良かった。かわいい街だった」

リュシーが言った。

「私たち年寄りになって、子供も大きくなって、仕事もしなくてよくなったら、あそこに住みましょう。一緒に街と海と『虹』を散歩しましょう」

「いいね。ぼくも年とったらどこに住もうか、考えてたんだ」

「唐津いいと思います」

「うん」

「イロー、もう行きたいの？」

彼女が言った。ぼくが、顔には出さなくてもなんとなくいつもの癖でそわそわしているのを見て取ったに違いない。

「飛行機が飛ぶまではロビーから見てるけど、君はもう中に入った方がいいんじゃないかな」

「そうね。じゃあ、またすぐに《ア・トゥータレ》」

「また、すぐに《ア・トゥータレ》ね、シェリ」

リュシーはぼくの頰に軽いキスをして、

「イロー、私がいなくてもちゃんと食事してね」と言った。うんわかった、とぼくは答えながら彼女を引き寄せて、もう一度キスをした。それでぼくらは別れた。展望ロビーからＫＬＭの飛行機が離陸するのを見ながら、ブツゾウに電話してほしいと言うのを忘れていたのを思い出した。かれは今、どうしているのだろう。


天神のソラリアで須藤くんと待ち合わせをして、何度か福岡の連中と行ったことのある西通りの寿司屋に行った。須藤くんは壁の品書きに目を走らせながら、

「ああ、もうしばらく日本のちゃんとした寿司なんて食べないだろうな」

と言い、それから、

「佐藤さんお忙しいのにすみません」と言った。

「忙しくもないんだよ」

「でもお山の大将でしょう？　河川国道事務所の所長って？」

「全然」

ぼくは言いながら、ビールを須藤くんと自分のグラスに注いだ。

「今日、クルマじゃないんですか」

「新幹線。九州新幹線」

「ああ新幹線」

須藤君にはピンと来ないようだった。

ぼくは品書きを見ながら注文した。

ヒラメ、岩ガキの酢の物、オコゼ活け作り……「佐藤さん、前に食べたい言ってありましたイシダイの天然物、入りましたよ」じゃあそれも……寿司屋に来たのは間違いだったかもしれないなと思う。ただ単に昼間ゆっくり話せる場所で、せっかくなのだから美味しいものがいいと思ったのだが、ビール瓶に水滴がつくのを気にして拭う須藤くんを見て、居づらく感じたり、気後れする店だったりしたら申し訳ないと思う。

「須藤くん、なんでタイに行くの」

「仕事、やめて来ました。ここの友達には長いこと会ってなかったんで。そもそも博多なんかふつう来られないし。それで、せっかくなら会ってから発とうと思って」

「なんでやめたのかい？」

須藤くんはビールを飲み干し、ぼくの顔を正面から見据えた。そして、

「恋をしました」

と言った。ぼくは少なからず驚いた。

「恋人ができたってこと？」

「いえ、好きになってはならないひとでした。あってはならないことでした」

「ああ不倫かなにか」

昼間の静かな寿司屋でのビールに軽い解放感もあって、なんだか役所の若い者の話を

聞いているような気分になってきた。そのくらいのこと、いくらでもあるんじゃないか、会社をやめるほどじゃないんじゃないか、たまにそういうことで相談にのって、慰留する立場にあるぼくはそう言えるけど、本人にとっては深刻なことだ。

「あってはならない、許されないことです。お施主様でした」

須藤くんは、あってはならない、を繰り返した。

「お施主さんて家を建てる人の奥さんってこと？」

「はい」

「でもさ、人間だから仕方ないいんじゃないの、好きになるくらいのことは」

ぼくは努めてざっくばらんな雰囲気を作ろうと思った。だが彼は聖人君子の風情を崩さない。

「職人とお施主様なんて、絶対にいけません。思うだけでも、だめです。職人は存在を無視されるのが当たり前なんです。心なんか見せてはいけないんです……お施主様とお話できるのは親方だけなんです」

ぼくはなるほどなるほどと頷いてみせたが建築現場の事情はさっぱりわかっていなかった。かれは黙り込んだ。

「結局、そういう関係にはなったの？」

須藤くんは大変な剣幕で言った。

「なるわけないじゃないですか！　ありませんよなにも！　親切にしないでください差し入れなんてやめてくださいって思いながら遠くから見てただけです！　こっち見ない

でください胸が痛くなるからって。佐藤さんぼく日本酒いただいていいですか！」

福島から来た群馬のひとに東北の酒は失礼だろうと思って、ぼくは九州の酒を、と頼んだ。寒北斗の大吟醸が出てきた。

酒を飲むのはいいけれど、まるで高校の部活の後輩の相談だなとぼくは思った。たとえばぼくがこの先、こんなに真剣な片思いの相談を誰かにすることがあるだろうか。とてもじゃないが考えつかなかった。それがほほえましくも、羨ましくもあった。

「それで、そのお施主さんの現場だけでやめることにしたんだ？」

「もちろん引き渡しまではいましたよ、でももう耐えられませんでした。そのあとも外構やダメ工事で伺う機会はあったんですが、これ以上思いを押しとどめているのがつらすぎて」

「社長さんはなんて？」

「福島ですから建築業界は今でもまだ人が足りないんです。そのくらい自分もわかってます。そんなのはわがままだって言われると思ったんですが、案外あっさり許してくれました」

「そうか。それで今ここにいるんだね」

「ええ、そうです」

ぼくは酒が体の中をめぐる心地良さを感じながら一息ついた。

「魚旨いからもっと食えよ」

「はい」

そのあと、須藤くんは憑き物が落ちたようにおとなしくなり、活け作りのあとのオコゼの骨の唐揚げを食べながら話した。かれが会津でなにかにつけて可愛がってもらっていたタケイさんというお坊さんが、お施主さんへの恋心を断ち切れないかれの話を聞いて諸国漫遊をすすめたのだそうだ。タケイさん、というときかれはタの音にアクセントを置いて発音した。話を聞きながらまあそれは会津の言い方なのかもしれないと勝手に思っていたが、そのお坊さんも若い頃はサンフランシスコやパリなどに滞在していた、と聞いてなんとも言えない思いがもやもやとわき上がってくるのを感じた。

「須藤くん、タケイさんってどんな字を書くの？」

「古川侘景さんっていうんです。古川はふつうの字で、タケイは侘《わび》っていう字に景色の景です」

「パリにいたのはいつ頃なの？」

「随分昔、五〇年代とかそのくらいって聞いてます」

慄然とした。

渡航者がそれほど多くなかった五〇年代のフランス……ムッシュ・タケイ……ぼくは「マダム・アレゴリの記録」のことを思い出さずにはいられなかった。ローマ字表記の日本語を逆さにした「暗号」を作ったのはムッシュ・タケイだとサミュエルは書いていた。ぼくはそれをてっきり竹井氏もしくは武井氏だと思っていた。そのひとがもしかしたら、須藤くんの知り合いの古川侘景さんなのではないだろうか。ユネスコの古株やフランス通と言われる役所の先輩にそれとなく「武井さん」もしくは「竹井さん」について聞いたことはある。梨のつぶてだった。

　もし本人ではないとしても、同じタケイで同じ時期、パリに行っているとしたら、なにかを、サミュエルを、そしてもしかしたらマダム・アレゴリこと乃緒の情報をなにか知っているのではないか？

「その侘景さんって、どんなひと？」

　ぼくは動揺を隠して言った。

「もちろん頭のいい方です。人格的にもすばらしいひとです。僕は震災後、侘景さんと会えてよかったと心底思っています。剛胆で繊細なひとです」

　抽象的すぎてさっぱりわからない。

「五〇年代のパリにいたとすると、もしかしたら知り合いの友人かもしれないんだ。サミュエルっていうユダヤ人なんだけど、ユダヤ人とつき合いのある可能性はあるかな」

「侘景さんはキリスト教徒ともイスラム教徒とも親しくしてますよ！　十分ありえます。よくそういう会合で郡山や東京にも出張されますし。変に仏教に凝り固まってない、そういう方なんです」

「ぼくが会津に行ったら、会ってくれるだろうか」

「会ってくれますよ。もちろんです。異業種交流が大好きだし、とても気さくな方です」

　ぼくはお寺の名前と住所を聞いた。須藤くんが、ぼくの手帳のあいているページに簡単な地図を書いてくれた。須藤くんの薄い筆跡と角張った字が、なぜ懐かしいんだろうと思った。次の瞬間、ぼくはかれと二度と会うことがないのかもしれないという思いに心をつかまれた。それはコピー用紙で指を切ってしまったときのような、どこにでもあるような、しかし鋭い痛みだった。

しかし、ぼくは間違えていたのだ。

別れを惜しむべきひとは、須藤くんではなかった。

「嫁が実家に帰ってるから」

そんな言葉は役所のなかでも何度も聞いたことがあった。羽根を伸ばすんだと意気がって女性のいる店に遊びに行く部下もいれば、夕飯が弁当ばかりだとこぼす職員もいた。それがどういう感覚なのかぼくは考えたことすらなかった。

ぼくは独身の頃一人暮らしもしたし、自炊もしていたのに、なぜか家でひとりでごはんを食べる気にはならなかった。家のなかではどこにいても、ひとりぶんのスペースが余るのだった。妻の皿、妻のフォークとスプーンが余るのだった。トースターでパンを焼いても妻のパンのスペースと焼き時間を感じた。妻の不在がよそよそしく余っているのだった。そういうものだと思って見ても、やけにその不在、その空気は強く自己主張してきた。参ったなと思う。外で飲んでくれればよかったと思う。

ある日ぼくは、少しだけその空気を埋めてみようとして、しばらくやめていたタバコを吸ってみた。

自分がそうだと思っていた味がしなかった。端的に言って、まずかった。ぼくはフランスにいる妻とその胎内にいる子供に向かって、こっそりと、もう吸いませんと宣言した。

ある夜、遅い時間、ぼくは八代のアーケード街で酔っぱらった女性が自分の前をふらふらと歩いているのを見た。ワンピースの背中のチャックが一五センチくらい開いて、白い背中が見えていた。

リュシーのチャックをよく閉めてやったもんだな、と思った。後ろのホックをちゃんと留めないと下がって来ちゃう、そういうだらしないワンピースなのよとリュシーは笑っていた。

ぼくは彼女に追いつくと、ちょうど追い越すタイミングで、

「あの、背中のチャックあいてますよ」

と言った。親切のつもりだったが何の反応もなかった。聞こえたそぶりもなかった。仕方ないと思った。怪しいやつだと思われるよりはマシだ。

追い越すときぼくは、彼女の横顔をちらっと見た。そしてあれっと思った。

なぜ、あれっと思ったのかはすぐに忘れた。

妻のいない家の空白に慣れることはなかったけれど、その時期はちょうど用地買収のことで地主と難しい話になっていたし、地元出身の国会議員が細かく口出ししてくる案件があって手を焼いていたから、無理に遊びに出なくても帰りが遅くなることは多かった。

「所長の仕事は酒を飲むことだ」と、言われたらしょうがないし、先祖伝来の土地を手放すということや、地元のために役に立つというのがどういう意味を持つことかも、だんだんにわかってきてはいた。疑問を持たずに割り切っていくしかないのだが、なにかむなしいものがあった。周囲の殆どが八代でなくても少なくとも九州出身者であるなか、自分だけがキャリアの落下傘部隊であることはさびしかった。決して地元のひとたちとわかり合えているわけでもないのに、所長の名刺だけで、用地買収でもめている相手から「あんたの言う（ことや）けん仕方なか」と言われて解決してしまうことに手応えを感じるはずもなかった。

勝さんやテツヤさんに遠回しにそんなことを漏らしたとしても、うまく伝わらないだろう。ぼくは実力とは関係ない権限を持って入れ替わり立ち替わりやってくるよそ者のひとりに過ぎないのだ。キャリア職ということだけで見れば、ぼくはほぼ匿名に近かった。ぼくはそろばんの玉なのだった。ただの玉だと思っていたのに、今となっては多分えらそうに十の位や百の位を、ぼくがはじいているのだった。

外国人というだけでもっとさびしい思いをしたに違いないリュシーのことを、ぼくは頻繁に思った。まだ帰国までには一週間近くあった。

リュシーからはクレテイユの実家に着いたときに一度だけ電話があった。ぼくからもそのあと一度電話した。彼女が話したのは安定期で体調がいいこと、パリは熊本よりずいぶん涼しいこと、マタニティドレスを買ったこと、ブレギニョンの作り方をちゃんと覚えてから日本に帰ることなどだった。フランス語での長電話は実は久しぶりで、彼女の声をとても若々しく感じた。離れて過ごすと魅力が増すというのは本当だな、と思ったものだ。

だから、次にまたリュシーの実家から電話がかかってきたときも、ぼくはてっきり、おみやげはなにがいいかとかそういうことだろう、と思って、そのときは仕事中だったけれど、静かに席を立ち、廊下に出て「アロー？」と言ったのだ。

ああイローあなたなのね！　聞いてちょうだい！

声を震わせた相手はリュシーではなく義母だった。

とても悲しい知らせなの！　リュシーが死んでしまったの！

「えっ」

突然だったの！　突然、苦しみだして死んでしまったの！

「赤ん坊は？」

赤ちゃんも一緒に亡くなったの！　ああなんて怖ろしいことでしょう！

義母は言った。

そこから「神様」という言葉とともになにか、ぼくにはわからない単語が繰り返して発せられた。それがそのことの原因、つまり病名かもしれないと思いつくまでにぼくは二分以上を浪費した。

「スペルを、教えてくれませんか。病気の名前の」

とぼくは言った。

そういうことが確かに世の中にはあるというのを妊娠した女性は皆知っているわ！　防ぎようがない危険が存在するのよ！　でも誰も自分の身に起きるなんておもっていない！　あなたはとても信じられないでしょうね、妊娠出産は今のこの世の中でも女にとって命がけのことなのよ！

そうじゃない、なぜと聞きたかった。一体どうしてと聞きたかった。どうしてリュシーなのか。そもそも本当のことなのか、一命を取り留めるチャンスはもうないのか、どうしてこんなことになったのか。

とても信じられない。

ぼくはもう一度その、聞き慣れない病名のスペルを尋ねた。何も感じないロボットになったように一文字ずつを手帳に書き取っているとき、不意に義母の声が消えた。

そして耳元にあの呪文が蘇る。

heureuse《幸福》, malheureuse《不幸》, heureuse《幸福》, malheureuse《不幸》……

役所を早退して家までクルマを走らせながらぼくは思う。

リュシーの留守中にあれもしようこれもしようと思っていた。そうするつもりだった。たとえば台所の床をぴかぴかに磨いてびっくりさせようとか、風呂場は専門の業者を入れて徹底的に掃除してもらってもいいなとか。実際電話番号までは調べて、今日か明日、リュシーの帰国前の予約をしようと思っていたのだ。同じ道を事務所に向かうときまでは。

いつもの通勤経路がひどく長く感じる。まるで自分が蟻になって歩いているようだ。彼女の不在の間にいろんなことをやろう、と思っていた。思ってたんだ、つまらないことばかりだけど。

彼女は永遠の不在になってしまった。不在そのものになってしまった。イルベールのように、ギヨームのように。ハンドルを握り直しながらぼくはもちろんそんなことをのみ込むこと、認めることができない。

4

ぼくは本当によく覚えていないのだ。自分がどうやって忌引きの休暇を取ったのか、どうやって熊本から関空に行ったのか、どのように家族に伝えてなぜ父が葬儀に同行することになったのか、父がエコノミークラスなのにぼくだけがなぜ（もちろんこれは父の配慮だとは思うのだけれど）ビジネスクラスのシートに何の疑問も遠慮もなく座っていられたのか。

離陸の瞬間だけをぼくは覚えている。

ごろごろと滑走路に向かった飛行機が息を整えるように停止し、それからゆっくりと力強く滑走をはじめる。その滑走は悲しみを引きちぎるように加速していって、やがて地上を走ることに耐えられなくなり、ふっと前輪が浮くのだ。

リュシーは離陸していったのだ、と思った。先に離陸してしまったのだ。

椅子を倒すこともベルトを外すこともできない間、画面に下界の様子が映し出され、それだけを見ているとき、ぼくは思った。

ぼくらは滑走路に行列をつくって並んでいる。いや、まだ駐機場にいるかもしれない。生きている者は皆、離陸を待っているのだ。リュシーは離陸してしまった。お腹の子供も行ってしまった。ギヨームも、イルベールも、みんな飛び去ってしまった。そしてぼくは夫でありながら、彼女の離陸の瞬間に立ち会うことはできなかった。

フランスでの葬儀の記憶もほとんどがあやふやなものだ。あっという間だったような気もするし、長くかかったのかもしれない。あとから父が、ぼくは十分冷静にふるまったと言ったが、全く冷静なんかじゃなかった。心をなくしていたのだ。

ただ、ギヨームの弟が来てくれたことだけは覚えている。かれと会うのはギヨームの葬式以来だった。ぼくはギヨームがなぜ死んだのか（フェリックスに殺されたのだ、かれは）さえ、はっきりと思い出せなかった。ギヨームにそっくりな目鼻立ちに、顎と頬にいやみにならない程度のよく手入れされた髭を生やしたかれは、葬儀につきもののさまざまな待ち時間のどこかでぼくの隣に立って、

「時間というものは相対的なものですよ」

と低く呟いた。

「残されたぼくらがこれからの日々をどんなに長く感じても、死者はそれぞれの主観のなかでは十分に長く良き日々を過ごしたのだと思います」

そしてたくさんの抱擁があった。リュシーのお母さんが彼女と同じ手のかたちをしていて、お父さんが、彼女とまったく同じ、グレーに近いブルーの眼をしていることにぼくは初めて気がついて、それを悲しく思った。

八代の自宅に帰ってきてもぼくは妻の死を受け容れられないままだった。ぼくは全く自堕落な生活をしていた。家は寝るだけの場所になった。どうかするとクリーニングしたシャツやスーツを取りに行くことさえ億劫だった。

仕事は仕事と割り切れたが、それも最初のうちだけだった。その日に有休を取って朝から飲むこともあったし、休暇が連休になり、二連休が三連休になることもあった。不幸なことにぼくは所長で、休暇申請を却下する上司を持たなかった。ぼくは夜の町をほっつき歩いていた。狭い町だからぼくが飲み歩いていることは皆が知っていただろう。

テツヤさんのバーに行けば心配そうにぼくを見ていることに気づくことはあった。それは事務所でも勝さんや皆がする顔つきだった。そんな日はぼくは余計に飲んだし、普段より多く喋った。しがらみがいやで女の子のいる店に行ったりもした。女の子のいる店では何十回としてきた同じ話「関西生まれで、実は三重県で、実は四日市で、あちこち転勤して今は八代」という話だけをすればよかった。あるいは女の子たちのすすめる温泉地やリゾート地の話を、金を払って聞いていればそのうちに酔っ払ってなにも感じなくなった。

ぼくは「外国人の奥さんを亡くしたかわいそうな夫」だった。だがそうなりたくなかったのだ。これまでスマートに遊ぶことに無縁だったぼくが、事実にこだわることをやめ、現実逃避に走るとどれほどみっともないことになるか、これはほとんど覚えているけれど、自分でもとても恥ずかしい。

その最低な生活をしているときに、ぼくは彼女と鉢合わせした。狭い町のことだから毎日飲み歩いていれば当たり前だと、あとになって思った。むしろタイミングとしては遅いくらいだった。そして彼女も、明らかにまともではなかった。

その日、ぼくは小汚い居酒屋で飲んでいた。小さな店だからトイレもひとつしかなくて、ぼくが出てきたところで順番を待っていたのが彼女だった。だからぼくは正面から彼女の顔を見ることになった。

小柄で、化粧の濃い女だった。体にぴったりした服を着ていた。香水がきつく匂った。前に見たことがある、とぼくは思った。そうだ、あのワンピースの背中がだらしなかった子だ。

いやちがう。そうだけれどちがう。

いくらぼくがぼんやりしているからと言って、そう何度もは見間違えない。そう何もかも忘れられるものじゃない。

前に見たことがあるって？　それどころじゃない、とんでもない。ずっと探していたひとだった。

「乃緒」

ぼくは言った。

「なんで、こんなところにいるんだ」

彼女はなんの反応もしなかった。まるで聞こえていないようだった。驚きもせず、ぼくの顔を見て何か思い出したりもしないようだった。肩でぼくを躱《かわ》すようにしてトイレに入った。その身の躱しかたにぼくは覚えがあった。確信があった。

絶対に、そうだ。他人のそら似なんかじゃない。これは乃緒だ、と思った。

だからぼくは手洗いの前で彼女が出てくるのを待った。

乱暴にドアが開き、彼女が出てきた。そして同じ人間が待ち構えているのを見てはじめて、当惑したような、もっと言えば迷惑そうな顔をした。だが一言も喋らなかった。

「乃緒、忘れたのかぼくを」

次の瞬間彼女は野生の動物のような瞬発力で、その狭い空間から飛び出していった。そのままの勢いで店の引き戸をがらりと開けて走り出ていった。連れらしい男が荒い声を出し、それから慌てて財布からお札を何枚か抜いて置くなり追いかけて出て行くのをぼくは見た。

なぜ逃げる。なぜ逃げたのだ。

ぼくも五千円札をカウンターに置いて店のひとに声をかけるなり外に出た。

アーケードを二往復走った。

どこにもいなかった。追いかけていった客もみつからなかった。

ぼくはアーケード街から枝分かれしたさっきの飲み屋街に戻った。それから道端で客待ちをしていたタクシーの窓を叩き、運転手に、さっきあの店から走って出てきた女の人を見たか、と聞いた。

「ああ、同伴かなにかでしょう。よくあることですよ」

運転手は答えた。

同伴というのは同伴出勤のことだろう。

だが乃緒が？

ぼくはそんなことを考えたこともなかった。

あの乃緒が？　水商売をしてるってことか？　しかしなぜ八代で？

翌日も、そのあとも何度も同じ時間帯にぼくは同じ店に通った。あるいは、そのあたりを徘徊して彼女がどこからか出てこないか探した。だが現れなかった。その頃、キャバクラやスナックならぼくもいささか馴染みが出来ていたが、そういったところにも彼女はいなかった。女の子たちに乃緒の特徴を話して、こういう子を知らないかと尋ねても、一様に知らないと答えた。

自堕落な生活は四日市の同級生の西島の訪問で中断することになる。突然縁もゆかりもない九州にやって来た西島に、ぼくは最初はもちろん懐かしさを覚えたが、かれがわざわざ足を運んで求めたのはぼくが妻の死を話すことで悲しみを昇華させることだと気づいて、とまどった。西島はぼくがそんな芝居がかったことをできる男ではないと知っていると思っていたからだ。西島は「吐き出してしまった方がええ」とか「泣いてもええと思う」と言ったが、ぼくにとってこれは大変に煩わしいことだった。だからぼくは無理矢理人吉に泊まりの出張を入れて、逃げた。

するとすると西島から通報がいって、翌月には上の妹の沙織が派遣されてきた。沙織は西島よりよほど手強い。ある意味、母や茜よりも精神的に自立しており、しかも余計なことを口にしないからやりづらい。

沙織は来る日も来る日もぼくが汚した家を淡々と片付けていった。ぼくはリュシーのものには触らないでくれと言った。

そして数日が過ぎ、きれいに片付いた部屋の真ん中に沙織が座って、言った。

「お兄ちゃん、もう不幸ぶるのはやめて」

不幸ぶるだって？　そんなつもりはまるでなかった。ぼくは自分の頭の整理ができないときはできるまで待つ主義だ。それ以外になにもない。確かにだらしない生活はしていたと思うけれど、それが他人（妹といえども）にとってなにかの感情的なアピールになってしまうことはぼくにとってまことに不本意だった。ぼくは短く、そんなつもりはないし、一体沙織はどういうつもりでここにいるんだ、と言った。

「みんなお兄ちゃんのこと心配してるんやで」

沙織は言った。

「心配なんか、なにもない」

ぼくは答えた。

そして思ったが口には出さなかった。だってリュシーはもう死んでしまったんだ。まだ実感はないけれど死んでしまったことは事実なんだ。もしも彼女が病院にいて、苦しんで長い長いお産をしているというのなら、そりゃあ心配だし、ぼくは誰の意見だって聞くだろう。そのときベストと思われる方法を選ぶだろう。

だがもう、ベストなんてなくなってしまったんだ。リュシーが死んでしまったのだから。

「そうなん」

沙織は言った。

「でもなあ、お兄ちゃん、なんでリュシーさんが亡くなったか納得してへんやろ」

「やめてくれ」

「脳出血やったやん」

「もういいだろ」

ぼくは言った。そんなことを沙織と話し合ってなにになる。

「結果が変わるわけじゃないんだ」

ぼくは立ち上がって出かけようとした。すると痛いほどの力で沙織はぼくの手首を摑んで、もう一度座らせた。(同じことを、あの居酒屋で乃緒に出来たなら、とぼくはそのとき思ったのだ。)

沙織が話したのはこういうことだった。

リュシーは脳出血で倒れ、救急車で大きな病院に運ばれたがそのまま亡くなった。妊娠中は血液が増えるけれど、だからといって脳出血の可能性が高まるわけではない。妊娠していないひとにも、誰にも起こりうることである。前兆がない場合も多い。自宅で倒れてそのまま亡くなるというケースも、これも妊娠中でなくても起きる。だから本人も家族もまさか病気とは気がつかないことが多い。つまり誰が悪いわけでもない。

誰が悪いわけでもないのに、兄のその荒れかたは自分を責めているようにしか見えない。自分は決して、悲しめとか忘れろとかそんなことを言うために来たわけではない。だが仕事に影響が出るような生活をしていると、後々兄自身が、リュシーさんの死とは本質的に関係ないところで自分を傷つけることになる。精神的にも、肉体的にも。

「もうええ」

ぼくは言った。

ちっともよくない、と沙織は言った。自分は家族だからそう簡単に兄を見捨てることはない、だが社会的には――

「そんなん、もうどうでもええやん」

ぼくがくり返すと、恥ずかしいとは思わないのか、と沙織は言った。

「思ってるよ。恥ずかしいと思うよ」

ぼくは言った。

「もう少し、放って置いてくれんか、あれこれ言われても今は何も聞けやん」

だが、沙織は続けた。

西島さんにしても、多分役所のひとたちも、腫れ物に触るように兄に対している。そのことを多分兄はあとで後悔することになるだろう。もしくはもっと早く体を壊してやっと理解するか。自分ではなにもかもどうでもいいと思っているのだろうが、あまりにも子供じみてはいないだろうか。

「もうやめないか」

ぼくは言った。

すると沙織は話題を変えて、転勤はまだなのかと言った。

「そりゃ、そのうちにはあるわ」

冷静に考えれば、そう長く八代にいることはないのだった。あと一年か二年で異動は来るはずだった。

だがぼくは、リュシーと暮らした八代の家を勝手に片付けられることも（そりゃあまりにもひどかったから多少は仕方ないにしても）、あるいは荷物を整理して別の家に住むことも嫌だった。どんなに散らかった家でも、帰ってきたとき、今でも少しはリュシーの香りを感じることがあった。それを感じるのはつらかったが、消えてしまうことがこわかった。絶対に捨てたくなかった。

「こわいんや」

ぼくは言った。

沙織は頷いた。

死は数十年以内、早ければすぐにでも起こりうることだ。可能性は１００％だ。ぼくはひとの死が怖い。これ以上、知っているひとが亡くなるのが怖い。たとえば両親であったり、もっと近い可能性で言えばホームに入っている母方の祖母であり、リュシーの両親、そしてほかの友達、知り合い、役所の上司や部下、誰もがいずれ死んでいくことが怖い。

　みんながみんな、ぼくも含めて滑走路に向けた渋滞の列にいて少しずつすすんでいくことが怖い。

5

　年が明けて、二〇一六年になった。

　彼女が入院していることを教えてくれたのはテツヤさんだった。ぼくがその女性を探して回っていることを、テツヤさんはとうの昔に知っていた。あの狭い町で飲食店をやっているのだ。耳に入らないわけがない。だがぼくは直接そのことをかれに聞くことは出来なかった。

　いくらなんでもおかしいとは思うのだ。十年前にフランスで子供を置いて行方不明になった乃緒が、パリや東京ならまだしも、熊本県の八代市内にいるということがわからない。ぼくがここにいるという情報を得てやってきたとは到底思えない。

　もしかしたらぼくは勘違いをして、乃緒にそっくりではあるが全くの他人である水商売の女性に現《うつつ》を抜かして追いかけ回していたのだろうか。そう考えるのが一番妥当な線ではないか。

ぼくと鉢合わせしても、乃緒という名前を呼ばれても、反応しなかった。それは一体なぜなのだろうとぼくは考える。

思わぬ場所で昔の知り合いに会えば驚くものだし、縁のない町でいきなり名前を呼ばれれば顔色くらいは変えると思うのだ。(ただし、彼女が昔と同じように「女優」であり続けているのなら、それは自信がない。)

ぼくの噂は夜の町を駆け巡ったのだろう。役職のある、外国人の妻を亡くした男が、夜の街の女を半狂乱になって追いかけ回している、どうやら昔の恋人に似ているとかそんな理由らしい――そんなことを面白おかしく語られていても不思議ではない。これは後になって思ったことだが、例の八代のアーケードに出ると言われていた幽霊女も実は乃緒のことだったのかもしれない。テツヤさんは噂を耳にしていたから、ぼくがかれのバーに行けば、悲しい顔をしてぼくを見たのではないか。

だがぼくがほんとうに半狂乱になっていたのなら、なりふりかまわずテツヤさんにこんなひとを知らないかと聞いただろう。どうか探し出して目の前に連れてきてほしいと懇願しただろう。ぼくは中途半端だった。まだ恥ずかしいと思う気持ちは残っていた。

テツヤさんは金曜の夕方、電話をかけてきて、佐藤さんが探しておられるひとかもしれないひとが市内の病院に入院している。市の職員が身元確認のために情報を集めているので、もしよければご協力いただきたい、と丁寧な口調で言った。

すぐに乃緒のことだとわかって心臓が飛び跳ねるような気がした。けれど仕事中の電話だったからぼくはつとめて事務的にテツヤさんの都合のいい日を聞き、病院での待ち合わせを決めた。

その日から病院に行くまではさまざまな思いが胸をよぎった。とうとう乃緒に会える、と思ったり、また無視されてしまうのか、と思ったりした。身元確認が必要というのはどういうことか、彼女は何の身分証明書も持たないのか。パスポートや免許証はなくしてしまったのか。なぜ病院に入っているのか、どんな病気に罹ったのか。そもそもぼくが会いにいくのは他人なのか本物の乃緒なのか。

ぼくとテツヤさんが病室に入ると、市職員と看護師が立ち会ってくれた。ベッドに横たわって点滴を受けている女性は、少し痩せていたが間違いなくぼくの知っている乃緒だった。彼女は目を開いていたが病室に入ってきたぼくらに顔を向けはしなかった。それは拒絶でも嫌悪でもなく、圧倒的な無関心だとぼくは感じた。

看護師が言った。

「衰弱が激しいので点滴を受けています。ほかの病気の検査もしているところです」

市職員が言った。

「佐藤さん、このひとをご存じですか」

ぼくは迷うことなく答えた。

「貞方《さだかた》乃緒さんです。学生の頃に知り合いました。当時は親しくしていました」

「市内にお住まいの方ですか。ご家族は？」

ぼくは彼女がフランスに行ってから長い間連絡を取っていなかったこと、結婚して子供がいるとは聞いていたこと、実家は五島だが住所までは知らないことを話した。（難しい家庭の出身とは聞いていたが、そのことは言わなかった。）彼女の所持品は殆どなく、ぼくも彼女が乃緒だと証明できるものは何も持っていなかった。なぜ乃緒が日本に帰って来たのかまるでわからなかった。乃緒そのひとがここにいるのに、ぼくはなんて無力なんだろう。

市職員は言った。

「一番の問題は衰弱よりも、『意識はあるが意思確認ができない』ということなんです。器質的な検査での問題はないそうですが『聞く、話す』ことが全くできません」

「そうなんですか」

「視力はしっかりしているようです。ただ、頭を打ったかなにか強いショックのせいなのか、言葉が理解できません。ですから筆談もできません。それで本人の意思表示が出来ず、身元の確認がとれないのです」

市職員はこういったことに慣れているのか淡々と話した。最後にぼくの名刺をもう一度見て言った。

「私どもとしては、この方が記憶と意志を取り戻して下さることが一番望ましいのです。また何かありましたらご連絡してもよろしいですか」

もちろん、いつでも連絡してほしいと言った。市職員は一礼して病室を出て行った。看護師もナースステーションに戻っていった。

ぼくは改めて、乃緒の顔を見つめた。そして、あることに気がついた。彼女はやつれてはいたがまるで老けてはいなかった。化粧もしていないのに、二十代にしか見えなかった。「マダム・アレゴリの記録」でセリーヌがマダムが全く変わっていないことに驚くくだりがある。それを思い出して慄然とした。

それから、ぼくはいくつか彼女に話しかけた。日本語でも、フランス語でも話しかけた。ぼくと出会った頃彼女が演劇をしていたこと、彼女がフランスにいってフェリックスと結婚したこと、ぼくが彼女のことをずっと覚えていたこと、行方不明になってから彼女の友人のイルベールと一緒にずっと探していたこと、息子のブツゾウは今は里親にひきとられていること。ぼくはなるべくわかりやすいように、ゆっくりと話した。イルベールの死やフェリックスが刑務所に収監されたことまでは言わなかった。

「でも、どうしてきみは八代まで来たんだい？」

もちろん、答はなかった。

ぼくたちを黙って見守っていたテツヤさんが言った。

「今の時点で、ひとつだけ彼女が理解できるものがあります」

「なんですか」

「お金です」

テツヤさんはポケットの札入れから千円札を一枚取り出し、彼女の手を取って握らせた。

すると彼女は子供のような笑みをかれに向けるのだった。

「今はこれしかありません」

そう言われて、飲み屋ですれ違ったときのことを思い出した。今思えばあのころ彼女は体を売って（あるいはそれに近いことをして）生きていたのだ。お金の受け渡しだけができる、喋らない女として。ぼくは申し訳ない気持ちでいっぱいになる。どうしてあのとき力尽くでも捕まえなかったのか。そんなつらい商売をやめさせてやれなかったのか。

お金の授受しかコミュニケーションの方法がない彼女は殆どのアプリケーションが使えなくなったコンピュータだった。文字入力が一切叶わない。テンキーだけしか使えない。

もちろんいやなら何も答えなくてよかった。答えない権利は彼女にあった。だがせめてぼくのことくらいは思い出してほしい、そう思うとたまらない気分になった。

やがてぼくは諦めた。

この際それが失礼かどうかと考えてみても仕方がなかった。ぼくもテツヤさんと同じように彼女の手をとって千円札を握らせた。

柔らかい、あたたかい手だった。

彼女は初めてぼくのことを正面から見た。笑うかと思ったのに指を伸ばしてぼくの頬に触れた。

ぼくは泣いていたのだった。

ぼくが泣いているということを彼女は認識していた。だがそこまでしか、わからないのだった。言葉はなにも通じないのだった。これほど追いかけてきて、あの謎めいたレポートを読んで、やっと本人が現れたのになにもならなかった。ぼくは自分の無力さと不甲斐なさで泣いていたのだった。

涙を拭ってくれる優しい指を、ぼくはそっと押し戻した。

テツヤさんが耳元で「今日はもう、帰りましょう」と言った。

ぼくたちが帰ろうとしているのを見て、乃緒がテツヤさんとぼくの手を順番に引き寄せ、千円札を一枚ずつ与えた。なにかそういう儀式が、彼女のなかにあるようなのだった。

帰りに喫茶店に入り少し休んだ。緊張したせいかぼくは思ったよりもくたびれていた。ぼくと乃緒のことを少し順序立ててテツヤさんに説明しようとしたが、テツヤさんは「さっき、話しかけておられたことで十分です。あまりなにもかも言わんでいいです」とぼくを制した。

それからぼくは週に何度も乃緒の見舞いに行った。「マダム・アレゴリの記録」について質問したり、ブツゾウの写真を見せたりもした。それでも何の反応もなかった。ぼくのことを覚えたそぶりもなければ拒絶や嫌悪の表情もなかった。千円札を渡せばにっこり笑って受け取り、帰りにはそのお札を高額なチップのようにスマートに与える。ただそれが繰り返されるだけでなんの進展もなかった。ぼくは閉ざされた門の前で繰り言を並べているだけだった。

市役所に行って担当者と会い、入院費をぼくが持つことができないかと聞いたこともある。彼女は身元が特定されないひととして、市の費用で入院を続けていた。親でも兄弟でもないぼくには何もできないのだった。ぼくは、彼女が記憶を取り戻すことだけを願って見舞いに行くよりほか、ないのだった。

二〇一六年の東京ではダイナミックなインフラ再建が行われていた。主要道と高速を結ぶ新しいバイパスの工事が進み、老朽化した首都高の新ルートが場所によっては着工されていた。ぼくがその視察で東京を訪れたのは二月のことだった。

自分自身がそういう気分でないことを棚に上げても、わざとらしいほどの明るさと賑わいに満ちた東京に（そう言えば震災のときの危機感や自粛ムードだって東京だけが同じようにわざとらしかった）ぼくは辟易《へきえき》した。

視察のあと、ぼくは道路局の次長に昇進した小宮さんに会うことになっていた。小宮さんは以前の上司であり、一番信頼のおける先輩でもある。小会議室でぼくは役所を辞めたいと考えていることを率直に話した。

「そんなこと考えてたんだ？」

小宮さんは鷹揚に笑うのだった。

「君は熊本で終わる人材じゃないでしょう。それだけのキャリアがあるんだ、君を欲しい部署はいくらでもある」

「小宮さん、そうじゃないんです。本省に戻りたいわけでも、ほかの部署の仕事をしたいわけでもないんです。ゆくゆくは民間に行きたいと思っています」

言っているうちに、役所を辞めるという決断が自分のなかでますます強まった。だが小宮さんは賛成しなかった。

「保留してほしい。今の君はそういったことを決断する時期ではないと思う。ふさわしいポストにつけばまた考えは変わるよ。これでもいろいろ人間は見てきてるんだ」

辞意は受け容れられなかった。

役所の門を出るときに、スーツ姿がまだ似合っていない後輩とすれ違った。一年目か二年目だろう。上司から電話で呼ばれたのか「はい、すぐ戻ります！」と言って、電話を切ると今にも走り出しそうな様子で庁舎に向かっていった。ぼくにはその後輩が、まるで生きているだけで楽しいように見えた。

ぼくもかつてはそうだったのだろうか。


役所を辞めたいと思うようになったのは、リュシーとお腹の子供が死んでしまって、誰を養う必要もなくなったのがきっかけではある。決して八代の仕事が嫌だったわけではない。あちこちに挨拶に行ったり、地主を説得したり、議員の相手をしたりといった仕事もつらいとは思わなかった。ただ、現場からどんどん遠ざかっていくことを感じていた。そしてこのあと、また異動があるとすれば本省だろうとぼくは踏んでいた。前例から言って、現場に近い仕事は回ってこないだろう。四十に近くなってこんなことを言うのは甘っちょろいのだろうけれど、ぼくはつくづく役人に向いていないのだ。ぼくの手のなかにはずっと前からサイコロが握られていたが、そのサイコロときたらどうやっても「役人」の目だけは出ない。もちろん民間に行くと言ってもつぶしが利く年齢でないことは承知していた。それでも、ぼくはもう自分一人が暮らせればいいのだから、なにか、こつこつ出来る仕事がしたかった。それが何なのかイメージはできない。逃げだと言われるかもしれない。けれども本来のぼくがどういう人間かと考えたとき、静かな暮らし、という言葉だけが浮かぶのだった。

翌日は土曜日だった。ぼくは須藤くんに聞いた会津のお坊さんに会いに行った。

東北新幹線を郡山で下りて磐越西線に乗り換えると、足元の暖房にしても列車の揺れ方にしても、雰囲気ががらりと変わる。そして思い出した。前に会津に来たときにはリュシーと一緒だったのだ。あれはたった三年前のことだった。たった三年でリュシーがいなくなってしまったのだ。そして須藤くんも今はもう会津にはいない。

ぼくは須藤くんがお世話になったという古川侘景さんに会って、「マダム・アレゴリ」の暗号の謎を知りたいという思いで頭がいっぱいだった。それが今の乃緒の状況の改善につながらないかと思うばかりで、リュシーと会津に旅行したことを失念していたのだった。ほかのことにかまけて、まだ亡くなって間もない妻のことを忘れていたことが本当に申し訳なく、せつなかった。

リュシーが一緒にいてくれたならぼくは役所を辞めたいと思わなかっただろうか。リユシーはぼくのそんな考えに反対しただろうか。ぼくを励ましてくれただろうか。乃緒の見舞いも一緒に来てくれただろうか。

車窓から真っ白な磐梯山が見えてきた。東京はからりと晴れていたけれど、磐梯山はすっかり雪化粧しているのだった。


会津の街も雪だった。

須藤くんが書いてくれた地図を頼りに訪ねた恒念寺は、町中から少し離れた街道沿いの寺町にあった。すぐ裏は山で、道はそこから急勾配になっていた。タクシーで近くまで来たというのに、白く踏み固められた道を革靴で歩くのは骨が折れた。

道服に輪袈裟《わげさ》といういでたちの侘景さんは、思ったより上背のあるひとだった。五〇年代にフランスにいたとすれば相当な高齢でもおかしくはないが、くっきりした眉は黒々としていて頬もつやつやしている。ぼくは本堂の脇の和室に招き入れられた。正座して侘景さんと向き合うと、少し改まった気分になった。名刺交換をしたあと、侘景さんは穏やかな声でこう言った。

「須藤さんから、葉書でお名前は伺っていました。九州から、今日来られたんですか」

「いえ、昨日から東京出張だったものですから。この機会にお邪魔しようと思いました」

「遠くからようこそいらっしゃいました」

「侘景さん、伺いたいことがあるんです」

「なんでしょう？」

あれこれ考えてはいたが、結局ぼくは単刀直入に言った。

「かなり昔のことになるんですが、侘景さんは一九五〇年代にフランスにいらっしゃいましたか？」

「五〇年代ですか、そうですね。私は世界中のさまざまな宗教の方と交流をしておりますので、海外に行ったのはかなり早いほうでした」

「五四年に、パリにいませんでした？」

侘景さんは少し考え込むような顔をしてから、顔をほころばせ、

「おりましたよ。そう長い期間ではなかったが」

と言った。

「古物商のサミュエル・ホフマンをご存じじゃありませんか？」

「さあ……わかりませんねえ、いろいろな方とお会いしたものですから」

侘景さんはぼくを不思議そうに見て、答えた。

「貞方乃緒は？　パリに住んでいた日本人です」

「国交省のお仕事で調査なさっているんですか？」

侘景さんは和やかな表情のままで言った。その瞬間に、ああこのひとは狸だ、とぼくは思った。答が得られないことがわかってしまった。わかってしまってもここまで来た以上、引くわけにはいかない。

「全くのプライベートです。けれどとても大切なことなんです。侘景さん、ひとつだけ答えてください。サミュエルに頼まれて『マダム・アレゴリの記録』を暗号化したのは

侘景さんじゃないんですか？　イエスかノーでかまいません。ムッシュ・タケイという方が関係しているのを知ったので、こちらに伺いました」

「そうおっしゃられても、なんのことやら……」

「ぼくは『マダム・アレゴリの記録』に出てくるひとが貞方乃緒ではないかと思っているんです。昔からよく知っているひとですが、今は入院していて、記憶を失ってしまっているんです。なんとか彼女が記憶を取り戻す手伝いをできたらと思って。ぼくの独り相撲なのかもしれませんが」

侘景さんはゆっくりと文机《ふづくえ》に向かい、筆を取ると短冊に、

「大死一番」

と書いてぼくに渡してくれた。ぼくが言葉もなくその文字を眺めていると、にこにこ笑いながらこう言った。

「大死一番というのは、禅の言葉です。字面を見て驚かれたかもしれませんが、一切を捨てたつもりになって精一杯やってみる、という意味です。無心になることで、充実した結果を得られることもある」

「はあ」

「あるいは至道無難禅師の歌でこんなものがありますよ。『生きながら死人となりてなり果てて思ひのままになすわざぞよき』。あまり未来を考えないことです」

「はい」

「決して自分を粗末にすることではないんですよ。佐藤さん、あなたはお疲れのように

見えます。しっかり滋養を取って休むことは、精一杯と矛盾はしませんよ」

「気をつけてみます」

ぼくは暇《いとま》を告げようとして、それからお坊さんにしか出来ない質問がまだあったことを思い出した。

「もう一つだけお聞きしていいですか？」

「なんでしょう」

「子供に、ブツゾウって名前をつけるのはどんな意味だと思われますか？」

侘景さんは驚いたような顔をして、それから少し、笑った。

「それは名前をおつけになった方に聞いてみないとわかりませんね。でも、もしかしたら御仏のように大きな心を持って世の中を造ってほしい、と思われたのかもしれません。なにかお考えがあったのでしょうね」

「なるほど。ぼくにはさっぱりわかりませんでした。ありがとうございます」

少々足の痺れを気にしながらぼくは礼を述べて、立ち上がろうとした。

「今夜は会津にお泊まりですか」

侘景さんが言った。

「いえ、これから東京に戻って最終便で九州に戻ります」

「そうですか。わざわざお越しいただいたのにお役に立てなくて申し訳ない。どうか気をつけてお帰りになってください」

ぼくは心の底からがっかりした。お帰りになってくださいと言われた以上、これで終わりなのだ。

帰りの電車でぼくは何度も繰り返していた。

「生きながら死人となりてなり果てて」

答は得られなかった。

そう思いながらぼくは侘景さんからもらった名刺を出して眺めた。

次の瞬間、頭の中に火花が散るような気がした。侘景さんのメールアドレスは、IEKATから始まっていた。まさにあの、マダム・アレゴリの書法と同じだった。

6

二月の短さに気がつく頃、季節は動き始める。寒さに（熊本はあたたかいと言われるが、そこに暮らしていればやはり冬は寒いのだ）凝り固まっていた体がほぐれ、土のにおいを感じる。風の吹き方も冬のものではなくなってくる。木々の梢が芽吹く前のもやもやを目にする。そんなことが重なって、もうすぐ春が来ると感じるのだ。

この頃、ぼくはようやく正常に、悲しみと向き合えるようになってきていた。狂ったように飲みに行くのはやめた。クロゼットを開けた途端に彼女の服が目に入ったり、なにげなく手に取ったマグカップがリュシーのものだったり、あるいは外で買い物をするときに彼女が好きだったビスケットを見ただけでも涙がとまらなくなることがある。だが、それがおかしいとは思わなかった。

このところぼくは、静かな暮らしがしたいと思っていた。だがどうすればいいのかさっぱりわからなかった。ここだって十分に静かなのだ。どこかに動きたいという気持ちと、リュシーが暮らしたここを守りたいという気持ちの間でぼくは揺れていた。けれど、役所にいる限り異動は続くのだし、異動先を自分で決めることはできない。やはり役所を辞めるしかないような気がする。ぼくはどこに行けばいいのだろう。

乃緒の見舞いに行くペースも週に一度くらいに安定した。相変わらず話しかけても無反応だった。ぼくの顔を覚えた様子さえない。行っても無駄なのではないかとぼくは思うようになっていた。もしも、乃緒が記憶を取り戻したら、あるいは言葉を思い出せば、ぼくに出来ることなどなにもない。ぼくは不要な人間になると思った。確信はないけれど、手詰まりになる日はそんなに遠い先のことではないような気がした。

heureuse, malheureuse, heureuse, malheureuse
幸福、不幸、幸福、不幸とぼくは何度も彼女の声を聴いたような気がするのだが、今の彼女は言葉を発しない。あれが本当に彼女の声だったのかどうか、それさえ曖昧になってきてしまっている。
もう不幸はたくさんだ。乃緒にとっても、ぼくにとっても。
日本語が話せなくてもいい、フランス語だけでもいいから乃緒の声が聞きたい。

heureuseという言葉が聞きたい。

乃緒が行方不明だった間、ぼくはなんとなく彼女が移動中なのではないかと考えていた。どんな移動だったのかぼくが知るよしもないが、とにかく移動を終えた彼女が八代の病院にいる。

二月の終わりに茜が八代に来た。ぼくの家には一泊で、翌日には大学の友達のノムちゃんと熊本駅で落ち合って、ノムちゃんが運転するレンタカーで阿蘇、湯布院、博多を回るとのことだった。

目の見えない茜はぼくに片付けをさせる天才でもある。もちろん彼女が来るときは躓《つまず》いたりしないように床のものを片付けるくらいはするのだが、それでは全くダメらしい。

茜は下駄箱からキッチンまで、ひとつひとつ手で触ってそれが何かを確認し、いらない物をぼくに捨てさせた。これはとてもつらい作業だった。リュシーの物を捨てるのは嫌だった。だがこのままではどうにもならないこともわかっていた。

茜が口紅や化粧水を無造作に捨てようとしたとき、ぼくは思わず大きな声を出した。やめろよとかそんな程度の抵抗だったが、茜は憮然とした態度のままこう言った。

「同じこと自分がされたらどう思う？　お兄ちゃんの汚い靴とかパンツとかいつまでも残されてもいややろ。こんなんやったら安心して成仏できへん」

「だけど、もうちょっと丁寧に扱ってくれても」

直接彼女の肌に触れていたものなのだ、とぼくは言いたかったがあまりにも女々しいので我慢した。

「亡くなったひとを偲《しの》ぶことと面影に振り回されることとは別物やん。お兄ちゃん勘違いしてるわ」

茜はゴミ袋を持ったぼくにこう言った。ぼくは憤慨していたが、一方で立派なことを言うようになったものだとも思った。

「お兄ちゃん、まだあかんな。精神がブラブラになっとる」

「あのなあ」

ぼくは言った。

「茜の言うことは正しいけど、あんまりズバズバ言うとうまく行かんこともあるから気をつけろよ。生徒だって親御さんだって、おまえにそんな調子で言われたらたまらんと思うわ」

茜は四月から盲学校の教員になる。昔と違って今は親御さんへの対応が大変だと聞きかじっていたのでぼくはそう言った。

「仕事は仕事でちゃんと新米教員としてやります。わかったようなこと言わんといて」

どんどん母親そっくりにふてぶてしくなる妹を見て思う。昔はかわいかったのに、今はどら猫みたいだ。

不要品（と茜が判断したもの）を処分して、家のなかがずいぶんさびしくなった。でもすぐに慣れる、リュシーが悲しむわけじゃない、物は物だ、とぼくは自分に言い聞かせた。

夜は茜を馬肉料理の店に連れて行った。きゃーおいしいとかやわらかーいと言った大騒ぎがある程度落ち着いてから、ぼくは、

「ちょっと話がある」

と言った。

「なに？」

「ブツゾウのお母さんが見つかった」

「どこで!?」

茜は一瞬箸を止めたが、またすぐに馬のホルモン煮を食べ始めた。

「八代。今は病院に入院してる」

「なんで八代？」

「なんでかわからん」

「おかしいやん。だってパリからどっか行ったきりなんでしょ？」

「ぼくにもわからんよ。パスポートも何も持ってないし」

「お兄ちゃん、お見舞い行ったん？」

「何度も行ってる」

ぼくはタバコに火をつけた。

「本人はなんて言うたん？」

「言葉が通じない。記憶喪失かなにか、ようわからんけど」

「どういうこと？」

「何も喋らんし、何言うても反応しやん。筆談もできん」

「でも本人には間違いないんやね」

「ぼくの記憶では、間違いない。でも証明する手立てもないし、家族でもないからなにもできやん。様子見にお見舞いに行くくらいしかできん」

ぼくはグラスに焼酎を足した。

「一杯だけちょうだい」

茜がウーロン茶を飲み干したグラスをこちらに突き出した。

「お兄ちゃん、そのひとのこと好きなん？」

「そんなわけないやろ」

「でも元カノでしょ」

「昔のことや。今は全然そんな気持ちはない。あるわけがない」

そう言うと茜はさっぱりした様子で頷いた。

「明日も行くん？」

「別に、行こうと思えば行けるけど」

「私も行く」

行ってもどうしようもないだろう、とぼくは思った。

そのあとはノムちゃんとの旅行の計画を聞き、熊本の評判のいいラーメン屋や湯布院と博多のお土産をアドバイスした。茜はバッグから点字器を出して、すばやくそれらをメモした。

もしも乃緒と意思疎通が出来たなら、また好きになっただろうか。そんな可能性もあるのか。

ぼくはその晩茜が寝てから考えていた。

無理だと思った。そんなことは別の次元のことのように思われた。昔は昔、今は今なのだ。これから先、乃緒が回復したとしても急にぼくの気持ちが変わったりすることはないだろう。もしも変な気持ちで見舞いに行っているとすれば（人がどう思おうとかまわないが）、乃緒に対して失礼だし、リュシーにだって申し訳がたたない。

ぼくは今でも、どんな形でもリュシーに戻ってきてほしいのだ。リュシーの身の回りの物が詰まった玄関先のゴミ袋、あれは捨ててしまうよりほかないのだろうが、ほんとうは靴を一足捨てるのだって身を切られるようにつらいのだ。

翌日、ぼくは茜と一緒に病院へ行った。そのあと茜は八代駅から電車でノムちゃんと待ち合わせしている熊本駅まで行く予定だった。

相変わらず乃緒は無表情なままだった。茜が話しかけても無駄だったし、握手をしても手をとって指点字で話しかけても、脈を取られる人のように大人しくしているだけだった。

「だめみたいね」

茜は言った。こういうとき茜は判断が早い。自分にできないことはすっぱりと切り捨てて撤退する。彼女はいつも斜めがけにしている大きなバッグから点字の分厚い本を出して読み始めた。

ぼくは乃緒に、茜のこと、茜とブツゾウが会ったことがあることなどを話しかけ続けた。茜は本を読む指を止めて、

「お兄ちゃん、祈ってるひとみたい」

と言った。

そのとき、予想もしなかった変化が訪れた。

これまで表情ひとつ変えなかった乃緒が、目に光を湛えて茜の手元を見つめ、それからおずおずと自分から手を伸ばしたのだ。

どういうことか、すぐにはわからなかった。

次の瞬間、ある可能性が浮かんで、ぼくは茜にちょっと本を貸してくれと頼んだ。

「いいけど」

茜が不審そうに差し出した点字の本を両手で受け取り、乃緒に手渡した。乃緒は指で読むのではなく食い入るように見つめた。トイレと食事以外で彼女が自分から何かするのを、初めて見た。

「なんの本？」

ぼくは茜に聞いた。

「ローレンツの『ソロモンの指環』やけど……」

動物行動学の有名な本だ。ぼくも学生の頃、読んだことがある。

乃緒は、文字を追っている様子なのだった。

ぼくも少しなら点字が読める。もちろん指で読むなんてことはできなくて、目で見て読むのだが、茜が作った短いメモを理解する必要があるとか、そういうことで覚えた。漢字がないから一文字、一文字を読んで言葉に組み合わせるのが難しくて、茜の何倍も時間がかかるのだが、うちの家族は全員似たようなレベルだ。

「煙突では春の嵐がうたい、私の書斎の前にそびえる古いモミの木立はわきたつように枝を波打たせてざわめいている。」

これが点字だと、こんなに長くなる。

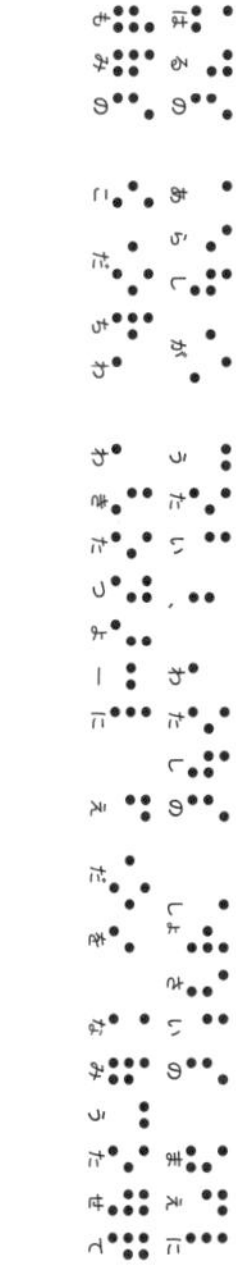

「カラスの話だっけ？」
茜に聞くと、
「うん。コクマルガラス」
と答えた。乃緒がカラスの生態と求愛にそれほど興味を持っているとも思えない。

だが、彼女はぼくと同じように一文字一文字を目で追って、やっと単語になると無意識に頷いている。

「読めるのかい？」

ぼくは乃緒に問いかけた。

もちろん答えはないが、はじめて見るような生き生きした表情で白い紙の点字を見つめている。

「点字が読めるのかもしれない」

ぼくは言った。

「まさか」

乃緒の表情を見ることができない茜は、愚かな兄！　とでも言いたげな様子で言った。

「でも、すごく生き生きして点字を見てるんだ。ぼくやお母さんが点字を読むときとまったく同じなんだ」

「筆談できないのに点字がわかるの？　晴眼者なのに？　じゃあ点字をどこかで習ったの？」

「わからない。茜、点字器ある？」

「あるけど」

茜はまだ嫌そうな顔をして点字器を取り出し、紙をセットした。

「点字が読めるんですか、って打ってくれないか？」

茜は、ちょうどぼくらが走り書きでメモを取るような速いペースで瞬く間に点字を打った。

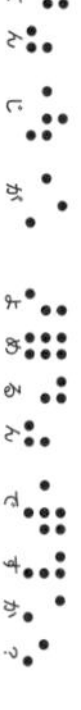

ぼくはそれを乃緒に渡した。

乃緒はその一行を目で追って、それから新しい、まったくぼくが見たことがなかったような笑顔になった。庭の隅々まで届く朝の光のような笑顔だった。

「笑った。乃緒が笑った」

「ほんとに？」

「読めるんだ！　点字が」

「なんか質問してみる？」

「あなたは貞方乃緒さんですかって、打ってみて」

ぼくが乃緒から受け取って茜に渡した紙に、茜はその文言を打った。

それから茜は別の紙を取り出して、

『はい』と、

『いいえ』を作った。

⠃⠃⠋《いいえ》

そして、

「これで答えが聞けるかも」

と言った。ぼくは二枚の紙を乃緒に渡した。乃緒は質問の紙を見て真面目な顔で頷き、答えの紙を見て「はい」を指さした。そしてはじめてぼくの顔を、意思のある表情で見てくれた。

「『はい』って指さしてる」

ぼくはそう言って、次の質問を茜に指示した。

「五島の出身ですね？」

⠐⠪⠞⠒⠎《ごとーの》　⠘⠹⠂⠳⠴《しゅっしん》　⠐⠟⠹⠮⠢《ですね？》

「はい」

⠥⠃《はい》

聞けば答えが返ってくる。それはなんて嬉しいことなのだろう。

「五島の出身だって言ってるよ。言葉そのものを失ったわけじゃなかったんだ！」

ぼくは言った。

「不思議やけど、すごいね」

茜もにっこりした。

聞く言葉、喋る言葉、文字が全く通じないのに、どういうわけか点字はわかるのだ。

ぼくは茜に、

「どうして点字がわかるんですか？　って打ってみて」

と言った。すると茜はこう言った。

「お兄ちゃん、『はい』と『いいえ』しかないのに『どうして？』の質問はできないよ」

「そうか。そうだな」

「『わからない』も作っておくね。答えたくないこともあるやろうし」

ぼくは回答用紙を乃緒の手から茜に渡し、茜は、

『わからない』

を追加した。そして改めてこう打った。
「点字の勉強をしましたか」

乃緒は「わからない」を指さした。

「自分で点字を打つことができますか」

じぶんで　てんじを　うつ　ことが　できますか

この質問と一緒にぼくは茜の点字器を指さした。乃緒の答えは、

「いいえ」

いいえ

だった。

「ぼくは佐藤弘です。覚えていますか」

ぼくわ　さとー　ひろむです。　おぼえて　いますか

「いいえ」

いいえ

「あなたの、昔からの知り合いでした」

あなたの、　むかしからの　しりあい　でした

「わからない」

わからない

残念だったが、やはりそうかという思いもあった。それよりも乃緒が答えてくれる方が嬉しかったし、聞きたいことがたくさんあるから、がっかりしている暇はなかった。

「フランスにいましたか」

ふらんすに　いましたか

「はい」

はい

茜が杖を持って立ち上がった。

「お兄ちゃん、私ノムちゃんに遅れるって電話してくる」

たしかに、在来線で熊本まで行くとしたらもう出なければならない時間だった。

「じゃあ新幹線にするか。切符買ってやるから」

「うん。でも遅くなるってとりあえず言うわ」

茜が戻ってきてからぼくはさらに質問を続けた。

「イルベールを覚えていますか」

いるべーるを　おぼえて　いますか

「わからない」

わからない

「フェリックスを覚えていますか」

ふぇりっくすを おぼえて いますか

「わからない」

わからない

ぼくは「いいえ」だったのにかれらについては「わからない」なのだった。そこにどんな違いがあるのだろう。

「フェリックスはあなたの夫でした」

ふぇりっくすわ あなたの おっとでした

「わからない」

わからない

これは本当に奇妙な光景だった。ぼくが口頭で質問を茜に伝え、茜が点字器ですばやく文字を打つ。それを渡すと乃緒がゆっくりと読解し、指で回答を示す。ぼくはそれを見て、茜に答えを伝える。五十音の表の上に人差し指を置いて動かすこっくりさんのようでもあった。ぼくは中学校のときに女の子たちが放課後の教室でやっているのを見て、なんて非科学的なんだと笑ったことがある。（茜はそんなものは知らないと言った。）「はい」と「いいえ」と「わからない」だけなのに乃緒は実に表情豊かに、困ったような顔をしたり、ほほえんだりしながら答えるのだった。

「ブッちゃんのこと、聞こうよ」

　と茜が言った。

「息子がいますね」

「はい」

　そこに迷いやためらいは全くみられなかった。

「息子の名前はブツゾウです。覚えていますか」

「いいえ」

いいえ

「息子に会いたいですか」

むすこに　あいたい　ですか

「はい」

はい

ぼくは茜の手を強く握った。

「ブツゾウに会いたいって！」

乃緒の額に汗が浮かんでいた。疲れたのだろう。ぼくは最後の質問を茜に打ってもらった。

「また、点字で話してもらえますか」

また、てんじで　はなして　もらえますか

「はい」

はい

「今日はありがとう」

「はい」

多分、次からはぼくが点字表を見て、鉛筆で点字を書いたメモを手渡しすることになる。ペースはぐっと落ちるだろうが、ぼくは乃緒と会話ができるのだ！　実際には会話とは言えないかもしれない、「通信」に近いかもしれない。けれども思いもよらない進展だった。ぼくは喜びを噛みしめた。

帰り際にぼくと茜は、乃緒と千円札を渡し合う奇妙な儀式を行った。それがさよならの意味だった。

新八代駅へ向かう車のなかで茜はこう言った。

「なんで点字が出来るかは、わからんままやろうね」

「うん。でも茜のおかげで話ができるようになったのは本当によかった」

たとえ彼女が嘘の返事をしたとしても、「わからない」を連発したとしても、これまでよりはずっといい。そして彼女も嬉しそうだった。それが何よりだと思った。

「乃緒さんは、あれや。ふるさとに帰ろうとして熊本に来てしまったんやね」

ぼくはまだ少し興奮を抑えきれぬまま、

「うん、そう思う」と言った。

その可能性はずっと前から考えてはいたのだ。だが本人が何も言わない以上、ほんとうのことはわからないと思っていた。

茜を新幹線に乗せて家に戻ると、家のなかはがらんとしていた。リュシーのものがなくなっていることに、ぼくは慣れなければいけないのだった。


その夜、ぼくは軽く食事をしてからテツヤさんの店に行った。開店直後のバーにほかの客はいなかった。ぼくは今日の話をして、明日にも市役所の担当者に連絡を取ると言った。こっくりさんを知っているかと言うと、笑いながら「お帰りくださいって言うやつですよね」と言った。

そして、

「これはあくまで私の推理です」

アイスピックで氷を球形に削りながらテツヤさんが言った。

「間違って熊本に来てしまったかもしれません」

「なぜ間違えたんだろう」

「どこかの時点で身ぐるみ剝がれるような目に遭ったんじゃないかと思います。それが博多だか長崎だか大牟田だかわかりませんが、無一文で移動するとしたら、ヒッチハイクじゃないでしょうか」

「え、今の時代に？」

唐突に大牟田なんて地名が出てきた。それでぼくはあっと思った。過去にも何度かあったのだ。テツヤさんが「推理をする」と言うとき、それは大体人から聞いたかなり信憑性のある話だけれど、敢えてぼかしておきたいときなのだ。

「長距離トラックなんかでは今でもヒッチハイクの人を拾うことはあるみたいですよ。それにあんな美人でしょう。仕事を終わらせて空荷でこっちまで帰る運転手やったらあり得ると思います」

「なるほど」

「それで意思表示ができなければ、まったくの偶然で八代まで来て下ろされてしまったのかも、しれません」

二人連れの客が入って来たので話はそこまでで中断した。

きっとテツヤさんはどこかの運転手から、怪しい女を乗せた、という話を聞いているのだ。身分証もお金もなかった彼女が八代に着いてから食うに困って夜の街に堕ちていったというのは想像に難くない。

だがこの話の裏付けを乃緒から取ることはできないだろう。

「どうして」「どうやって」という質問が出来ないのだ。彼女は点字を自分から使って話す意思がないのだ。もしかしたらこれから変わるかもしれないけれど、今のところ、ぼくらが出来る会話にはあまりにも大きな制約がある。

ぼくはブッゾウとその里親に手紙を書いた。里親には自分のプロフィールとフランスで何度もブッゾウと会ったことを書き、この手紙を本人に見せるかどうかは二人にお任せすると書いた。

「親愛なるブッゾウ

久しぶりの手紙になってしまった。元気で過ごしているかい？

君のお母さんがみつかった。まったくの偶然で、ぼくの住む熊本県八代市まで来たようなのだ。彼女は今、体が弱っているので入院している。言語障害もあるが、点字ならコミュニケートできることがわかった。どうして点字なのか、それはぼくにはわからない。近いうちに日本に来て彼女に会ってみる気はないだろうか。もちろん、君の気持ちを一番に尊重するが、どうか一度考えてみてほしい。そして今お世話になっているご両親やまわりの人の意見も聞いてみてほしい。

日本は遠いけれど、もし君が来てくれるのなら、チケットはぼくが用意するので心配しないように。それから、今の君の電話番号も教えてくれるとありがたい。ぼくの電話は080−××××−××××でメールアドレスも前と変わっていない。いつでも連絡して欲しい。

八代にて　二〇一六年三月二日　佐藤弘」

自分を捨てた母親にかれが会いに来るかどうか、ぼくには全くわからない。けれどもそれはかれが考えて決めることだと思った。

ぼくは乃緒がどうやってものを考えているのかと想像してみた。頭のなかで音声を発するのではなく、文字で考えるわけでもなく、彼女の頭には点字のテープが流れているのだろうか。しかしなぜ、点字なのか。

ぼくは彼女に聞きたいことが山ほどある。もどかしい会話になっても、少しずつでもいいから知りたいと思う。これは彼女のためではない。自分のためでしかないことも承知している。

だが、彼女がぼくにしたい話なんて、なにもないのではないか。

がらんとした部屋のなかで、ぼくはイルベールのことを思い出していた。かれがもし生きていたら、乃緒と会えたこと、乃緒と（最低限ではあるが）意思疎通の手段ができたことをどれほど喜んでくれただろうか。かれはブッゾウと一緒にすぐにでも日本に来て、そしてぼくに考えつかないような質問も作ってくれただろう。

だがかれは死んでしまったのだ。

そして、根拠のない不安に襲われた。

乃緒もまた、ほかのみんなと同じようにぼくを残して旅立って行くのではないだろうかと。

7

乃緒は発熱をくり返していた。何日も熱が下がらないわけではないようだが、まったく平熱の日が続くわけでもない。ぼくはそれを気がかりに思っていた。調子がよさそうな日にはぼくは彼女と点字の会話を試みた。

「気分はいいですか」

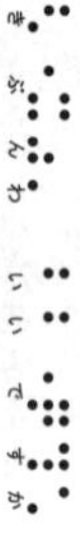

「はい」

「話してもいいですか」

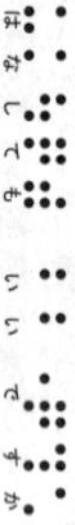

「はい」

「マダム・アレゴリの記録」に関する質問もしてみた。だが、それで何かがわかるということはなかった。過去に関する質問に乃緒が「はい」と答えることはなかった。

「サミュエルのことを覚えていますか」

きみゅ える の こと を おぼえて いますか

「いいえ」

いいえ

「セリーヌのことを覚えていますか」

せりーぬの ことを おぼえて いますか

「いいえ」

いいえ

「ジュスティーヌという女性は本当にいたのですか」

じゅすてぃーぬと いう じょせいわ ほんとーに いたのですか

「わからない」

わからない

「エジプトに行きましたか」

えじぷとに　いきましたか

「いいえ」

いいえ

「パレスチナから日本に帰ってきましたか」

ぱれすちなから　にほんに　かえってきましたか

「わからない」

わからない

あの静かなやりとりのなかで、彼女が偽りの回答をしたとは、ぼくは思わない。唯一のコミュニケーション手段である点字での質問に対して、彼女が答えを保留したり拒否したことは一度もなかった。
ただ、もどかしさだけが残った。彼女が行方不明だったころ、イルベールとさまざまな可能性を話し合ったころは、もしも彼女に再び出会えば、すべての謎が解決すると思っていた。それはまったくの間違いだった。なにが真実で、彼女がどこでどう過ごしていたか、知ることはできなかった。

市の担当者は高村君という二十代後半の男性で、乃緒の病室で何度か顔を合わせるうちに雑談めいた話もするくらいにはなっていたのだが、さすがに最初は点字で話が出来ることを信じてくれなかった。だがぼくは高村君を引き留めて何度も、目の前で点字を書いて「はい」「いいえ」「わからない」の答えを乃緒に選んでもらった。高村君は半信半疑ではあったが、彼女の回答にブレがないことを見て、五島市に連絡をとってみると言ってくれた。

極めて例外的なケースとして、ぼくは高村君に立ち会ってもらった上で主治医の問診の通訳のようなこともやった。診察が終わって病室から出ると、主治医は、

「もしかしたら身内に視覚障害者がいたのかもしれませんね」

と言った。その可能性はあるけれど、ぼくには心当たりがなかった。つき合っていた頃にそういった話を聞いたこともないし、茜について彼女が何かコメントしたという覚えもない。高村君はもし身内と連絡がつけばその件も聞いてみたいと言った。

ぼくは、自分の立場では答えてもらえないことは承知の上で、

「先生、容態はどうなんでしょうか」

と尋ねた。

「非常に診断が難しいのですが、楽観できる状態でもないのです」

主治医は言った。ぼくはその意味を受け止めかねて困惑した。

高村君がぼくに聞いた。

「外国にいる息子さんが来るのはいつ頃になりそうなんですか？」

ブッゾウからは、学校の課題があるのでそれを終えたら日本に行きたいという手紙が来ていた。かれの里親も快く送り出してくれるようだった。ただ、それがいつということは書いていなかった。

「来るとは聞いているのだけれど、もう一度連絡してみます」

ぼくは答えた。

ある日、ぼくは乃緒の寝顔を見ていて、なんだか変な感じがした。まるで乃緒の妹が眠っているように見えたのだ。不思議と言うほかないのだが、乃緒は、二十三歳の茜と比べても若く見えた。十代と言っても通るのではないかと思った。入院しているから当然、化粧はしていないのに、肌はとても綺麗だった。最初に病室で見たときよりも彼女が若くなっているような気がした。ありえないこととわかっていても、そう見えるのだった。

高村君は五島の市役所と連携して乃緒の叔母、つまり亡くなった母親の妹に連絡してくれた。だが、乃緒の母の結婚を境にほとんど交流がなかったこと、また現在、経済的に思わしくない状況にあるという理由で、一切関わりたくないと突っぱねられたとのことだった。父方とはついに連絡が取れなかった。

ブツゾウが来日したのは四月の初めだった。里親と電話で話し合った結果、日本で国内線を乗り継ぐよりも、パリから仁川への便に乗り、そのあと福岡便に乗り換える方が簡単だろうということになった。ぼくはその前日に福岡での会議があったので一泊して迎えに行くのにちょうどよかった。桜はもう満開を過ぎていたが、かれは珍しがるだろうと思った。

国際線到着口からリュックひとつで出てきたかれは、もうぼくと殆ど変わらないくらいの背丈で、日本の十歳のイメージよりもずっと大人びて見えた。

「マダムは？」

かれは言った。

ぼくはリュシーが亡くなったことを言った。かれは小さな声で、

「とても残念です」

と言った。

ぼくたちは地下鉄で博多駅まで移動して、ランチを食べた。新幹線のチケットと、お小遣いをそこで渡した。かれはチケットを一瞥するとポケットにねじ込んだ。

「今からどうするの？」

かれは聞いた。

「今日は熊本まで新幹線で行って、君のお母さんに会うために病院に行くつもりだよ。ゆっくり話すのは明日以降でもいいと思う」

ぼくは言った。

「元気なの？」

「ときどき熱が出るときもあるけれど、元気なときはぼくが点字で質問すれば答えてくれる」

点字というのがうまく通じないかもしれないと思ったが、病院に行けば解決するだろうと思い、それ以上は言わなかった。

ブツゾウはしばらく黙っていたが、やがて、

「五島列島って、遠い？」

と聞いた。

「五島は、同じ九州だから遠くはないよ。長崎からジェットフォイルって船がある」

なんだか難しい顔をしてるので、ぼくはそろそろ行こうか、と声をかけた。するとかれは、

「トイレに行きたいんだけど」

と言った。ぼくはトイレの場所を案内した。かれはさらに、

「あとお土産を買いたい」

と言った。

「それじゃあ、二時にここで待ち合わせしようか」

とぼくは言った。駅の外に出てタバコを一本吸うつもりだった。

まさかそこで逃げられるなんて思いもしなかった。

時間になってもかれはいっこうに現れなかった。携帯の電源は切られていた。飛行機を下りてから電源を入れ忘れたのかと最初は思った。

ぼくは駅ビルの土産物屋のあたりでかれを探し、トイレに戻ってかれがいないのを確認し、筑紫口から博多口へと混雑した駅構内の通路を往復したが、かれの姿はどこにもなかった。フランスの長距離列車に日本のような改札口はないからホームにはいないだろうと思ったが念のため、新幹線ホームまで行ってみた。それでも見つからなかった。

迷子にしてしまったのかと思ってぼくは焦った。駅員に事情を話して改札から出て、ふたたび構内を歩き回った。

探していないのは在来線の改札のなかだけだった。

もしかして、と思った。

ブツゾウは、五島は遠いのか、と聞いて、それからいなくなった。

かれは迷子になったのではなく五島をひとりで目指したのではないだろうか。だが、そんなことが日本語を喋れない十歳の少年に出来るのだろうか。

首の後ろに冷たい汗が伝うのを感じた。

ぼくはインフォメーションカウンターに行って、オレンジ色のパーカーを着た外国人の男の子が来なかったかと聞いた。

「はい。長崎行きの電車の乗り方を聞かれました」

そう言われて気が抜けた。

「何時の電車に乗ったかわかりますか？」

「十三時五十五分発のかもめ25号をご案内しました」

時刻は十四時二十分を過ぎていた。

ぼくが渡したチケットで在来線の改札に入って、かれは長崎へ行ったのだ。それならさっき直接言えばいいのに、どうしても行きたいと強く言えばいいのに、なぜ黙ってこんな真似をするんだ、と思った。ぼくにだって監督責任というものがあるではないか。

次の長崎行きの特急かもめは十四時五十五分発だ。ぼくは新幹線からチケットを振り替えるために窓口に並んだ。順番を待っている間に長崎港から福江港へ行くジェットフォイルの時刻を調べた。ジェットフォイルの最終は十六時三十分、フェリーは十六時五十分だった。

間に合わない。

かもめ27号の長崎着の時間は十六時五十分だ。

新幹線で追い越して鳥栖から長崎本線に乗れないものかと見てみたが、いい時間の列車がない。まだ十四時台なのに、五島へ行く船に乗れない。

ぼくは窓口から出てコーヒーショップに入り、飛行機で福岡空港から五島福江空港に行く便を調べた。十六時台と十七時台の出発便があった。これなら港に先回りしてかれを捕まえることができると思って、電話で問い合わせるとどちらも満席とのことだった。電話を切ってから、なんで満席なんだよと呟いて、それで今日が週末だったことをやっと思い出した。

どうしても、今日中に福江島に行くことは無理なのか。

明日の朝一番で行くしかないのか。

かれが長崎から船に乗るのなら、港から追いかけた方がいいような気がした。

ブツゾウが福江港に着くのは夜になる。見知らぬ土地でかれはひとりでどうやって過ごすというのか。

一体どういうつもりなんだ。何も考えてないのか。

ぼくは困り果てた。まさか博多駅で、こんなタイミングでぼくがブツゾウに置いてきぼりを食らうとは予想もしていなかった。なんて間抜けなんだろうと思う。一緒にトイレでも買い物でも行っていればこんなことにはならなかった。妹たちから言われているように、ぼくはちゃんとやっているようでもいつもどこか、抜けているのだ。

明日のフェリーで行くか。今のうちに長崎まで移動しておくべきか。

検索しているうちに博多の築港発二十三時三十分のフェリーがあるのがわかった。翌朝に福江港に着く。

ぼくは新幹線の切符を払い戻した。


時間が有り余っていた。

福岡は人が多い。特に若者が多い。出張のときなら活気に溢れた街という印象だが、休日に一人で時間を潰すのは意外に難しい。

せめて車で福岡まで来ればよかったと思った。そうしたら時間潰しのドライブも出来ただろうし、フェリーに車を積み込めば明日の行程が楽になる。新八代の駅に車を置いてきて失敗したと思った。

映画を見る気にはなれなかった。買い物をする予定もなかった。もちろん花見で時間をつぶす気もなかった。

仕方ないので、ぼくは百道《ももち》の福岡市の総合図書館まで行って専門書のコーナーでこれから取れそうな資格の本を読みあさった。それから少し歩いて、博多湾に面したカフェに寄ってみたが時計の針はちっともすすまなかった。夕方になってブッゾウが長崎に着いた頃を見計らって電話してみたが、やはり電源は入っていなかった。

かれが五島に着くのは二十時頃になる。五島に誰も知り合いがいないことがもどかしかった。

こんなときリュシーがいたら、と、つい思ってしまう。彼女なら焦るぼくを励ましてくれるだろうし、二人で話していればもっといい案が浮かぶかもしれないのだ。そして一緒にいれば、午後のこの時間もあっという間に過ぎていったことだろう。だが、ぼくはもうわかっていた。ことあるごとにそういう考え方をするのはやめなければならない。悲しいという感情は抑えなくてもいいけれど、なにかにつけて今はもういない彼女を頼みにしていても、どうしようもないのだ。

漸く日が暮れてきたので、バスで街の中心部に戻って五島列島のガイドブックを購入してから築港に行く途中の居酒屋に入った。常連客らしきひとが店の人と冗談を言っているのを聞いて、少し気分が和み、ぼくも仲間に加わって話した。常連のひとは野崎さんという商船会社の人だった。二十三時三十分発のフェリーで五島に行くと言うと、やや驚いたような顔をしていた。ぼくは詳しいことを話さなかったが、荷物らしい荷物も持たないスーツ姿で、車でフェリーに乗るわけでもないのだから、多少怪しまれても仕方がない。車はむこうで借りるんです、とぼくが言うと、

「港から一番近いレンタカー屋に知り合いがいます。おいの名前ば出してください。きっと喜びますけん、借りてやってください」

と言って名刺をくれた。ぼくも名刺を出すと、

「国交省の方やったとですか。それはお忙しいでしょう」

と感心したように言った。辞めるつもりとは言えなかった。

暗い海をすすむフェリーに乗っていると、久しぶりにどこの土地からも切り離されたような感じがして、快かった。毛布にくるまりながら、こういうのも悪くないな、と思った。

ブツゾウは狙って逃げたのだろうか。

ぼくの計画はあまりにも強引で母親と会わせることしか考えていなかったのかもしれない。かれは、幼い頃に別れた母親のことを恨んだり、恐れたりしているのかもしれない。

そしてぼくは思い出した。五島のことをかれが持ちだしたとき、ぼくは、乃緒の故郷

である五島としてしか考えなかったが、かれにとっての五島はイルベールと一緒に訪ねようとした土地だったのだ。マルティニークには行ったけれど、五島への旅行は実現しなかった。

ブツゾウがどうやって夜を過ごしているのか心配ではあったが、自分は既に福江港に向かっているのであり、これ以上考えても仕方がないと思った。そしてぼくは眠りに落ちた。


福江港には朝の九時に着いた。バスターミナルでオレンジ色のパーカーを着た外国人の男の子が来なかったかと聞くと、始発の玉之浦線に乗ったということがわかった。お礼を言ってすぐにレンタカー屋に行くと、昨日の野崎さんが電話をしていてくれたらしく、車は既に用意されていた。出発前にサンドウィッチとコーヒーまでいただいた。

ぼくはバス路線を追いかけることにした。レンタカー屋さんの話によると、福江島の幹線道路は大雑把に言えば、島の外周を回る国道と、中央の山地を通って交差する十文字の道路が基本のようだ。ぼくはブツゾウが乗ったバス路線の通りに国道を走った。まるで鬼ごっこをしているみたいだと思った。

二十分ほど走ってから路肩に車を停めてブツゾウの携帯に電話を入れると、あっさりかれは出た。

「今どこにいる?」

ぼくが聞くとかれは、

「五島列島。福江島」

と答えた。

「何やってるんだ」

ぼくは少し語気を強めて言った。

「歩いてるよ」

かれは悪びれる様子もなく言った。

「ぼくも福江島まで来ている。今どこにいるんだ？」

「海が見えるけれど、どこだかわからない」

これでは話にならない。

「どこかわかる場所まで来たら、必ず電話をくれよ」

ぼくはそう言って電話を切った。

三十分ほどすると、電話が鳴った。

「岬の突端にとても美しい灯台があってそこにいる」

ブツゾウは言った。

ぼくは大瀬埼灯台に向かって車を走らせた。思ったより福江島は広い。

カーナビの案内で着いた場所はがらんとした駐車場で、車を出てあたりを見回すと灯台はずいぶん遠くにあった。車で灯台のすぐ下まで行けるわけではなかったのだ。灯台に至る藪のなかのトンネルのような細い道を歩きながら、これは明らかにスーツと革靴で歩く道ではないなと思った。すぐに汗が噴き出してきた。服もよれよれだったが、中身のぼく自身もいい加減疲れていた。歩きながらぼくは、果たして十三時四十分のジェットフォイルに乗れるのだろうか、と思った。

藪のなかの道は突然終わり、視界が開けた。

美しい場所だった。三方を囲む海の色は紺色に近いような青さで、唯一の人工物である灯台は海面からかなり高い場所にあった。穏やかな天気のなかで灯台の白さだけが眩しかった。

この状況じゃなかったらもっと眺めを楽しめたのにとぼくは思った。

ブツゾウは灯台の裏側にいた。日当たりのいい場所で、膝を抱えて座っていた。目をつぶっていたが、ぼくの足音で目を覚ましたらしく、うっすら目を開けた。

「ブツゾウ!」

心配したんだぞ! 人をさんざん振り回して、どういうつもりなんだ! なんでこんなところで遊んでるんだ! おまえの母さんに会いに行かなきゃだめじゃないか!

いろんな言葉が頭に浮かんだが、それらはどれも口に出そうとすると不自然に思えた。

ぼくは手を伸ばしてかれの肘を思い切り引っ張って立たせた。かれは、おお、と言った。

ぼくは汗を拭いて言った。

「もういいだろ。行くぞ」

ブッゾウはぼくから視線を外して、

「うん」

と、言った。駐車場に向かって歩き出すと、かれは引かれる子馬のようにおとなしくあとをついてきた。


十三時四十分のジェットフォイルにはギリギリで間に合った。長崎駅でお腹が空いたと言うので、駅弁を買った。鯖寿司と鯨カツとどちらがいいかと聞くと、少し珍しそうにしていたが、鯨カツを選んで全部食べた。

長崎本線から新幹線に乗り継ぐ間に、かれはコーラを飲みながらぽつりぽつりと昨日からのことを話した。

「あのままだと、せっかく日本に来たのに五島に行けないかもしれないと思ったんだ」

「だからって逃げることはないだろう」

「ごめんなさい。許してもらえないと思った」

「よくひとりで五島まで行ったもんだな」

「ナガサキから船で行くというのは、知っていた。電車の乗り方がわからなかったから、インフォメーションで聞いた」

「そうみたいだな」

「でも、ひとりで行けると思ってた」

「ひとりで行くなら行くで、ぼくに言ってくれなきゃ困る。とても心配したんだ。あとのことは考えてなかったのかい？　警察に保護されるかもしれなかったんだよ」

「あんまり、考えてなかった」

「昨日の夜はどうしてたんだ？」

「船で会ったおじさんが、家に泊まってもいいって言ってくれた。英語と、身振りで通じたんで泊めてもらったんだ。歯医者さんでとってもいいひとだった」

「それで？」

「それで、朝のバスに乗って、途中から下りて歩いた。花がたくさん散ってたから」

「見たい場所は、あの灯台だけだったのか？」

「灯台が見たかったわけじゃない。特にどこが見たいとかはなかった。ただ……」

「うん？」

「イルベールと行くって約束してたから」

大体の話はそういうことだった。あとで歯医者さんには礼状を書かなくてはいけないと思った。


新八代に着いて車を駐車場から出し、病院に着いたのは面会時間ぎりぎりだった。乃緒はまだ起きていた。ぼくは、

「ブツゾウが来ました」

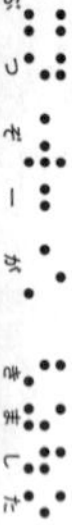

とだけ書いて乃緒に見せた。彼女は、ベッドの脇にある「回答用紙」を取り出して、

「はい」

を指さした。

それを見たブツゾウがびっくりしたように言った。

「ドミノだ！」

「ドミノじゃないよ。視覚障害者が読む点字だよ」

「うん、それは知ってる。昔、ママンがそれ読むの見たことがあるんだ。僕は『ドミノの手紙』って言ってたんだ」

ぼくは驚きを隠せなかった。

「どういうこと？　説明してよ」

「おばあちゃんの手紙が『ドミノの手紙』だったんだ。ママンはそれを見て読んでたんだよ。僕のおばあちゃんじゃなくてママンのおばあちゃんから来たの」

乃緒の祖母が（母方か父方かは不明だが）視覚障害者だということがそれでわかった。

「おばあちゃんは生きてるの？」

「ううん。もう亡くなったって。昔くれた手紙だって言ってた。僕は読めなかったけれどママンはその手紙を大事にして、ときどき読んでいた」

ぼくたちのフランス語の会話を見ている乃緒は全く表情を変えない。

「これ、持って来た」

ブツゾウはハーケンクロイツのペンダントトップをリュックのポケットから取り出して乃緒に渡した。乃緒はそれにも反応しなかった。手のひらにペンダントトップをのせたまま、ブツゾウの顔を見ていた。

ブツゾウはぼくにこう言った。

「日本の地図にはこのシンボルが一杯あるんだね。歯医者さんに聞いたら、お寺のマークだって言った」

「まあ、左右が逆なんだけど、そうだね」

ハーケンクロイツと同じ向きのお寺もあるわけだから、いちがいに否定はできない。

「僕の名前が仏陀の彫刻でしょう？　だから僕のシンボルかなと思った。でも、パパが殺人鬼だからパパのシンボルでもある」

そういう考え方もあるのか。ぼくは、かつてブツゾウがハーケンクロイツを見せてくれたことをすっかり忘れてしまっていた。かれはずっとそれを持っていて、その意味を考えていたのだ。

「お母さんと二人でいたいかい？」

ぼくが聞くとかれは頷いた。よく見ると、ブツゾウの眉や耳は乃緒とそっくりのかたちをしていた。

ぼくはブツゾウの前ではお札を渡し合う儀式をしなかった。子供の前ではしてはいけないことのような気がしたからだ。

　ぼくは一階のロビーでかれを待った。十五分ほどたって、ブツゾウが下りてきた。

「なにか点字で伝えることはないか」

と、聞いたが、特にない、とのことだった。

　病院を出て車に乗るとかれは言った。

「ママンは僕だとわかったと思う。言葉は出てこなかったけど」

「そうだろうね」

　ぼくは言った。

「きみのことだけは、ほかのひとと反応が違ったんだ。知ってる、覚えてるって言っていた。ほかのひとのことは誰も覚えてなかったけれど」

「ムッシュ・サトーのことも？」

　ぼくは少し笑って言った。

「覚えてるかどうか聞いたら、『いいえ』って言われた」

　今ではもうかれは、サトーサトーという呼び方をしなくなっていた。いつまでも子供ではないのだから仕方がないけれど、ムッシュ・サトーではあまりにもただのひとみたいで、なんだか寂しくもある。

「あと、どのくらいで着く？」

「五分だよ」

ぼくは言った。

「あのね、言っておきたいことがあるんだ」

「なに？」

「日本に来たとき、病気のママンを見ても冷たい気持ちのままだったら困ると思った。五島に行きたかったのもあるけれど、一番思ったのはそれだった」

「そうか」

「でも、顔を見たらいいことしか思い出さなかった」

その言葉を聞いて、ぼくは心底ほっとした。重く、大きな荷物を下ろしたような気分だった。

「ぼくも言っておきたいことがある」

「なに？」

「明日以降、もし、どこか行きたい場所があったらちゃんとぼくに言うこと。黙って逃げるのはやめてくれ」

「もう逃げないよ」

ブツゾウは言った。

「終わったんだ。イルベールとの旅は」

家に着いて電気をつけ、ブツゾウをリビングに案内して牛乳かなにか飲むか、と聞くとかれは言った。

「アカネに電話してもいい？」

「いいよ。でも、先にシャワーを浴びておいで」

「わかった」

かれが茜のことを覚えていてくれたのは兄として、嬉しかった。ぼくは四畳半の和室に蒲団を敷いた。ブツゾウは畳の部屋で寝るのが初めてなのだと思った。

「テレビ、つけてもいい？」

新しいTシャツと短パンを着て戻って来たブツゾウが言った。

「いいよ」

だが、ブツゾウは理解できない日本語のスポーツニュースの途中で居眠りをはじめた。ぼくはかれを起こして、ちゃんと寝た方がいい、と言った。

「アカネに電話したい」

ブツゾウが言った。

「明日にしなよ」

「うん。そうする」

「茜は喜ぶと思うよ」

そう言うとブツゾウは頷いて、それから大きな欠伸《あくび》をした。

「フランス語ならまだいくらでも大丈夫だけど、もう今夜は英語を喋れない」

かれは見た目では大人びてはいたが、まだ少し昔のような、犬っころのようなところがあるのだった。

蛍光灯を一番小さな灯りだけにして、ぼくは和室の襖《ふすま》を閉めた。すぐに軽い寝息が聞こえてきた。

エピローグ

「ぼくが知っているのは、ここまで。君に直接関係ない話もあったかもしれないけれど、思い出せることは全部話したつもりだ」

ぼくの家の小さなリビングで、十九歳のブツゾウは黙って話を聞いていた。背はぼくより遥かに高く、長い脚を組み替えるときは窮屈そうに見えた。子供らしい頬の丸みは失われて顔つきがシャープになり、ウェーブがかった髪とうっすらはやした髭はこのごろの流行らしかった。けれども話を聞きながらぼくを見つめる大きな目は乃緒にそっくりで、それだけは昔のままだった。

一日ではとても話しきれなかった。ぼくの話はあちこちに脱線したし、言いかけて結末を忘れてしまったこともあった。それでも、知っている限りのことはすべて伝えたと思った。

「もう九年も経ったんだ」

ブツゾウが言った。その声は少ししゃがれていた。

イルベールがダムにやって来た日から、どのくらいたっただろう。妊娠中のリュシーがフランスで命を落としたのが二〇一五年、乃緒が病院で息を引き取ったのが、今から九年前の二〇一六年だった。

ブツゾウは昨年、十八歳で成人すると同時にイルベールの遺言に従って財産を相続した。同時に手紙や、書類も受け取っていた。そのなかに「マダム・アレゴリの記録」と、ぼくがイルベールのためにフランス語で書いた要点のまとめが入っていた。一体これは何なのか、知っていることがあれば何でもいいから聞きたい、とブツゾウからメールが来たのは半年前のことだった。ぼくは知っていることがありすぎてとてもメールや電話では話しきれないと答えた。

ぼくの繁忙期が夏休みの時期と重なるため、ブツゾウは十月末からの秋休みを使って来日した。かれは今、大学で工業デザインの勉強をしている。そう言えば子供の頃、絵が上手だったのを思い出した。そう言うと照れたように、絵の才能はなかった、でも美しいものが好きだからそれを仕事にしたい、と言った。

少し沈黙があった。ぼくが飼っている三毛猫が尻尾を立ててリビングを横切って、足元から見定めるようにしてからブツゾウの膝に飛び乗った。ブツゾウはちょっと驚いたように猫を見てそれから、

「それにしても謎が多すぎるね」

と言った。

「母がなんで離婚しないで家を出たのか、そのあとどこで誰と暮らしていたのか、どうしてフランスに帰ってこなくて日本の、ムッシュ・サトーが住んでいる街に来たのか……結局のところは、わからないんだね」

「そうだね。ぼくの話はなんの解決にもならなかったかもしれない」

ブツゾウがゆっくりと首を振った。ぼくは続けた。

「失踪当時、イルベールは本当に手を尽くして探し回ったらしい。でも無駄だったんだ。ただひとつだけ確かなことは、君のお母さんが二〇〇七年のイスラエルの映画に出たということだ。ブツゾウ、そのDVDもイルベールからもらっているんじゃないか？」

「家では昔のDVDとかは見られないんだ。どうやったら再生できるか、知り合いに聞いてみるよ」

「ぼくはあの映画を、イルベールに渡す前に見た。たしかに君のお母さんだったよ。少ししか映ってなかったけれど」

ブツゾウは少し考えてから言った。

「僕はやっぱり、母がパレスチナからタイムスリップしたんだと思う」

「うーん」

そうであるとも、そうでないとも言えない。ぼくはただ、そういうことを信じたくない。それだけなのだ。

「どこか知らない場所で暮らしていて、ぼくらがその証拠を得ていないだけかもしれない」

自分でも弱いと思った。

「でも、母が一九三〇年代の『マダム・アレゴリ』だったと思うのが一番辻褄が合うよね」

「今、手元にある情報のなかではね。結局、なにが本当のことかなんてわからない。本人に点字で何度も聞いてみたよ。でもどうしても答えてくれなかった。『わからない』

としか言わなかった」

どれだけ質問の材料があったとしても、本人が答えたくないと思ったり、わからないと言えば、知ることはできない。ぼくは乃緒が死んでしまってから、よくそんなことを考えたものだ。

「なんで母があんな状態になってしまったのか、さっき考えてたんだ。母はタイムスリップの代償として、記憶とかふつうの言葉を奪われたんだと思う」

代償とはなんのことだろう。ますます非科学的になってきた。

「奪われたって、誰に？」

「それはわからないけど」

「タイムスリップを信じるとするなら、そういう考え方もあるんだろうね」

そのとき、当たり前のことだけれど、ブツゾウとぼくは別の人間なのだ、と思った。別の人間は別の仮説を選ぶ、別の判断をする。そのひとの、その時期に好んだ考え方を推す。ぼくは「わからない」で片付ける方を選び、ブツゾウは「やっぱりタイムスリップだ」と考える。それは個人の自由だ。

「お母さんのお墓には行かなくていいかい」

「お墓は、別に」

かれは言った。そう言うだろうなと思っていたのでぼくは簡単に説明をした。

「じゃあ、場所だけ言っておくよ。きみのお母さんのお墓は、福島県の会津若松という街にある。恒念寺というお寺だ。亡くなったときに相談したら、お坊さんがうちの寺のお墓に入れていい、と言ってくれたから、お願いすることにしたんだ」

　本当は侘景さんに「供養させてください」と言われたのだが、フランス語にしづらかった。

「ふうん」

「そのお坊さんが、ムッシュ・タケイなんだよ」

　ブツゾウがびっくりしたように言った。

「ほんとに？　そのひとがサミュエルの協力者のムッシュ・タケイなの？」

「古川侘景さんという名前だ。昔フランスに行っていたこともある。ぼくは侘景さんを訪ねていろいろ聞いたことがある。でも、何も教えてくれなかった。肯定も否定もしなかった。だけど彼女のお骨をあんなにあっさり引き取ってくれたところからすると、やっぱり彼は何かを知っていたんじゃないかと思うんだ」

　だが、いくら熱意を持って聞いたところで、話す気のないひとに話させる手段はない。侘景さんも乃緒も同じ態度を選んだ。あるいは、聞き手が乃緒の息子であるブツゾウだったら違う答が返ってきただろうか。

「暗号を作ったひとだよね？　じゃあやっぱりどこかで繋がっているんだ！」

　ぼくの解釈、イルベールに伝えた言葉にはぼくのバイアスがかかっている。ブツゾウはブツゾウで、かれの母親の物語を作っていくのだろう。

ブツゾウの膝の上にいた猫が床に飛び下りて、台所の方へ歩いて行った。

このあとどうするのか、と聞くと、京都に行く、明日の夕方の便で関空から帰る、と言った。

「今回は茜とは会わないのかい」

ぼくが聞くと、かれはこう言った。

「ふられちゃったんだ」

「え」

ぼくは驚くと同時に笑いそうになった。それを見てブツゾウは苦い表情になった。

「本気なんだ。真剣に言ったんだ」

「ごめん、ごめん、笑うつもりはなかったんだ。茜は妹だから、つい変な感じがして」

「それはそうかもね。でも、僕はアカネのことがとても好き。昔から好きだったけど、大人になってこれが愛なんだと思ったんだ。いつも一緒にいたいと思ったし、家族になりたいとも思った。でも、彼女にとってはそうじゃなかった。だめだって。フランスで恋人を探しなさいって言われた」

ぼくが笑いそうになったのには理由があって、実は茜は長い間つき合った相手と別れたばかりだった。昔からよく話に出てきた大学の同級生の「ノムちゃん」というのが、実は男性だったと聞いたとき、家族は驚愕した。てっきり女の子だと思っていたのだ。ノムちゃんは実家に遊びに来たことがなかったし、家族は誰も会ったことがなかった。卒業旅行で一緒に九州に来たときも、ぼくはノムちゃんと直接顔を合わせなかった。大学を卒業して教員になってから、茜に恋人がいる、ということがわかった。ずいぶん長いつきあいらしいし、いつか結婚するかもしれないと思っていた。けれどもそれがノムちゃんだとは誰も知らなかった。価値観の違いかなにかで別れて初めて、茜は「ノムちゃんとずっとつき合っていたけれど、別れた」と家族に告げたのだった。

　この話はとてもブツゾウにはできない。

　しかし茜ももう、三十をとうに過ぎた。

「諦めたわけじゃないんだ。でも、弟みたいな友達として会うことは、今はちょっとできない」

　ブツゾウはそう言って、ぼくの目をまっすぐに見た。

「大きなお世話だと思うけれど、きみと茜とは歳が違いすぎるんじゃないか？」

「それも言われた。ただ僕の方は全くそんなことは感じない。自分が何歳で、アカネが何歳年上、なんて考えたこともない。アカネはアカネだ」

「学校を出て働いてからの方がいいかもな」

「そう。そう言いたかった。多分その方が信用してもらえるよ。仕事をしている僕の方が、学生の僕より彼女に近づけると思う」

「いい仕事ができるといいな」

「うん。僕は自分の能力だけを頼りにしている」

　ブツゾウの言葉にぼくはちょっとだけ羨望を覚えた。今のかれには、子供の頃よりもずっと自由な未来がある。

日が傾きかけていた。ブツゾウがテーブルに広げた書類をまとめはじめたので、ぼくは時計を見た。

「ムッシュ・サトー、あなたは僕にとってのヒーローだったんだ」

ブツゾウが言った。

「サトーサトーか」

「そう。正式には『水の番人サトーサトー』。母から聞いた話を全部覚えているわけじゃないけど、あのサトーサトーが家に来るってイルベールから言われたときは本当にわくわくしたよ」

「ありがとう」

「ありがとうって言わなきゃいけないのは僕の方だよ。今になってよくしてもらったことをいろいろ思い出すんだ。あなたとマダムがデジカメを買ってくれたことがあったよね」

「うん、そうだった」

「写真を」

かれは書類を仕舞ったバックパックの中からクリアファイルを取りだし、プリントアウトされた一枚の写真をぼくに差し出した。

それは海辺の写真で、子供の頃のブツゾウがイルベールと写っているものだった。イルベールはブツゾウの肩に手をかけてカメラに向かってほほえみ、ブツゾウは照れているのか、ちょっと眩しそうな顔をしている。

「これはマルティニーク？」

「うん。ひとに撮ってもらったんだけど、あなたにあげようと思ってプリントしてきた」

「いい写真だ」

ぼくはそう言って受け取った。

写真のなかのかれらは、ほんとうの親子のようだった。実際、それ以上のものだったのかもしれない。


福岡まで送って行こうかと言ったが、かれは唐津駅までいいと言った。乗り換えなしで博多まで行けるし、それにゆっくりいろいろ考えたいとのことだった。

ちょうどいい時間の電車があったので、ぼくたちは駅まで歩いて行った。道すがら、かれが言った。

「一緒にお見舞いに行って、母とあの奇妙な字で話したとき……」

「うん」

「あのときは母のことを悪いと思わなかった。母がいた頃のことを思い出せたことが嬉しかった。母を恨んだりする言葉も持っていなかった。後になって、やっぱりつらい時期はあった。父のこともそうだ。それを義理の両親は支えてくれた。でも、それももう終わった。悩みはすべて終わった」

「うん」

駅で、ぼくは博多までの切符を買って渡した。

「また、会えるよね」

ブツゾウは言った。

「もちろん。でも今の仕事は前ほど休みが多くないから、フランスに行くのは少し先になるかもしれないね」

「僕もまた日本に来るよ」

きっと茜のことを考えているのだろうと思った。

「ムッシュ・サトー、あなたはみんなに繋がっている。母にもイルベールにも、アカネにも。僕はあなたをずっと信用してきたし、それになにより、あなたは変わらない」

「ああ」

ぼくはちょっと笑った。

「変わってないって、よく言われるんだ。多分これからも同じだよ」

ぼくらは固く握手をして改札で別れた。


乃緒が死んだ次の年、ぼくは役所を辞めた。いろいろな意味で恵まれた仕事ではあったし、勝さんをはじめ、何人か引き留めてくれるひともいたが、ぼくはリュシーと乃緒の死で疲れきっていて、そのままではおかしくなってしまいそうだった。仕切り直しをしなければいけないと強く感じた。

テツヤさんは、ぼくに紹介できるような仕事がないか探してみると言ってくれたが、とにかくぼくは休みたかった。かれはぼくが八代を去るまでいろいろと気にかけてくれたし、今でも年に一度か二度は一緒に飲みに行く仲だ。

八代の家を引き揚げて、まずは四日市の実家に身を寄せた。しばらくの間は何もせず過ごしたが、少し気力が戻って来てから、リュシーの墓参りにフランスに行き、それからアメリカにも行った。

いつまで遊んでいるわけにも行かなかった。よく考えてみればぼくはなんとも中途半端な年齢にさしかかっていた。三十九歳。まだ体力はあるが、未経験の職種に雇われることは容易ではない。アーリーリタイアには早すぎる。

四日市で働きたくはなかった。役所を辞めて戻って来たぼくが、友達やその家族の知り合いの下で働くことに抵抗があった。ではどこに住むのか。名古屋や大阪にはまるで馴染みがない。東京はぼくにとっては住みにくい。

それでぼくは福岡に職探しに行った。そこそこ土地勘はあるが、しがらみはない。そして、よそ者に親切な街だからだ。

スーツと履歴書を用意して福岡に行き、しばらく滞在して職探しをしたが、断られるばかりだった。適切な言い方かどうかわからないが、ぼくの学歴、職歴と三十九歳で民間に転職することは、相手にとってわかりにくい。人間的に相当な欠陥があるのではないか、と思われても仕方がない。なぜ役所を辞めたかと聞かれても、とてもじゃないが妻と、昔の恋人が亡くなって疲れ果てて仕事をやめたなどとは言えない。体調を崩したと言うよりなかったが、それもまたマイナス要素だった。

行き詰まったころ、偶然手に取ったタウンペーパーで商船会社の求人をみつけた。それは、乃緒の病院に行く途中、ブツゾウがぼくから逃げたときに、飲み屋で知り合った野崎さんの勤める会社だった。

海運業界について、ぼくは今まで考えたこともなかったが、野崎さんの磊落《らいらく》な感じを思い出すと、珍しくぴんとくるものがあって、次の日その会社に問い合わせをした。とりあえず面接を受けに来るようにと言われて出かけていくと、面接官のうちの一人が野崎さんだった。経理部に欠員があって、ぼくはそこで働くことになった。

ぼくが入った会社は福岡の築港と壱岐、対馬を結ぶジェットフォイルとフェリーを運航している会社だった。船というのはもっと悠長なイメージがあったが、築港の仕事はとても忙しく、船は定刻通りに入港、出港していく。最初に驚いたのがその正確さだった。

「鉄道の次にシビアなんですよ」

と野崎さんは言った。

ジェットフォイルが乗せるのは人間だけだが、フェリーはあらゆる生活必需品を離島へと運ぶ。食品も、衣料雑貨も、住宅資材も(さすがに鉄骨くらいになると無理らしいが)、コンテナ、トレーラー、トラックが積んでいく。もちろん乗用車で行き来する人も多くいる。

離島からは海産物や特産品などが運ばれてくる。生きた牛が家畜運搬車に乗って運ばれてくることもある。壱岐牛というブランドだそうだ。においで、ああ福岡の牛市がある時期なんだな、と思う。

　ジェットフォイルは二十分程度で乗客を降ろして、掃除をして、また乗客を乗せる。フェリーでもたった三十分の停船時間の間に、積み込みをする。これはなかなか壮観だ。作業員の誘導の手早さと的確さ、特に高速できびきびと働くフォークリフトを見ていると、そのスピードとテクニックに見とれてしまう。

　なんというか、ぼくはその会社がとても気に入ったのだった。


　経理部に配属されたぼくは、通常は事務所で数字とにらめっこしているのだが、要員が少ないときには築港の浮き桟橋でジェットフォイルの船を係留する綱の「綱取り、綱外し」をすることもあった。顔見知りになり、挨拶を交わす乗客も増えた。月曜日は福岡市内の病院に通うひとが多い。イベントや、買い出しに来たそのひとたちの暮らしに自分が近いことを実感する。

　築港では壱岐から福岡市内まで毎週ピアノのレッスンに通う中学生とも言葉を交わすようになった。彼女が音楽科のある私立高校に合格したときには自分の家族のことのように嬉しかった。今はどこかの音大にでも行っているのかもしれないが、帰省の時期には昔と同じように船に乗っているに違いない。

三年間福岡で働いて、そのあとぼくは本社から唐津の代理店の海運会社に転職した。今では綱取りをすることはないが、ボーディングブリッジのところで顔見知りになるお客さんはやはり多い。

ぼくが今、住んでいる唐津の家もひとからの情報で見つけたものだ。あばらや寸前の一軒家だったが、半分職人さんに頼り、半分は日曜大工で少しずつ直しながら住んでいる。飼っている猫は、近所で生まれたのをもらってきた。もしも、茜がずっと独身だったら、ずっと後になってここに住むこともあるかもしれないとたまに思う。もちろん本人は、兄の世話になんかならない、と言うに決まっているけれど。

休みの日は近所に魚を釣りに行く。生活のことでも魚釣りのことでもわからないことがあれば、同僚や、そのまわりのひとがいろいろと教えてくれる。誰かと一緒に行動することはあまりないけれど、ひとりでさびしいと思うことはない。

再婚をすすめられたことは何度かあった。けれども、ぼくにはその覚悟がない。リュシーとぼくはいつか、唐津に住みたいと言っていた。そしてそれが思いがけず叶った。ぼくはリュシーを失った諦めのなかで暮らしているけれど、だからこそ、ここにほかの女の人が住むのは難しいと思うのだ。

最終便の「エメラルドからつ2」が出港していくと、ぼくはボーディングブリッジのある三階から下りて駐車場へと回る。無料の時間を越えて駐車する車がないかどうかチェックするためだ。大型車の駐車場にはいつもの壱岐牛のトラックと、四トン車が一台だけ、小型乗用車の駐車場には佐賀ナンバーの軽と福岡ナンバーのセダン、ライトバンが一台ずつ止まっている。夜釣りに来たひとかもしれない。

ぼくは湾内で向きを変えて出て行くフェリーと、その先の暗い海を見に行く。

乃緒がいなくなったこと、乃緒がかつて存在したこと、ぼくにはそのどちらもよくわかっていないような気がしてくる。彼女についていくら考えても奇妙と言っていいほど現実感がない。ときには、面影さえ忘れてしまうくらいなのだ。

乃緒の静かな最期をブッゾウとともに病院で見送ったとき、ぼくに悲しみはなかった。喪失感もなかった。

ブッゾウは握っていた母親の手を放して、

「僕は神様を信じてはいない」

と言った。

フランス人というものは、リュシーの両親のように死を「神に召された」と考えるものだと思っていたから不意をつかれたが、ぼくは、かれにこう言った。

「ぼくは、きみのお母さんが離陸したんだと思っている」

「飛行機の離陸？」

「そう。これはぼくだけの考え方なんだけれど、みんな最後には飛行機みたいにこの世から離陸していくんだ。ぼくやきみはまだ空港にいるところ」

「イルベールも離陸したの？」

「そう。ぼくの奥さんもそうだった」

「飛び立って、次の旅に行ったんだね」

冷たい海風が吹きつけてきた。ぼくは思い出すことをやめて、鍵を閉めるために事務所へと向かった。

身近に水を感じながら暮らすのはいい。ダムでも、川でも、海でもいい。陸地、そして人間の世界は決して無限なんかじゃないことを認識していられるからだ。もちろん海だって無限ではない。無限かどうかわからないのは宇宙と、そして過去にあったかもしれない可能性だけだ。ぼくは陸地の端っこで当たり前に暮らしていけることに、満足している。

参考文献（順不同）

「城から城」「北」ルイ＝フェルディナン・セリーヌ著　高坂和彦訳　国書刊行会
「セリーヌ」フィリップ・ソレルス著　杉浦順子訳　現代思潮新社

「アレクサンドリア四重奏」（「ジュスティーヌ」「バルタザール」「マウントオリーヴ」「クレア」）ロレンス・ダレル著　高松雄一訳　河出書房新社

「未知のパリ、深夜のパリ　1930年代」ブラッサイ著・写真　飯島耕一訳　みすず書房
「ブラッサイ　パリの越境者」今橋映子著　白水社
「パリ日記」エルンスト・ユンガー著　山本尤訳　月曜社

「黒い皮膚・白い仮面」フランツ・ファノン著　海老坂武・加藤晴久訳（フランツ・ファノン著作集1）みすず書房
「帰郷ノート　植民地主義論」エメ・セゼール著　砂野幸稔訳　平凡社
「ニグロとして生きる　エメ・セゼールとの対話」エメ・セゼール著　聴き手フランソワーズ・ヴェルジエス　立花英裕・中村隆之訳　法政大学出版局

「視界良好　先天性全盲の私が生活している世界」河野泰弘著　北大路書房
「視覚障害学生サポートガイドブック」鳥山由子監修　日本医療企画

「イラストでわかる　視覚障害者へのサポート」国際視覚障害者援護協会編　有限会社読書工房
「視覚障害教育入門Q&A」全国盲学校長会編著　ジアース教育新社
「目の不自由な子どもたち」茂木俊彦監修　池谷尚剛編　稲沢潤子文　オノビン+田村孝絵　大月書店
「視覚障がい者の方の介助とレクリエーション」前橋明著　ひかりのくに

「パレスチナ・ナウ〈戦争/映画/人間〉」四方田犬彦著　作品社
「写真記録　パレスチナ①激動の中東35年」広河隆一　日本図書センター

「きょうの杖言葉　一日一言　百歳の人生の師から　あなたへ」松原泰道著　海竜社
「うちのお寺は天台宗」藤井正雄著　双葉社
「ダムマニア」宮島咲著　オーム社
「35歳からのはじめての妊娠・出産」笠井靖代監修　ナツメ社
「月数ごとに『見てわかる!』妊娠・出産新百科」杉本充弘総監修　ベネッセ
「ビジュアルでわかる船と海運のはなし」拓海広志著　成山堂書店
「図解　船舶・荷役の基礎用語」宮本榮編著　成山堂書店

あとがき

二〇〇三年に文學界新人賞をいただいてデビューしたときには、既に「離陸」というタイトルで小説を書きたいと思っていました。まだそのときには名前も決まっていなかった乃緒がheureuse, malheureuseという言葉の発音を練習しながら坂を歩いて登っていく、たったそれだけのイメージしかありませんでしたが、それでもとても長い小説になることを確信していました。その時点の自分の力では到底書けないこともわかっていました。その後、何度もトライしては失敗を繰り返し、実際に連載をはじめたのは二〇一一年の冬からでした。

小説を書くにあたって、多くの方の取材協力をいただきました。この場にてお礼申し上げます。お勤め先等に関しては取材当時のもの、役職につきましては勝手ながら省略とさせていただきます。

独立行政法人水資源機構沼田総合管理所の山口隆幸様、森合正人様、桑原一夫様からは矢木沢ダムの歴史や風景、越冬隊があった頃のこと、また現在のお仕事についてお話をお聞きしました。

ルイ＝フェルディナン・セリーヌについては神戸大学の杉浦順子先生に、かれの人間としての魅力、そして生きた時代や実際に起きた出来事など、専門家としての知識と意見を伺いました。また、貴重な資料も見せていただきました。

　国土交通省の人事や仕事内容、ユネスコのポストなどについては、編集者経由で林雅彦様と国土交通省の日笠弥三郎様に、詳しく教えていただきました。度重なる質問に答えていただきありがとうございました。

　農水省ＯＢである群馬県みなかみ町の岸良昌町長は、国家公務員である佐藤の行く末について、まるで私の身内の相談であるかのように親身になって一緒に考えて下さいました。

　熊本取材ではＮＨＫ熊本放送局放送部の東島大様、大倉美智子様に大変お世話になり、荒瀬ダムほか熊本県内各地のダムにご案内いただきました。坂本町では、八代市坂本支所の丸山平之様、元坂本村村長の木村征男様、元坂本村村議会議員の元村順宣様に貴重な資料とともに、かつてのこと、現在のことを取材させていただきました。また、渕上哲哉様には熊本市の取材の案内までしていただきました。

　連載の終盤で伺った福岡では、九州郵船株式会社の石橋陽一様、博多海陸運送株式会社の川上義輝様、大和薫様が、業務内容や博多港の特徴などを丁寧に教えてくださいました。

　ここにお名前を挙げていない方々からもさまざまなアドバイスをいただきました。本当にありがとうございました。

「絲山秋子の書く女スパイ物が読みたい」と、雑誌「クレア」のインタビューで語ってくださった伊坂幸太郎様には、書き始めるきっかけをいただきました。

そして、長い間担当として伴走して下さった文藝春秋の田中光子様、書籍担当の清水陽介様にはたいへんお世話になりました。父はフランスのことを、母は点字のことを教えてくれました。

エッセイも含めるとこの本が二十冊目の出版となります。いつも申し上げることですが、小説は活字になれば、読者のものだと思っています。

私自身はまた次の小説に向かっておりますし、これからもさまざまな表現や方向性を模索していくつもりです。率直なところを言えば、やはり自分は「短編書き」だなあ、と思います。けれども「迷ったら苦手な方へ進め！」とも、自分に言い聞かせているのです。

二〇一四年六月　高崎にて

解説――この友人たちを得ること

池澤夏樹

絲山秋子は奇想の作家である。

彼女の小説を読むことはいわばミステリー・トレインに乗るようなものだ。どこへ連れて行かれるかわからない。だいたい、列車の下に線路はあるのか？

本人がさるエッセーでこう書いている――

小説の構想というものは、もちろん物にもよるが、他人が耳にしたら怪しい妄想に近いのかもしれない。例えばこんな感じだ。

「敦賀《つるが》になんにもしない男がいるんですよ。宝くじで三億円当たったんです。家の中は砂だらけです。そこに変なやつが来るんです。ファンタジーって名前なんですけど突然海辺に来るんです。俺様は神だって自分じゃ言ってるけど、どうなんでしょうねえ、どう思います？」

これは『絲的メイソウ』という本の「男は外、飯は別」の章の一部だが、この本のタイトルは「意図的迷走」と読める。つまり、わざと迷うのだ。ここで彼女が言っているのは『海の仙人』という話のこと。実際、美浜原電が見える敦賀の浜に金髪で灰色の目をしたファンタジーこと神が来て、そこでトラックに砂を積み込んでいた河野勝男という男に出会うところから始まる。

果たしてどこまで先のプランを作った上でこういう場面を最初に持ってくるのだろう？　というのも、小説の書きかたには二つの種類があって、一つは綿密なプランを最後まで作っておいてから一行目をおもむろに書くもの。もう一つはともかくとんでもない設定から始めてしまって、後は書き書き考え、なんとか辻褄を合わせて最終ページに辿り着くもの。ぼく自身はどちらの方法も使うし、両者のハイブリッドということも少なくない。

とは言うものの、意図的に迷走すると言いながら計算づくという作家もいるから油断ができない。だいたい意図的と迷走は矛盾しているし。

さて、肝心のこの『離陸』のことだが、単行本で出た時にぼくは書評を書いた（毎日新聞　二〇一四年十一月）。自分でもうまく書けたと思うので、まずはそれを読んでいただきたい――

タイトルのことから始めようか。

「離陸」は死につながる一つの光景である。

人間はみな死ぬ。それが滑走路から空へ向かう飛行機に重ねられる。人生とは離陸の順番待ちの時間であり、生きる者はみな誘導路に並んで自分の番が来るのを待つ旅客機だ。死についてのこの美しいイメージがこの小説の背景をなしている。

次に、すべて創作はなんらかのジャンルに属する、という世間の思い込みのことを考えなければならない。小説ならば「純文学」と「エンタメ」は違うし、その先も何段階にも細分されている。作家はいつも自分が選んだジャンルの制約の中にある。

例えば、本格ミステリの基本はがちがちのリアリズムである。アリバイは一秒きざみで解析される。探偵役が理詰めで謎を解いていって、最後に犯人は幽霊でしたと言ったら読者は憤慨するだろう。

絲山秋子は『離陸』でジャンル横断を試みた。

語り手にして主人公であるのは佐藤弘《ひろむ》という若い男。彼が国交省の現業部門でダムの管理をしているところから話は始まる。読者は彼の人生を二〇一〇年から十五年間にわたって伴走する。最後は二〇二五年。

だが彼は半分しかこの話の主役でない。深い雪のダムの脇で彼は謎の黒人からいきなりサトーサトーというあだ名を与えられ、「女優」を探してほしいと頼まれる。

「女優」の本名は乃緒《のお》（あるいはNO）。何年も前に弘の恋人だったが、彼をあっさり捨てて消えた。それがなぜ今？　どうやら彼女はパリに行ったらしい。

読者は、これはしばらく前に流行したクエスト物の再来かと思うだろう。村上春樹の『羊をめぐる冒険』のような話なのか。乃緒が佐藤弘の前から消えた後でイスラエルの映画に一瞬だけ出演していたことがわかるあたり、いかにもクエストっぽい。それが二〇〇六年頃のこと。

しかし話はこの謎を追う筋からどんどん逸脱するのだ。佐藤くんが必死になって昔の恋人の足跡を追うという展開にはならない。彼は矢木沢ダムからパリのユネスコ本部に転勤になって途上国の水問題を扱う（はじめから終わりまで、ダムから船まで、これは「水をめぐる冒険」である）。パリにいるのだから乃緒の謎にぐっと近づけるはずなのに、彼はその先になかなか踏み込まない。ストーリーのための自分ではないと思っているみたい。

謎の鍵はたくさんある。弘をクエストに引き込んだカリブ海出身の黒人イルベール。彼の同郷の友人フェリックスと乃緒の間に生まれてブツゾウ＝仏造と名付けられた九歳の少年。そしてフランスとイスラエルないしパレスティナをまたいで活躍・暗躍するスパイとしての乃緒の行動を書いた謎めいた文書。その内容を信じるならば、乃緒はマダム・アレゴリという名で一九三〇年代から活動していたらしい。

そんな時代跳躍があり得るだろうか。このあたりまで来て読者は乃緒の正体を疑うと同時に、作者の意図をはかりかねて戸惑う。これはどういう種類の小説なのだ？

謎の反対側には佐藤弘のパリの日常がある。ユネスコの職員として働き、そこそこ生活を楽しみ、時にはブツゾウ少年と遊ぶ。アパルトマンの冷蔵庫を修理に来てくれた電気屋さんであるところのリュシーという女性と恋に落ちて一緒に暮らすようになる。

佐藤弘の人生の展開と、それにつかず離れずに絡む乃緒の過去と現在の謎。利根川上流の山中に始まって、パリに移り、更に熊本県の八代に転勤、最後は福岡に至る彼の移住歴と職歴を読者は辿る。

この破天荒な展開を読者が受け入れるのは細部がきちんと書き込まれているからだ。例えば、弘の妻となって八代で暮らすリュシーが熊本まで行って靴を買う場面の、その靴選びの濃密な時間の描写が、ファンタスティックの方に流れそうなこの小説のリアリティーを担保する。しっくりと足に合う靴がなければ人は遠くまで歩けない。サトーサトーという弘のあだ名の由来は、ブツゾウが幼い時に母から聞かされたおとぎ話だった。そこでは弘は「水の番人」だった。ダムの管理者にはぴったりの名前だ。この名前があったおかげで彼は九歳のブツゾウと出会ってすぐ心を通わせることができた。

この小説の主題の一つは、時間の作用ということではないか。

話の中で弘は二十四歳から三十九歳までの時を経るし、周囲の人々もそれなりに歳を取る。それはそのまま成熟の過程として読めるのだが、その一方、途中でずいぶんたくさんの登場人物が不慮の死を遂げる。殺されたり、病死したり、衰弱の果てだったり。読む者は彼らを次々に誘導路から滑走路に出て離陸してゆく飛行機として見送る。

たくさんの謎が謎のまま残るのに、読者は穏やかな納得と共にこの本を閉じる。一群の人々の上に働く時間の作用を書く、という作者の野心は達成されたと言っていい。

自分で書いた書評の引用はここまで。

その上で改めて読み返した感想をいくつか付け加えれば、まずこんなに気持ちのいい小説だったかということがある。矢木沢ダムに近い雪原にいきなり黒いイルベールが現れて主人公に「女優」を探せと言う。『海の仙人』の何倍も唐突。だがその謎を駆動力として話を進めるのではなく、弘の人生の悠然たる展開のそこかしこに乃緒の姿がちらほら見え隠れして、それはまるで列車の車窓から遠くに雪を頂いた美しい山が見えてはまた隠れるようで、それが生理的な快感を生むのだ。その一方で、この列車を乗せた線路はあの山の方に向かっているのか、いずれは間近にその姿を仰ぐことができるのか、あるいは離れてずっと遠くへ行ってしまうのか、そういうことを思いながら読み進むのもまた快感。

（迷走のついでに脱線させてもらえば、ここは「列車」でいいのだろうか？　ぼくが子供の頃は客車を引いていたのは蒸気機関車だった。だから汽車と呼んだのだが、ほとんどが電車になってしまって、電気機関車も珍しく、時にはディーゼル機関車が牽引していたりする。もう汽車ではない。だから動力ではなく客車が列をなしているという特徴をとらえて列車と呼ぶのだろうが、しかしローカル鉄道で一台だけで走っている気動車はいったい何と呼ぶのが正しいのだ？　と妄言を連ねつつ、これは相当に絲山的な発想だと思っていたら、はたしてさっき読んだ「ＮＲ」という短篇に「横並びは『電車』でボックス席は『汽車』なんだ」と主張する男が出てきた。こういう出会いをセレンディピティーと呼んでいいものか。）

読んでいて気持ちがいい理由の一つは、この作家は自分の小説に登場する人物を愛していることだ。

そんなことはあたりまえと思う人は多いだろうが、しかし世の中には（名は挙げないけれど）登場人物を将棋の駒のようにあつかう作家も少なくない。彼らは作中の彼や彼女をぱちんぱちんと盤面に叩きつける。

絲山秋子は時に登場人物をひどい目に遭わせる。『ばかもの』のヒデはアル中になって転落の一途を辿るし、恋人だった額子《ガクコ》の方はとんでもない事故に遭遇して障害者になる。そういう試練を与えながらも、作者は彼や彼女のことが気になってしかたがない。過酷な道を用意したのは自分なのに実は心のどこかでおろおろしている。それが作中人物を愛するということだ。

彼女は自分は短篇の作家だというが（「あとがき」）、果たしてどうだろう。短篇は人生の一瞬を切り取る。それに対して長篇で読者は主人公の長い生涯をずっと伴走する。そうやって親しい友だちを増やすのが長篇を読むということだ。ぼくたちはサトーサトーことイローこと弘と十五年を共にすごすうちに、こういう友人を得たことをしみじみ嬉しく思うようになる。もしも不満があるとすればそれは彼がぼくの人生に関わってくれないことだが、この一方通行はしかたがない。

そしてぼくはほっと安堵のため息をついて、彼や、リュシーや、仏造や、乃緒や、茜の後ろ姿を見送って本を閉じる。

二〇一七年二月　札幌

（作家）

初出　「文學界」二〇一二年一～四、六、七、九～十一月号、
二〇一三年一～四、七、八、十～十二月号、
二〇一四年一、二、四月号
単行本　二〇一四年九月　文藝春秋刊

本書の無断複写は著作権法上での例外を除き禁じられています。
また、私的使用以外のいかなる電子的複製行為も一切認められておりません。

文春文庫

離《り》 陸《りく》

定価はカバーに表示してあります

2017年4月10日　第1刷

著　者　絲《いと》山《やま》秋《あき》子《こ》

発行者　飯窪成幸

発行所　株式会社 文藝春秋

東京都千代田区紀尾井町 3-23　〒102-8008
TEL　03・3265・1211
文藝春秋ホームページ　http://www.bunshun.co.jp

落丁、乱丁本は、お手数ですが小社製作部宛お送り下さい。送料小社負担でお取替致します。

印刷・大日本印刷　製本・加藤製本

Printed in Japan
ISBN978-4-16-790828-7

（　）内は解説者。品切の節はご容赦下さい。

おろしや国酔夢譚
井上　靖

船が難破し、アリューシャン列島に漂着した光太夫ら。厳寒のシベリアを渡り、ロシア皇帝に謁見、十年の月日の後に帰国できたのは、ただのふたりだけ。映画化された傑作。（江藤　淳）

い-2-31

四十一番の少年
井上ひさし

辛い境遇から這い上がろうと焦る少年が恐ろしい事件を招く表題作ほか、養護施設で暮らす子供の切ない夢と残酷な現実が胸に迫る珠玉の三篇。自伝的名作。（百目鬼恭三郎・長部日出雄）

い-3-30

花石物語
井上ひさし

東大コンプレックス嵩じて吃音症に陥り帰郷した青年と、彼を迎え入れる心優しき花石の人たち。東北方言と至高のユーモア、包み込む人間観で読ませる、自伝的ザ・青春小説。（川本三郎）

い-3-31

離婚
色川武大

納得ずくで離婚したのに、なぜか元女房のアパートに住み着いてしまって。男と女の不思議な愛と倦怠の世界を、味わい深い筆致とほろ苦いユーモアで描く第79回直木賞受賞作。（尾崎秀樹）

い-9-7

氷山の南
池澤夏樹

アイヌの血を引くジンは、南極海に向かう大型船に密航する。仕事を得て、氷山曳航計画を担うこの船に乗船し続ける彼を待つものは……。新しい海洋冒険小説の誕生！（沼野充義）

い-30-8

海峡の南
伊藤たかみ

祖父の危篤の報せを受け、遠縁の恋人とともに故郷・紋別を訪れた洋は、失踪中の父親を捜し始める。父子とは、故郷とは何かを通して、家族と自らの存在に迫る傑作長篇。（大久保清朗）

い-55-6

沖で待つ
絲山秋子

同期入社の太っちゃんが死んだ。私は約束を果たすべく、彼の部屋にしのびこむ。恋愛ではない男女の友情と信頼を描く芥川賞受賞の表題作。「勤労感謝の日」ほか一篇を併録。（夏川けい子）

い-62-2

いしいしんじ
四とそれ以上の国
屋島の塩、人形浄瑠璃、特急しまんと、それぞれの巡礼路、鳴門の渦、阿波の藍染……。四国を舞台に現実と異世界が交差する。五感に響く、不思議な物語世界。（陣野俊史）
い-84-1

磯﨑憲一郎
往古来今
母親との思い出から三十年前の京都旅行、『吾妻鏡』の領主から郵便配達人まで——空間と時間の限りない広がりを自在に往来する五篇。新境地に挑んだ泉鏡花文学賞受賞作。（金井美恵子）
い-94-1

戌井昭人
俳優・亀岡拓次
亀岡拓次37歳、独身。職業・脇役俳優。趣味、一人酒。行く先々のうらぶれた酒場で、二日酔いの撮影現場で、亀岡は今日も奇跡を呼ぶ。川端賞作家のとびきりキュートな小説集。（山﨑　努）
い-97-1

内田春菊
ファザーファッカー
十五歳のとき、私は娼婦だった。売春宿のおかみさんは私の実の母であり、ただ一人のお客は彼女の情夫で、私の育ての父だった……。自由を求めて旅立つ多感な少女を描くベストセラー。

う-6-3

江國香織
赤い長靴
二人なのに一人ぼっち。江國マジックが描き尽くす結婚という不思議な風景。何かが起こる予感をはらみつつ、怖いほど美しい十四の物語が展開する。絶品の連作短篇小説集。（青木淳悟）
え-10-1

江國香織・小川洋子・川上弘美・桐野夏生
小池真理子・髙樹のぶ子・髙村　薫・林　真理子
甘い罠
8つの短篇小説集
江國香織、小川洋子、川上弘美、桐野夏生、小池真理子、髙樹のぶ子、髙村薫、林真理子という当代一の作家たちの逸品だけを収めたアンソロジー。とてつもなく甘美で、けっこう怖い。
え-10-2

円城　塔
オブ・ザ・ベースボール
一年に一度、空から人が降ってくる町ファウルズでユニフォームとバットを手にレスキュー・チームの一員となった男。芥川賞作家のデビュー作となった文學界新人賞受賞作。（沼野充義）
え-12-1

（　）内は解説者。品切の節はご容赦下さい。

小川洋子
妊娠カレンダー
姉が出産する病院は、神秘的な器具に満ちた不思議の国……妊娠をきっかけにゆらぐ現実を描く芥川賞受賞作。「妊娠カレンダー」『ドミトリイ』『夕暮れの給食室と雨のプール』。（松村栄子）
お-17-1

小川洋子
やさしい訴え
夫から逃れ、山あいの別荘に隠れ住む「わたし」とチェンバロ作りの男、その女弟子。心地よく、ときに残酷な三人の物語の行き着く先は？　揺らぐ心を描いた傑作小説。（青柳いづみこ）
お-17-2

小川洋子
猫を抱いて象と泳ぐ
伝説のチェスプレーヤー、リトル・アリョーヒン。彼はいつしか「盤下の詩人」として奇跡のように美しい棋譜を生み出す。静謐にして愛おしい、宝物のような傑作長篇小説。（山﨑　努）
お-17-3

荻原　浩
ちょいな人々
「カジュアル・フライデー」に翻弄される課長の悲喜劇を描く表題作ほか、少しおっちょこちょいでも愛すべき、ブームに翻弄される人々がオンパレードの抱腹絶倒の短篇集。（辛酸なめ子）
お-56-1

荻原　浩
ひまわり事件
幼稚園児と老人がタッグを組んで、闘う相手は？　隣接する老人ホーム「ひまわり苑」と「ひまわり幼稚園」の交流を大人の事情が邪魔するが。勇気あふれる熱血幼老物語！（西上心太）
お-56-2

開高　健
ロマネ・コンティ・一九三五年
六つの短篇小説
酒、食、阿片、釣魚などをテーマに、その豊饒から悲惨までを描きつくした名短篇集は、作家の没後20年を超えて、なお輝きを失わない。川端康成文学賞受賞の「玉、砕ける」他全6篇。（高橋英夫）
か-1-12

川上弘美
蛇を踏む
女は藪で蛇を踏んだ。踏まれた蛇は女になり、食事を作って待つ……。母性の眠りに魅かれつつ抵抗する女性の自立と孤独を描く芥川賞受賞作。「消える」「惜夜記《あたらよき》」収録。（松浦寿輝）
か-21-1

川上弘美
龍宮

霊力を持つ小柄な曾祖母、女にはもてるのに人間界には馴染めなかった蛸、男の家から海へと還る海馬……。人と、人にあらざる聖なる〝異類〟との交情を描いた八つの幻想譚。（川村二郎）

か-21-4

川上弘美
真鶴

12年前に夫の礼は、「真鶴」という言葉を日記に残し失踪した。京は母親、一人娘と暮らしを営む。不在の夫に思いを馳せつつ恋人と逢瀬を重ねる京は、東京と真鶴の間を往還する。（三浦雅士）

か-21-6

角田光代
空中庭園

京橋家のモットーは「何ごともつつみかくさず」……普通の家族の表と裏、光と影を描いた連作家族小説。第三回婦人公論文芸賞受賞、小泉今日子主演で映画化された話題作。（石田衣良）

か-32-3

角田光代
空の拳（上下）

雑誌「ザ・拳」に配属された空也。通いだしたジムで、天涯孤独で少年院帰りというタイガー立花と出会い、ボクシングの魅力にとらわれていく。爽快な青春スポーツ小説。（対談・沢木耕太郎）

か-32-12

川上未映子
乳《ちち》と卵《らん》

娘の緑子を連れて大阪から上京した姉の巻子は、豊胸手術を受けることに取り憑かれている。二人を東京に迎えた「私」の狂おしい三日間を、比類のない痛快な日本語で描いた芥川賞受賞作。

か-51-1

金原ひとみ
憂鬱たち

神田憂、ウツイ、カイズ。男女三人が組んずほぐれつする官能的なブラックコメディ。現実とエロティックな妄想が交錯し暴走する！（菊地成孔）

か-56-1

鹿島田真希
黄金の猿

バー「黄金の猿」に夜毎集まる頽廃的な女と愛人達。林の中を彷徨う若い女と、兄。通じ合わない新婚夫婦。今最もスリリングな日本語の使い手である芥川賞作家の連作集。（武内佳代）

か-57-1

（　）内は解説者。品切の節はご容赦下さい。

北村 薫
いとま申して
『童話』の人びと
父が遺した日記に綴られていたのは、金子みすゞや淀川長治と競うように創作と投稿に励む父の姿だった——。大正末から昭和初年の主人公の青春を描く、評伝風小説。（川本三郎）
き-17-8

桐野夏生
錆《さ》びる心
劇作家にファンレターを送り続ける生物教師。十年間堪え忍んだ夫との生活を捨て家政婦になった主婦。出口を塞がれた感情はいつしか狂気と幻へ。魂の孤独を抉《えぐ》る小説集。（中条省平）
き-19-3

木内 昇《のぼり》
茗荷谷の猫
茗荷谷の家で絵を描きあぐねる主婦。染井吉野を造った植木職人。画期的な黒焼を生み出さんとする若者。幕末から昭和にかけ各々の生を燃焼させた人々の痕跡を掬う名篇9作。（春日武彦）
き-33-1

木内 昇
笑い三年、泣き三月《みつき》。
浅草の劇場に拾われた万歳芸人、戦災孤児、復員兵の三人と風変わりな踊り子が共同生活を始める。戦後を生き抜く人々を描く傑作長編。（ホンマタカシ）
き-33-2

車谷長吉
赤目四十八瀧心中未遂
「私」はアパートの一室でモツを串に刺し続けた。女の背中一面には迦陵頻伽の刺青があった。ある日、女は私の部屋の戸を開けた——。情念を描き切る話題の直木賞受賞作。（川本三郎）
く-19-1

車谷長吉
妖談
作家になることは、人の顰蹙を買うことだった……。〈私小説作家〉と称される著者が、自尊心・虚栄心・劣等感に憑かれた人々を執拗に描き出す、異色の掌編小説集。（三浦雅士）
く-19-9

熊谷達也
虹色にランドスケープ
取り戻せない過去に思いを馳せつつバイクを駆る男たちと、彼らを愛した女たち。心に傷を負った男女七人の"いま"を描く連作短篇集。直木賞作家新境地の群像劇。（菅生雅文）
く-29-2

熊谷達也
稲穂の海
昭和四十年代、宮城県。高度経済成長とそれまでの暮らしの狭間で、未来への希望と不安を抱えつつたくましく生きる人々と、暮らしの真の豊かさを描き出す短篇集。（池上冬樹）
く-29-4

熊谷達也
調律師
事故で妻を亡くし自身も大けがを負ったのをきっかけに、音を聴くと香りを感じるという共感覚「嗅聴」を獲得した調律師・鳴瀬の、喪失と魂の再生を描く感動の物語。（土方正志）
く-29-5

黒田夏子
*ab*さんご・感受体のおどり
戦争をはさみ解体されていく家。丁寧に掘り起こされる記憶の断片が今あふれでる。衝撃の芥川賞受賞作に、著者が四十代で完成させていた日舞の世界を描く長篇を併録。（江南亜美子）
く-38-1

玄侑宗久
中陰の花
自ら最期の日を予言した「おがみや」ウメさんの死をきっかけに、僧侶・則道は〝この世とあの世の中間〟の世界を受け入れていく。芥川賞受賞の表題作に「朝顔の音」併録。（河合隼雄）
け-4-1

小池真理子
沈黙のひと
生き別れだった父が亡くなった。遺された日記には、父の心の叫び――娘への愛、後妻家族との相克、そして秘めたる恋が綴られていた。吉川英治文学賞受賞の傑作長編。（持田叙子）
こ-29-8

佐木隆三
復讐するは我にあり　改訂新版
列島を縦断しながら殺人や詐欺を重ね、高度成長に沸く日本を震撼させた稀代の知能犯・榎津巌。その逃避行と死刑執行までを描いた直木賞受賞作の、三十数年ぶりの改訂新版。（秋山　駿）
さ-4-17

佐藤愛子
院長の恋
若い女に振り回され、常軌を逸していく――頼もしい理想の上司が、ここまで情けない男になるなんて。秘書が見た「恋」の姿を哀切に描く表題作他四篇。絶品ユーモア小説集。（河野多恵子）
さ-18-20

文春文庫　最新刊

ホリデー・イン　坂木司
大人気「ホリデー」シリーズのスピンオフ作品集登場

若冲　澤田瞳子
若冲の華麗な絵とその人生。大ベストセラー文庫化！

宇喜多の捨て嫁　木下昌輝
戦国一の梟雄・宇喜多直家を描く衝撃のデビュー作

春の庭　柴崎友香
堆積した時間と記憶が解き放たれる。芥川賞受賞作

離陸　絲山秋子
姿を消した〈女優〉を追って平凡な人生が動き出す

ギッちょん　山下澄人
「しんせかい」で芥川賞を受賞した著者の初期代表作

西川麻子は地球儀を回す。　青柳碧人
参考書編集者の麻子が、地理の知識で事件を解決する

紫のアリス〈新装版〉　柴田よしき
不倫が原因で退職した日、紗季は男の変死体を発見！

人生なんてわからぬことだらけで死んでしまう、それでいい。　悩むが花　伊集院静
読者の悩みに生きるヒント満載の回答を贈る人生相談

秋山久蔵御用控　**花見酒**　藤井邦夫
男が遠島から帰ると、恋仲の娘には新たな想い人が

偽小籐次　酔いどれ小籐次（十一）決定版　佐伯泰英
小籐次の名を騙り法外な値で研ぎ仕事をする男の正体は

愛憎の檻　獄医立花登手控え㈢　藤沢周平
新しい女囚人のしたたかさに、登は過去の事件を探る

人間の檻　獄医立花登手控え㈣　藤沢周平
子供をさらって殺した男の秘密とは？　シリーズ完結

鬼平犯科帳　決定版（八）（九）　池波正太郎
より読みやすい決定版「鬼平」、毎月二巻ずつ刊行中

マリコ、カンレキ！　林真理子
強行されたド派手な還暦パーティー。毒舌も健在です

極悪鳥になる夢を見る　貴志祐介
大人気作家の素顔が垣間見える初めてのエッセイ集

英語で読む百人一首　ピーター・J・マクミラン
日本人の誰もが親しんできた百人一首が美しい英語に

ジブリの教科書14　**ゲド戦記**　スタジオジブリ＋文春文庫編
宮崎吾朗初監督作品。父駿との葛藤など制作秘話満載